U0911880

我的青春是一场烟花散尽的漂泊

〔俄〕蒲宁
陈倩——译

Иван Алексеевич Бунин

江苏凤凰文艺出版社
JIANGSU PHOENIX LITERATURE AND ART PUBLISHING, LTD

图书在版编目（CIP）数据

我的青春是一场烟花散尽的漂泊 /（俄罗斯）伊万·阿列克谢耶维奇·蒲宁著；陈倩译. — 南京：江苏凤凰文艺出版社, 2018.1
（世界大师散文坊）
ISBN 978-7-5594-0001-7

Ⅰ. ①我… Ⅱ. ①伊… ②陈… Ⅲ. ①散文集—俄罗斯—现代 Ⅳ. ①I512.65

中国版本图书馆 CIP 数据核字(2017)第 046245 号

书　　名	我的青春是一场烟花散尽的漂泊
著　　者	（俄罗斯）伊万·阿列克谢耶维奇·蒲宁
译　　者	陈　倩
责任编辑	汪　旭
出版发行	江苏凤凰文艺出版社
出版社地址	南京市中央路 165 号，邮编：210009
出版社网址	http://www.jswenyi.com
印　　刷	江苏凤凰新华印务有限公司
开　　本	880×1230 毫米 1/32
印　　张	9
字　　数	225 千字
版　　次	2018 年 1 月第 1 版　2018 年 1 月第 1 次印刷
标准书号	ISBN 978-7-5594-0001-7
定　　价	39.00 元

（江苏凤凰文艺版图书凡印刷、装订错误可随时向承印厂调换）

001

深夜时分

只有曾经共同经历过痛苦和误解，而后窥探到真理那罕见面容的人们，才会像我们这般深爱着彼此。

005

在八月

周遭万物无一不在散发幸福的气息——花园、草原、瓜地，甚至是空气和炽烈的阳光，无一不如此。

010

霞光千里，彻夜不灭

“早晨脑袋瓜比晚上要来得聪明。”

018

日射病

“或许，整座城市只有我一个不幸之人。”

027

高加索

暑气散尽，夜晚温暖而又黑暗。

033

在一条熟悉的道路上

“听着，让我们远走高飞吧！

037

山口

在山巅迎接我的是肆虐的风雪、浓墨般的黑夜和漫天的迷雾……可我们还是走吧，继续前行！

042

走向海角天涯

或许，唯有漫天的繁星才会知晓，人类的痛苦是多么神圣！

050

安东诺夫卡苹果

这是智慧之花，这是肺腑之情。

070

松树

梦在门厅内徘徊着，而门内已昏昏欲睡。

084

万籁俱寂

有朝一日我将与这亘古长存的寂静融为一体，栖息于寂静的幸福之中。

090

午夜的启明星

夜、树林、整个宇宙、她的全部秘密，除了人之外的万事万物，都与她同在，都活在她的心里。

095

篝火

满天的繁星，头顶的天空，都给人以一种全新的感觉——让人苦恼，让人困惑。

098

素昧平生的友人

艺术是祷词，是音乐，是人类灵魂之歌。倘若能在死后为世人留下几行文字该有多好……

110

主教

只有上帝才知晓如何去衡量俄罗斯心灵那难以言说的美。

深夜时分

>

这是南柯一梦，抑或是恍如梦境的神秘的夜生活？我感觉，那郁郁寡欢的秋月已然在大地上空飘浮了许久许久，到了该好好歇息的时刻——远离白昼的虚伪和喧嚣。我感觉，整个巴黎都已经沉沉入睡，即便是最穷苦的角落也已进入了梦乡。我沉睡了许久许久，这场梦境终于慢慢离我而去，仿佛是一位对病人关怀备至而又从容不迫的医生，履行完自己的职责，看到病人睁开双眼，深深地舒了一口气，因重生而露出羞怯、愉悦的微笑后，才无所牵挂地离病人而去。我从梦中醒来，睁开双眼，发现自己正置身于寂静而又幸福的夜之王国。

此时的我正身处五楼的卧室中，我踏着地毯，悄无声息地走到一扇窗前。时而凝视这间弥漫在轻盈的朦胧夜色之中的宽敞卧室，时而透过窗户上方的那排玻璃，仰望明月。月光为我披上一件银白色的纱衣，我抬头远望，久久地凝视着明月的脸庞。月光透过窗幔淡白色的花边，染淡了卧室深处那朦胧的月色。从那儿无法看见月亮的身影。然而卧室的四扇窗户却笼罩在皎洁的月光中，就连窗畔的一切也都被月亮照得雪亮。月光透过窗户，在地上投映出一个又一个淡青色的和淡银色的拱形图案，每个图案中都有一个烟色的十字形阴影，这些十字形阴影一旦投映到沐浴在月光中的圈椅和靠背椅上时，便会弯下柔软的腰肢，仿佛被折断了一般。最靠边的那扇窗下摆放着一张圈椅，我心爱的姑娘正坐在上面——白衣胜雪，仿佛一个正处豆蔻年华的少女。她面色苍白、眉目如画，由于我们俩所经历的磨难，由于我们俩常常针锋相对、矛盾重重，她早已感到疲惫不堪。

这样的夜晚，她又因何而无法入睡?

我在她身旁的窗台上坐了下来，避免与她发生任何眼神接触……是啊，已经是深夜了——对面那幢五层楼的房子也早已是漆黑一片。窗户都是黑洞洞的，仿佛是盲人的眼睛。我俯看那条如同长廊般狭窄而又深远的街道，那里也是漆黑一片，空无一人。整个巴黎都笼罩在黑暗和寂静之中。只有斜挂在城市上空的月亮彻夜未眠，散发着淡白色的光芒，形单影只地在天空中飘浮着，与此同时又似纹丝不动地躲在四处浮动的烟色云朵里。月亮直视我的双眼，虽仍皎洁无瑕，但已不是满月，因而颇有几分楚楚可怜之色。云彩仿佛一缕缕轻烟，从明月的身畔悄然飘过。每当靠近月亮，云彩便会消失在明亮的月光之中，飘远之后，逐渐凝聚起来的云彩就会变得浓厚起来；待其飘过屋脊，又会变成一片片沉甸甸的、无比压抑的云堆……

许久不曾看见月夜了！我的思绪不禁飘回童年时代，忆起那时在俄罗斯中部山峦起伏的贫瘠草原上度过的岁月，仿佛又看到了那些遥远的、几乎已被遗忘在记忆角落里的秋夜。在那里，月亮悬挂在故宅的屋檐下，窥视着我的卧室；在那里，生平第一次看见月亮温柔而又苍白的脸庞，并深深地迷恋上了它。我幻想着自己离开了巴黎，刹那之间如登绝顶，鸟瞰着辽阔的平原，俄罗斯的万千美景仿佛尽收眼底。那儿是宛若沙漠般广袤无垠、浮光跃金的波罗的海；那儿是郁郁寡欢的松树之乡，正在朦胧的暮色中向东延伸；那儿是森林、沼泽和小树林，往南是一片地势低洼之地，绵延着一望无垠的田野和平原。数百俄里长的铁路轨道在一座座森林中来回穿梭，在月光下不时闪着毫无光泽的微光。沿着铁路线的一盏盏路灯正睡意朦胧地闪烁着五彩的光芒，一路延伸至我的故乡。一片冈峦起伏的田野浮现在我眼前，田野中矗立着一栋地主老爷的府邸——陈旧、破败、平淡无奇，却在月光下散发着一股柔和的气息……儿时曾窥探过我卧室的那轮明月，此后目睹我成为少年的那轮明月，如今又与我一同感伤我那一无所成的青春的那轮明月，莫不成就是眼前的这轮明月吗？在幸福的夜之王国里，正是它在抚慰着我的心灵……

“你为什么还不睡？”她那怯生生的声音响起。

在漫长而固执的沉默之后，她首先打破了僵局，这让我的心中感到一阵刺痛，一股甜蜜而又苦涩的滋味袭上心头。我轻声答道：

“不知道……那你为什么也还不睡呢？”

随后又陷入久久的沉默中。月亮已经坠落到屋顶后，月光照进卧室，整个房间洒满银光。

“原谅我！”我走到她跟前，说道。她没有回答，只是用双手捂住了自己的眼睛。

我握住她的手，将之从她的眼睛上移开。泪水顺着她的脸颊流了下来，眉毛仿佛孩童般高高扬起，不停地抖动着。我跪倒在她的脚边，把脸贴近她的身躯，这一举动非但没能止住她的泪水，就连我自己也禁不住潸然泪下。

“这难道是你的过错吗？”她惶恐不安地低语道，“难道不全是我的过错吗？”

她破涕而笑，露出一个快乐而又苦涩的笑容。

我告诉她，我们两人都有过错，因为我们违背了生活在这个世上所必须遵循的快乐戒律——而快乐正是人类所必须追求的一种心境。我俩冰释前嫌，重又陷入爱情的漩涡。只有曾经共同经历过痛苦和误解，而后窥探到真理那罕见面容的人们，才会像我们这般深爱着彼此。唯有苍白而又忧郁的月亮见证了我们的幸福……

一八九九年

在八月

>

我爱慕的人儿已离我而去，可我还未曾向她吐露心迹，那年我只有二十二岁，她的离去于我而言仿佛是一场灾难——茫茫世间似乎只剩我孤身一人。彼时恰逢八月底，我所居住的那个小俄罗斯城市热得仿佛蒸笼一般，空气都好像凝滞住了，没有一丝风。某一个周六，我从桶匠那儿下了工，那时街上空无一人，我没有回家，而是信步朝城郊走去。沿着人行道走着，两旁是一排排已经打烊了的犹太商店以及陈旧的货摊；教堂敲响晚钟，提醒人们去做晚祷，一排排房屋也将长长的影子投到地上，而酷热的暑气并未就此散去——南方城市的八月末依旧会出现这种暑气蒸人的天气，即便是那被烈日炙烤了整整一夏的花园也被蒙上了层层尘土。我感到苦闷至极，一种难以言说的抑郁之感席卷了我的整个身心，而周遭万物无一不在散发幸福的气息——花园、草原、瓜地，甚至是空气和炽烈的阳光，无一不如此。

在尘埃遍布的广场上，一位美丽高挑的霍霍尔女郎[①]站在水管旁，身穿一件雪白的绣花衬衫和一条黑色的紧身直筒裙，赤脚穿着一双打有铁鞋掌的皮鞋。她很像米洛斯的维纳斯[②]，只不过这位维纳斯的脸庞被太阳晒得黝黑，一双栗色的眼睛透着快活的光芒，前额轮廓分明——大概也只有霍霍尔女子和波兰女子才会拥有如此饱满的额头。水桶灌满水后，她把扁担放在肩膀上，挑着水桶朝我迎面走来。虽然晃动得哗哗作响的水沉重不已，但她却微微摆动起身体，皮鞋踏踏作响地敲击在地板上，整个人显得步履轻盈、体态端庄……我至今仍记得，当初自己是如何彬彬有礼地侧过身子给她让道，如何久久地凝望她的背影而不自知！在那条以广场为起点、途经山脚、终抵波多尔低地的大街上，可以望见嫩绿色的大河谷、草地、森林以及它们背后的那片黑黢黢的金色沙滩，还能眺望远方，看见那温柔的南国丽影……

如此看来，我对小俄罗斯的爱似乎在那一刻攀到了无法逾越的顶峰，自此之后再未曾体验过像那年秋天那般美妙的生活了——那时的我每天都在谈论如何同生活抗争，平日里就在箍桶匠那里学学手艺。而现在，站在广场上的我决定去郊外拜访托尔斯泰主义的信徒们。下山前往波多尔低地的途中，我遇到了许多

---

① 旧时俄罗斯人对乌克兰女郎的蔑称，今为谑称。

② 此处指的是在米洛斯发现的著名的维纳斯雕像。维纳斯在罗马神话中是爱与美的女神。

飞驰而过的双套马车——车上的乘客都是乘坐五点钟的那趟由克里米亚驶出的火车而来的。一匹匹拉货的高头大马，拖着满载了一个个箱子和一捆捆货物的嘎嘎作响的车子，慢慢悠悠地朝山上走去。化工品、香草以及蒲席散发的气味，双套马车，尘土，从风光秀丽的远方而来的游客，又在我的心底唤起了某种极其忧伤而又甜蜜的渴望，让我的心紧紧地揪在了一起。我拐进花园中间的一条狭窄的胡同里，一个人在城郊久久游荡。住在城郊一带的“爷们”都是些工匠和小市民，每到夏日夜晚，众人便聚在河谷里“狂欢游乐”，此间笙歌鼎沸，好不热闹，人们用赞美诗的曲调齐声高唱伤感而又动听的哥萨克歌谣。而此时，“爷们”正忙着打谷。我往城郊边缘走去，一排排蓝白相间的土坯房坐落在一片已被春汛时期的河水淹没的岸边林木丛中，而在河谷的起源处，可以看见连枷在晒谷场上时隐时现。然而，河谷里连一丝风都没有，燥热的程度跟城市里一般无二，于是我赶忙返身上山——那儿有开阔又平坦的草地。

那里视野开阔，幽静安宁。目之所及，尽是密密麻麻、高高戳起的麦茬，犹如一片金黄色的海洋。宽阔的道路[①]没有尽头，上面铺满了厚厚的灰尘：行走于此，仿佛脚上穿着的是一双丝绒制的鞋子。而西沉的落日则为你周遭的一切——麦茬、道路以及空气，都披上了一件熠熠生辉的纱衣。一位晒得黝黑的霍霍尔老叟拄着拐杖走来，他脚踏一双笨重的靴子，头戴一顶羊皮帽，身穿一件黑麦面包色的厚长袍，手中的拐杖在阳光下犹如玻璃般闪闪发亮。成群的白嘴鸦在麦茬地上空滑翔而过，翅膀划出一道道炫目的光芒，我不得不拉下已被晒得滚烫的帽檐，来遮挡刺眼的亮光和滚滚的热浪。一望无际的天边，隐约可见两头犍牛正慢悠悠地拉着一辆大车向前走去，还能望见看瓜人建在瓜地里的窝棚……啊，置身于这片辽阔而又宁静的原野中是多么的惬意！然而，我的心却情不自禁地飘向

① 这里指的是乌克兰和俄罗斯南部被车马轧出来的道路。

了河谷后的南方，我所魂牵梦绕的正是心爱之人离我而去的那个地方……

距大路半俄里开外的河谷上方，建有一座小巧的红色瓦房，那是托尔斯泰主义信仰者——季姆琴科家两兄弟巴维尔和维克托的庄园。我一路踩着干硬的麦茬，朝他们家走去。农舍周围空无一人。我从小窗口向里张望，那儿尽是苍蝇，成群结队地在屋里四下飞舞：有的贴在窗户玻璃上，有的倒挂在天花板上，有的则停在板凳上的那只瓦罐上。紧挨着农舍的是一个牲口棚，那儿也是连个人影都找不着。院门敞开着，满院尽是已被太阳烤干的牲畜粪便……

"您要上哪儿去？"猛然响起一个女人的声音。

我转身往河谷上方的陡壁看去，说话的正是巴维尔·季姆琴科的妻子奥尔加·谢苗诺芙娜，此刻她正坐在瓜地的田埂上。她并没有起身，只是同我握了握手，我在她身旁坐了下来。

"很无聊吧？"我直视着她的脸庞问道。

她垂下眼帘，凝视着自己赤裸裸的双足。这位娇小玲珑的女子有着一张晒得黝黑的脸庞，穿着脏兮兮的衬衫和陈旧的裙子，活脱脱像是一个被派来看守瓜地的小姑娘，百无聊赖地在烈日下度过漫长的白昼。她长得像俄罗斯乡村的一位正处豆蔻年华的少女。然而，无论如何我都无法习惯她的穿着，也看不惯她赤着脚行走于牲畜粪便以及扎人的麦茬间，我甚至都不好意思去看她的脚。连她自己都会把脚蜷缩起来，时不时地斜睨一眼伤痕累累的脚趾甲，但她的脚却长得小巧而秀美。

"我的丈夫到河谷那儿打麦去了，"她说道，"维克托·季姆琴科外出了……巴甫洛夫斯基又因逃避服役被官府抓了起来。您还记得巴甫洛夫斯基吗？"

"记得。"我漫不经心地回答道。

我俩都开始沉默起来，久久地眺望着蔚蓝色的河谷，眺望着森林和沙滩，眺望着发出忧郁呼唤声的远方。太阳仍在炙烤着我们;沉甸甸、团滚滚的西瓜挂在如蛇般盘绕交错的发黄了的瓜蔓上,瓜果也被太阳烤得发热。

"您为何不向我敞开心扉呢?"我开口道,"您何必要对自己苦苦相逼? 您是爱我的。"

她蜷缩起身子,把脚盘起,闭上了眼睛;随后把落在面颊上的头发吹开,露出一抹坚毅的笑容,说道:

"给我一支烟。"

我递给了她。她深吸了两大口,被烟呛得大咳了起来,于是就把烟卷儿远远地扔开,开始沉思了起来。

"我从一大清早起便坐在这儿了,"她说道,"就连河谷那边的鸡都会来啄食西瓜……我不明白,为什么认为我在这儿会感到百无聊赖呢。我非常喜欢这儿,非常喜欢……"

日落时分,我走到了离田庄两俄里远的一处可以俯瞰河谷的地方,摘下帽子,在那儿坐了下来……透过泪水,我遥望远方,恍惚看到一座座令我魂牵梦绕的炎热的南国城池出现在某个遥远的地方,看到暮色中那青色的草地,看到与我心爱之人融为一体的某位女郎的身姿,她的神秘以及孩童般的忧郁丰富了这一形象,而这种忧郁我曾在那个身材娇小的看守瓜地的女郎眼中见过……

一九零〇一年

霞光千里，彻夜不灭

>

一

日落时分，空中下起雨来。雨水打落在大宅四周的花园里，发出单调而又嘈杂的哗哗声，从客厅的一扇敞开的窗户外飘来阵阵迷人的气息——那是五月草木经过雨水的润泽而散发出的清新而又甜蜜的芬芳。春雷在屋顶上空隆隆作响，每当微红的闪电划破天际，雷声便会骤然变响，并伴随以阵阵炸裂声，好似山崩地裂一般。乌云密布，隐隐呈现出压城之势，天空便随之暗了下来。不久之后，一群穿着湿漉漉的捷克曼[①]的雇工们从地里回来，在板棚旁卸下沾满泥巴的木柄犁，然后把牲畜赶进院内，一时之间牛羊的叫声响彻整个庄园。农妇们把衣服的下摆掖在腰间，赤着雪白发亮的脚丫，在草地上追着畜群满院子地跑。头戴一顶大帽子，脚踩一双破烂草鞋的牧童在院子里赶着一头母牛，只听噼里啪啦一阵作响，母牛冲进了被雨水浇得湿淋淋的牛蒡丛中，牧童也跟着一头栽了进去……夜幕降临，雨也停了，却仍未见父亲归来——他可是一大清早就去了地里。

我独自一人在家，那时的我尚不知寂寞为何物：我还没尝够中学毕业后自由自在的滋味，也还没享受够女主人这一角色带给我的喜悦。弟弟巴沙在中等武备学堂读书，姐姐阿纽塔在母亲生前就出嫁了，如今居住在库尔斯克，因此我在乡间幽居的第一个冬季是和父亲一起度过的。那时的我既健康又漂亮，总会情不自禁地沉醉在自己的美貌中，甚至还欣赏起自己在屋里四处奔跑处理家务或者差遣佣人办事时的那种轻盈的步态。做家务时我总会哼着自己编的小曲，这些曲子总能让我感动万分。看着镜中的自己，我总会情不自禁地露出微笑。虽然衣着素雅，但每一件衣服都像是为我量身定制的，非常适合我。

雨刚停，我便围上披肩，提着裙子往牲口棚跑去，农妇们正在那儿挤牛奶。空中飘来几滴雨，打落在我未戴头巾的脑袋上，轻盈如纱、如棉如絮的云朵高高飘浮于庭院上空，已在四下飘散开来，还有一缕缕苍白黯淡却又离奇古怪的微光正悠悠地在庭院中弥漫开来——当地五月的夜晚常常能看到这样的情景。田野里飘来雨后青草散发的清香，夹杂着下房里生火时炉子冒出的阵阵烟味。我也去那儿看了看，只见身穿白色掩襟衬衫的年轻雇工们正围坐在桌子旁，端着碗喝着稀粥，一看见我便都站起身来。我走上前，因为自己跑得上气不接下气而笑了

① 捷克曼是一种腰间有褶皱的高加索男式上衣。

起来，问道：

“爸爸在哪儿？他去地里了吗？”

“去了，不过稍微待了一会就走啦。”几个人异口同声地回答道。

“坐什么走的？”我又问道。

“坐的轻便马车，和西韦尔斯少爷一起走的。”

“难道他也来了？”西韦尔斯的意外造访让我大为惊讶，这句问话差点脱口而出，幸好自己及时醒悟过来，只是微微点了点头，就快步走了出去。

西韦尔斯毕业于彼得罗夫军事学院，目前正在部队服兵役。年幼时期，人们一直戏称我为他的未婚妻，因为这个缘故当时的我非常不喜欢他。可后来我却时常想起他，并将之视为自己的未婚夫。八月去部队之前，他还特意来我家拜访，像所有的后备军士官生那样，穿着一身佩有肩章的士兵制服，眉飞色舞地模仿一位来自小俄罗斯的司务长的“谈吐”。那个时候我已经开始习惯于要做他妻子的这个念头了。他开朗乐观，皮肤被太阳晒得黝黑——只有额头的上半部分白得透亮，他在我眼里可爱极了。

“这么说，他回来休假了。”我激动地想。毋庸置疑，他是为我而来的——这一念头让我欣喜万分，可同时又感到惊慌失措。我风风火火地跑回屋，准备给父亲做晚饭，可一踏进下房，就看见父亲在大厅里来回踱步，皮靴敲击着地板不时发出笃笃的响声。不知为何，此刻能在这里看见父亲的身影让我感到欣喜不已。帽子被他推到后脑勺上，胡子乱蓬蓬的，长筒靴和茧绸上衣上溅了不少泥浆，然而此刻他在我眼中却是男性之美和男性力量的化身。

“为什么不点灯呢？”我问道。

“塔塔，”父亲依旧唤着我的乳名，“我这就准备去睡觉，晚饭不吃了。已经累得精疲力尽了，况且，你知道现在几点钟了吗？如今通宵都可以看见霞光，用庄稼汉的话来说——朝霞与晚霞齐飞。”紧接着他又心不在焉地补充道：“不过，牛奶还是要喝的。”

我伸手去点灯，可父亲却摇了摇头，朝着霞光举起杯子，查看杯中是否有苍蝇，然后才开始喝牛奶。夜莺的歌声已经在花园中响起，透过三扇面朝西北方向而开的窗户，依稀可见一片片轻柔而又美丽的淡紫色春云，而浮云上方的淡绿色天空则一直朝着远方伸展开去。无论是天上还是地下，周遭影影绰绰的万事万物都笼罩在一片轻盈如纱的夜色之中，显得分外柔和。在尚未褪尽的朦胧霞光的掩映下，世间万物的轮廓清晰可辨。父亲问了好些与家务有关的问题，我从容不迫地一一作答。然而当他突然提到明天西韦尔斯要来我家时，我能感觉自己的脸颊泛起了红晕。

“他为何而来？”我喃喃低语道。

“来向你求婚，”父亲边说边露出一个不自然的微笑，“是啊，是个英俊、聪明的年轻人，会成为一个不错的当家人……我们已经喝过许婚酒啦。”

父亲久久凝视着我，而后吻了吻我的额头，转身朝书房的大门走去。

“早晨脑袋瓜比晚上要来得聪明。”父亲讪笑着补充道。

二

我们的谈话打扰了苍蝇的美梦，它们开始在天花板上嗡嗡作响，轻声抱怨了一阵之后，才渐渐又进入梦乡。时钟也开始滴答作响，钟盒里的布谷鸟跳了出来，嘹亮而又忧伤地啼叫了十一声……

“早晨脑袋瓜比晚上要来得聪明。”父亲的这句给人带来慰藉的话又浮现在我的脑海中，让我有了一种如释重负的感觉，既感到幸福，又感到惆怅。

父亲已经进入了梦乡，他的书房里早已一片寂静，整个庄园也已悄然入睡。

雨后幽静的夜晚里，在夜莺不绝于耳的幽幽啼鸣声中，蕴含着某种让人感到怡然自得的东西，而远处朦胧的霞光中则飘浮着一种难以捉摸的美。我小心翼翼地收拾着餐桌，尽量不发出一丝声响，蹑手蹑脚地穿梭于不同的房间，把牛奶、蜂蜜和黄油放到前厅的那只冰冷的炉子上，用餐巾盖住茶具，最后才回到自己的卧室中去。然而夜莺和霞光并没有与我分别。我的卧室紧挨着会客厅，因此虽然卧室的百叶窗都放了下来，但是会客厅的门却敞开着，透过会客厅，依旧能看见大厅中朦胧的霞光，而夜莺的啼鸣声则回荡在大宅的每个角落。我散开头发，久久地坐在床上，一直试图做出某种决定。然后把双肘支在枕头上，闭上双眼，不知不觉间便进入了梦乡。此时突然有人在我的头顶喊了一声："西韦尔斯！"我听得真真切切，猛地战栗了一下，从睡梦中惊醒。一想到嫁人这件事我便感到浑身发冷，阵阵甜蜜的恐惧感蔓延至我的全身……

我的头脑一片空白，仿佛失去知觉似的，久久地静躺在床上。然后开始编织这样的场景：我已经出嫁，孤身一人在庄园里，就在这样的夜晚，丈夫从城里回来，走进宅院，悄无声息地在前厅脱去大衣，而我早已起身相迎，蹑手蹑脚地来到卧室的门口……他欣喜若狂，一把将我抱起！我开始意识到，自己已经坠入了情网。我对西韦尔斯知之甚少。在我幻想而出的世界里，与我共度这个情深意浓的初恋之夜的男子并不像他，可我依旧认为他们是同一个人。我们几乎有一年没见过面了，黑夜让西韦尔斯变得更加英俊，更加迷人了。四周寂静无声，漆黑一片。我躺在床上，已然神游天外，现实世界离我越来越远。"是啊，长相英俊，人又聪明……"我微笑着闭上了双眼，凝视着眼睑内的黑暗世界，那儿正浮动着一些明亮的光点和人的脸庞……

我感觉到，子夜已经降临了。我想起自己的婢女玛莎，"如果玛莎在家就好了，可以马上去找她，两人能一直聊到天亮……"可转念一想，还是否定了这个想法,“不,还是让我一个人静静地待着更好……等我出嫁的时候再把她带上……”

大厅中的某个角落怯生生地发出一阵阵咔嚓咔嚓的响声。我警觉地睁开了双眼。大厅变得更加昏暗了,无论是周遭的一切还是我的内心都随之发生了变化,陷入了全新生活的漩涡——那是一种与众不同的夜生活,一种让清晨感到大惑不解的生活。夜莺已不再啼啭,只有今春栖息在阳台旁的那只鸟儿还在慢慢悠悠地舒展着歌喉,大厅里那座钟的钟摆还在小心翼翼、从容不迫、节奏精准地摆动着,发出滴答滴答的响声。深夜的大厅里,万籁无声,静得似乎能让人嗅到几许紧张的味道。我从床上欠起身,侧耳倾听着每一个簌簌声,我的灵魂已经完全被这个为亲吻和偷偷拥抱而创造出的神秘时刻所主宰,此时此刻,即便是天方夜谭,即便是黄粱美梦,在我眼中也成了合情合理之事。我突然想起了西韦尔斯曾开玩笑般地许诺说,某天夜里他会到我家的花园里来和我幽会……倘若这不是一句戏言?倘若此时他正慢慢悠悠地、悄无声息地向阳台走来呢?

我把双肘支在枕头上,全神贯注地凝视着变化无常的朦胧夜色,沉浸在幻想的世界里,想象着自己打开通往阳台的门,如情人般对他呢喃细语,然后甜蜜地失去自制力,任凭他牵着我,踏着林荫道上湿漉漉的细沙,往沾满露水的花园深处走去……

三

我穿上鞋,围好披肩,小心翼翼地走进会客厅,忐忑不安地在阳台的门前停下脚步。直到确定除了摆钟均匀的滴答声和夜莺啼啭的余音之外,整座大宅里鸦雀无声,这才悄无声息地打来了阳台门上的锁。刹那之间,回荡在花园里的夜莺婉转的歌声变得更加嘹亮,而充满了紧张气息的寂静也随之消失殆尽,终于能够自由自在地呼吸深夜时分湿润而又沁人心脾的空气了。

北边的天空乌云密布，遮住了天际朦胧的霞光。长长的林荫道两旁是一株株风华正茂的白桦树，我踏着湿漉漉的细沙往花园深处走去，那儿有一座掩映在白杨和山杨树丛中的丁香色凉亭。园中万籁俱寂，就连偶尔从低垂的树枝上滴落而下的水珠声都能听得一清二楚。万物都已昏昏欲睡，沉醉在各自的梦乡中，唯有那只夜莺还陶醉于自己甜蜜的歌声中无法自拔。每一处阴影里都仿佛藏着某个人的身影，我的心激动得怦怦直跳。当我终于踏入漆黑一片的凉亭，凉亭散发的温暖气息迎面扑来时，我几乎深信下一刻就会有人突然出现在黑暗中，无声无息地将我紧紧拥入怀中。

然而四周依旧空无一人，我因为激动而情不自禁地战栗起来，同时侧耳倾听着杨树细碎而含糊的梦呓。随后，在湿漉漉的长椅上坐了下来……我仍在期盼着什么，不时朝着拂晓前的朦胧夜色里迅速地瞟上一眼……一种亲切而又难以捉摸的幸福气息萦绕在我左右，久久不曾散去——这是一种无以名状的巨大幸福，每个人在跨进生活的门槛时迟早都会与之相遇。这种幸福突然触碰了我一下，抑或是它只是做了自己的分内之事：轻碰一下后，再翩然而去。至今仍记得当初涌上我心头的缠绵情话，那些甜言蜜语让我忍不住泪沾衣襟。我倚靠在湿漉漉的白杨树上，捕捉着空气中若有似无的树叶的絮语，仿佛是在抚慰伤心之人，我任凭泪水在两颊无声地流下，这让我感到幸福……

我聚精会神地观察着由黑夜迈向黎明的整个隐秘过程。夜色苍茫，天边正泛起鱼肚白；透过远方的樱桃园向北边的天空望去，暗白色的浮云正泛着一丝红晕。气温骤降，我忙将披肩裹紧了身子。朦胧的幕帘仿佛被掀起，天空逐渐变得明亮起来，眼看着它变得越来越深邃、越来越辽阔，而如水滴般晶莹剔透的金星则在夜空中闪烁着光芒。我已坠入情网，这份爱情无处不在：在黎明沁凉的寒气之中，在清晨迷人的芬芳之中，在绿意盎然的花园的清新气息之中，在这颗晨星之中……运水车从花园外驶过，马声嘶鸣，一路朝着河边飞奔而去……后来，一个沙哑的声音在园中响起——某个刚从睡梦中醒来的人喊了一句什么话……我赶忙溜出凉亭，快步行至阳台，悄然无声地推开阳台门，蹑手蹑脚地跑进了自己温暖而又漆黑的卧室……

一大清早，西韦尔斯就来我们的园子里打寒鸦，起初我还以为是某个牧人闯进了大宅，在园子里将他的长鞭舞得啪啪作响。但这并没有打扰我酣睡。等我醒来之时，大厅里传来人们谈话的声音，以及盘子碰撞发出的叮当声。紧接着西韦尔斯走到我的卧室前，大声喊道：

“娜塔莉娅·阿列克谢耶夫娜！多难为情呀！竟然睡起了懒觉！”

而我确实感到难为情，羞于出去见他，羞于拒绝他的求婚——此时此刻我已下定决心要去这么做了，于是我匆匆忙忙地穿好衣服，看了一眼镜中脸色苍白的人儿，再用玩笑般的口吻很礼貌地回答了一句，仿佛呢喃细语一般，他大约是没听清楚我到底说了什么。

一九〇二至一九二六年

日射病[①]

>

晚餐过后，他俩走出灯火辉煌、亮如白昼的餐厅，来到甲板上，在栏杆旁驻足而立。她闭上双眸，将一只手的手背贴在自己的脸颊上，发出单纯而又迷人的笑声——这个娇小玲珑的女子身上的一切都是如此得迷人。女子开口道：

“我好像喝醉了……您是从哪儿冒出来的？三小时前我甚至没想过会遇见您。我甚至不知道您是在哪一站上的

---

① 日射病，即中暑，主要是由长时间接受烈日的照射或者室内温度过高、空气不流通而引起的病症。

船。是萨马拉吧？反正没区别……是我自己头昏得天旋地转还是我们在转弯航行呢?”

前方的海面漆黑一片,点点灯光闪烁其间。阵阵海风从黑暗中吹来,时而强劲,时而轻柔。而灯火都聚集到了一侧——一艘有着伏尔加河气派的豪华轮船陡然一个大转弯,朝一个小码头行驶而去。

中尉握住她的手,放在唇边轻吻了一下。晒得黝黑的手小巧而有力,散发着阳光的味道。她在海边炙热的沙滩上躺了整整一个月,终日沐浴在南方的艳阳下,粗麻布连衣裙下结实的肌肤想必已是黝黑发亮,一思及此,幸福和恐惧齐齐涌上心头,他的心不由地为之一紧。中尉喃喃低语道:

“我们下船吧……”

“在哪儿下?”她惊讶地问道。

“就在这一站下。”

“为什么?”

他沉默不语。她又将手背贴向滚烫的脸颊,说道:

“疯了……”

“下船吧,”他神情呆滞地重复道,“求您了……”

“唉,随您所愿吧。”她边说边转过身去。

朝前滑行的轮船轻轻地撞向灯火昏暗的码头,他俩差点儿就倒在彼此的身上。缆绳的一端从他们头顶飞越而过,船便开始向后滑动,海水哗啦哗啦地翻滚起来,跳板也轰隆轰隆地响了起来……中尉匆忙返身去拿东西。

没过多久,他们就穿过死气沉沉的码头,来到河岸边深及轮毂的沙滩,沉默地坐上了一辆布满灰尘的四轮轻便马车。道路两旁零零落落地矗立了歪歪斜斜的路灯,这条通往山巅的缓坡上覆盖着一层松软的尘土,似乎看不见尽头。马车终于爬上了山坡，在马路上吱嘎吱嘎地行驶着，一路上经过了某个广场、某些办公机构、瞭望塔，空气中弥漫着夏夜县城的温暖以及种种气息……马车停在一处灯火通明的大门口，敞开的门后是一座陡峭的旧式木梯，一个身穿粉色偏领衬衫和常礼服的老仆役走了出来，这个未修边幅的老人不情不愿地拿起了他们的行李，拖着疲惫的步伐在前面领路。他们走进一间宽敞的客房，房间的窗户上垂挂着白色窗帘，镜台上摆着两根没有点燃过的蜡烛，这间客房一整日都曝晒在烈日下，因而此刻屋里异常闷热。他们刚一进屋，老仆役就关上门离开了。中尉猛地奔向她，两人热情拥吻，直至气喘吁吁。多年之后回忆起这一刻，无论是他还是她，穷极一生都未曾再有过这样的体验。

翌日清晨，骄阳似火，空气中弥漫着一股幸福的味道。在教堂钟声、旅馆门前广场上的集市喧嚣声、干草和沥青散发的味道以及俄国县城散发出的复杂而又芬芳的气味中，这名身材娇小的无名女郎，这个始终不愿透露自己姓名、只是玩笑般地自称为美丽的陌生女郎的女子，于早晨十点钟离开了旅馆。晚上他俩几乎都没怎么睡觉，无名女郎醒来后，从床边的布幔后走了出来，仅花了五分钟便洗漱穿戴完毕，她看上去神清气爽，仿佛只是个十七岁的少女。她感到难为情吗？不，不怎么难为情。她仍旧像先前那样单纯、快乐——且有了理智。

中尉恳求她继续与自己同行，可她却拒绝了："不行，不行，亲爱的，您得留在这儿等下一班船。倘若我们一块儿走，所有感觉都将不复存在。我会心烦意乱，会感觉很不舒服。实话跟您说，我根本不是您所想象的那种人。我从未做过哪怕是与此类似的事，以后也不会再做。大概是我一时糊涂，才会这样……抑或是我俩都犯病了——大概是得了日射病……"

不知何故，中尉很快就同意了她的话。他怀着轻松而又幸福的心情把她送上码头，恰巧此时那艘粉红色的"飞机号"轮船即将起航。中尉在甲板上当着众人的面与她吻别，差点儿没来得及跳上已经在往回收起的跳板。

他怀着同样轻松而又无忧无虑的心情回到了旅馆。然而那里却已悄然发生了某种变化。没有了她的客房，变得完全不同了。他的心中还满满都是她的身影，可这里却是空空如也。真是奇怪！空气中还残留着她身上那股迷人的英国香水的味道，托盘上的一只茶杯里还残留着她没喝完的茶水，可她却已离去……中尉的心中涌起一股柔情蜜意，仿佛无形中有一只手将他的心脏紧紧握住，他赶忙点上一支烟，在屋里来回踱着步。

“奇遇！”他微笑着大声说道，并且感到自己的双眼已泛出泪花。“她说：‘实话跟您说，我根本不是您所想象的那种人……’然后就走了……”

床边的布幔已被拉开，床铺依旧一片凌乱，还没有整理好。中尉感觉自己已经没有力气再去看这张床。他重新拉上布幔将床遮住，关上窗户，以便不再去听集市的喧闹声和车轮的吱吱声，甚至还放下鼓鼓囊囊的白色窗帘，在沙发上坐了下来……是啊，这就是“旅途艳遇”的结局了！她已离他而去——此刻早已远在天涯，也许她正坐在白色玻璃客舱里，或是坐在甲板上，望着广阔无垠、波光粼粼的河面，望着迎面而来的木筏，望着黄色的浅滩，望着水天相连的熠熠闪光的远方，望着这一望无垠的伏尔加河流域……别了，一别就是永远，相见永无期……如今他们还能在哪里重逢？中尉心想：“我不可能无缘无故就跑去她的城市，要知道，那里有她的丈夫，有她三岁的女儿，有她的家人，还有她全部的生活！”于他而言，这座城市是多么与众不同，多么弥足珍贵。她将在这座城市中独孤终身，或许还会时时想起他，回想起他们这次短暂的偶遇，而他却再也无法和她见面，每每思及此，他总会愕然失色。不，不可能！这太荒唐，太不寻常，太不合情理了！今后的人生道路不会再与她有任何交集，那么这样的人生该是多么痛苦、多么无趣啊，一阵恐慌和绝望不由得袭上中尉的心头。

他重又站起身来，来回在屋里踱着步，竭力不去看布幔后面的那张床，心中暗想："真是见鬼！她到底有何特别之处？这件事有何与众不同？事实上，的确像是得了日射病！而最主要的是，没有她，我该如何在这个偏僻之地消磨一整天的时光？"

他记得她所有的特点，即便是她身上最细微的一切也仍记忆犹新——记得她身上晒过太阳后散发的气息，记得她的粗麻布连衣裙上的味道，记得她结实的身体，记得她生动、单纯、快活的语调……不久之前他才享受过她全部的女性魅力，那种感觉至今仍无比鲜活地留在他的体内，而如今，他的身心却被一种全新的感觉所占据——这是一种无法言喻的奇怪的感觉。当他们尚且在一起时他未曾有过这样的感觉，甚至从未想过自己有朝一日会如此——昨天他还以为这只是一段露水姻缘而已，可是现在他却再没有机会向她述说自己的所思所想了！他心想："最主要的是，永远都无法告诉她这一切了！应该如何处之？怀揣着这些回忆和这种无处释放的痛苦，又该如何在这座位于波光粼粼的伏尔加河河畔的被上帝遗忘在角落的小城里度过漫长无止境的一天！而她，正是坐着一艘粉红色的轮船沿着伏尔加河离我远去的啊！"

应该重新找寻幸福的感觉，做点什么事情来转移自己的注意力，到什么地方去走一走。他毅然决然地戴上帽子，拿起马鞭，飞快地走过空荡荡的走廊，顺着陡峭的木梯直奔大门口，一路上靴刺不停地发出清脆的响声……可是去哪儿呢？门口停着一辆出租马车，一个穿着合身的紧腰细褶长外衣的年轻车夫正悠然自得地抽着自卷的纸烟。中尉不知所措地看了一眼车夫，心中大为不解：怎么能像这样悠然自得地坐在驭座上抽烟，总而言之，这么轻松平常，这么若无其事，这么漫不经心？"或许，整座城市只有我一个不幸之人。"他一面想着一面朝集市走去。

集市上的人群渐渐散去。他茫然地向前走着，不知为何自己要踩着大车之间的新鲜牲畜粪便，不知为何要穿行于载着黄瓜的大车以及崭新的瓦盆瓦罐之间。坐在地上的农妇们争先恐后地叫卖起来，拿起瓦罐向他兜售，还不停地用手指将瓦罐扣得嗡嗡作响，以此证明这些瓦罐的质量都是极好的；庄稼汉们则朝他大声喊叫："大人，这是上等的黄瓜！"叫卖声震耳欲聋。多么愚蠢，多么荒谬啊！他赶忙逃离集市。随后又走进了一座大教堂，人们在教堂里放声高歌，歌声是那么坚定而愉快——人们意识到自己的责任已尽。后来，他来到一个坐落在悬崖峭壁之上的、热得仿佛蒸笼般的花园里，并在这荒芜的园子里久久地徘徊着，而悬崖之下则是一片一望无际的淡银灰色的水域……军服上衣的肩章和纽扣被太阳晒得灼热无比，烫得连碰都无法触碰。军帽帽圈的内里已被汗水浸湿，脸也被晒得通红通红……回到旅馆，他兴高采烈地走进一楼的大餐厅——空荡荡的餐厅里散发着阵阵凉意，然后脱下军帽，怡然自得地在紧挨着一扇敞开的窗户的小桌旁坐下。虽然窗外吹来阵阵热风，但毕竟空气在流动，他点了一份加冰的波特文尼亚汤[①]……一切都是如此美好，一切都充满了无尽的幸福和巨大的快乐，甚至是这炎热的天气、集市上散发的一切气味、陌生的小城市以及陈旧的县城旅馆，无一不在散发幸福而快乐的味道，然而与此同时，他又听到了自己心碎的声音。他就着腌得不是很咸的黄瓜和茴香，喝了几小杯伏特加，心中想到：倘若能借助什么奇迹让她回到自己身边，能与她再共度一日——也就是今天，只是为了告诉她，只是为了向她证明、让她相信——自己对她的爱是何等炽热、何等痛苦，那么他明天就能毫不犹豫地去面对死神……为何要向她证明？为何要试图说服她？他无从知晓答案，但这却比生命更加有必要。

①波特文尼亚汤是用鱼、克瓦斯和蔬菜泥、罐头蟹肉等做的一种冷汤，吃的时候加些小冰块。

“神经完全不受控制了!”他边替自己斟上第五杯伏特加酒,边说道。

中尉推开波特文尼亚汤,要了一杯黑咖啡,点着了一根烟,忐忑不安地思索起来:如今自己该怎么办,怎样才能摆脱这突如其来的、意料之外的爱情? 摆脱它简直就是痴心妄想——对此他深有感触。他突然又迅速地站起身来,拿上军帽和马鞭,打听到邮局的地址后,便匆匆往邮局赶去,此时脑中已经拟好了电报的内容:“从今往后,您就是我生命的主宰者——我将至死不渝!”等走到邮电局,他却停下了脚步,惊骇地站在这座墙壁厚实的老房子跟前,心中暗想:自己只知道她生活的那座城市的名字,知道她有丈夫和一个三岁的女儿,却不知她姓甚名谁! 昨天在船上吃饭的时候以及后来在旅馆里,他数次问起她的名字,但每次她都笑着回答说:

“您何必知道我是什么人,叫什么名字呢?”

邮局旁的一个街角里,陈列着一排照相馆的橱窗。中尉伫立在橱窗前,久久地凝视着一张军人的巨幅相片:照片里的军人佩戴着厚厚的肩章,暴突的双眼,低低的额头,蓄着十分漂亮的络腮胡子,宽阔的胸膛上戴满了勋章……如今他已切身体会到了这样的感觉:当一个人的心变得伤痕累累——被可怕的“日射病”、被这段刻骨铭心的爱情和巨大的幸福灼烧得千疮百孔的时候,一切平淡无奇的东西竟会显得如此古怪、如此可怕! 他又看了眼一对新婚夫妇的相片——穿着长长的常礼服、系着白色领带、留着平头的新郎笔直地站着,手挽着身披婚纱的新娘的胳膊,随即又将目光转向一位歪戴着学生帽、热情奔放的漂亮小姐的相片……对这些无忧无虑的陌生人的羡慕之情让他感到痛苦无比,随后又紧张地朝街道望去。

“我该何去何从? 该怎么办?”

街道空无一人。商人居住的双层楼房都是一模一样的白色房子,有大大的花园，里面似乎也没有一个人；马路上积了一层厚厚的白色尘土；所有的一切都令人炫目，所有的一切都沐浴在如火焰般炽烈的阳光下，但这散发着欢乐气息的阳光在这里似乎显得毫无意义。远方的街道渐渐向上延伸，向高处拱起，直入云霄，最终消失在那片万里无云、闪着阳光的浅灰色天空中。此情此景颇具几分南国的特色，不禁让人联想到塞瓦斯托波尔、刻赤……阿纳帕。这一点尤为让人难以忍受。刺眼的阳光让中尉眯起了眼睛，他垂下头，专心致志地盯着脚下的路，步履蹒跚、踉踉跄跄地往回走，靴子上的马刺时不时地相互碰撞、纠缠在一起。

他拖着疲惫不堪的身躯回到了旅馆，仿佛刚刚在突厥斯坦和撒哈拉的什么地方结束了一次长途行军。用尽最后一丝力气，走进空空荡荡的大客房。房间已被收拾得焕然一新，连同她的最后一丝痕迹也被抹去了，唯有一支发夹被她遗忘在床头柜上！他脱下军装上衣，凝视着镜子中的脸庞：那是一张普普通通的、已经晒得发灰的军官的脸，唇髭被太阳晒得褪了色，浅蓝得发白的眼睛被太阳晒得似乎愈发白了。此刻，他的脸上正露出一种激动而又疯狂的表情，白色细布衬衫和上过浆的立领让他显得很年轻，又显得极为不幸。他仰面躺在床上，把沾满灰尘的靴子架在床脚上。窗户敞开着，窗帘低垂着，阵阵微风从窗外拂来，时不时地将窗帘吹起；被太阳晒得滚烫的铁皮屋顶上热气腾腾，冷冷清清、波光粼粼、无声无息的伏尔加河的世界里酷热难耐，微风将屋顶和河流散发的热气都吹进了客房。他把手枕在脑后，全神贯注地盯着前方。然后咬紧牙关，闭上双眼，任凭泪水顺着双颊流了下来——最后终于进入了梦乡。等他一觉醒来，窗帘外的夕阳已经发黄，风停了，屋里变得闷热而干燥，仿佛躺在鼓风炉里一般……昨天和今晨发生的一切突然变得十分遥远，仿佛那是发生在十年前的陈年旧事。

他不紧不慢地从床上起身，慢慢悠悠地盥洗，拉上窗帘，摇铃叫来仆役为自己送来茶炊和账单。他喝了一杯加了柠檬的茶，喝了许久许久。然后叫人替他雇了一辆马车，帮他搬下行李。中尉爬上四轮轻便马车，坐在一个晒得褪色了的红褐色坐垫上，给了仆役整整五卢布的小费。

“大人，昨天晚上好像就是我把您拉到这儿来的！”车夫拉起缰绳，兴高采烈地说道。

当他们下坡来到码头上的时候，伏尔加河早已笼罩在一片深蓝色的夏季夜幕之中，河面上星星点点地散落着灯光，恰似一盏盏七彩的霓虹灯。正朝着岸边驶来的轮船的桅杆上也挂着五光十色的灯。

“刚好赶上！”车夫谄媚地说道。

中尉也给了车夫五卢布的小费，然后拿着船票，走过码头……如同昨天一样，船轻轻地撞了一下码头，脚下微微晃动起来，不由得感到一阵轻微的眩晕，紧接着缆绳的一端又从头顶飞越而过，轮船稍稍向后退去，而轮子下的水则翻滚着向前涌去，不时哗哗作响……轮船上人头攒动，灯火通明，空气中弥漫着厨房的香味，让人感到格外亲切和舒适。

不一会儿船便扬帆起航，逆流而上，朝着今晨她离开的方向行驶而去。

夏天的傍晚，远方天空中的霞光逐渐黯淡下来，在河面上投下昏暗、朦胧而又五彩缤纷的倒影。远方——在那片晚霞的下方，泛着粼粼波光的涟漪一圈又一圈地荡漾在水面上，散落在四周黑暗中的灯火则不停地向后漂浮而去。

中尉坐在甲板的敞棚底下，觉得自己瞬间苍老了十岁。

（法国）滨海阿尔卑斯（省）

一九二五年

高加索

>

抵达莫斯科后，我偷偷摸摸地拐进阿尔巴特大街附近的一个小巷子，在一家毫不起眼的小旅馆安顿了下来，如同隐居者般过着令人倍感痛苦的日子——焦灼地等待着与她幽会。这些天她只来过三次，每次都是行色匆匆，一见面就说：

“我只能待一会儿……”

她脸色苍白——只有坠入情网并为之焦虑不安的妇人才会拥有如此楚楚动人的苍白之色，就连说话的声音都发生了变化。她把遮阳伞搁到一旁，匆忙掀起面纱上前拥抱我，一股怜悯之意和狂喜之情总会在这一刻充溢我的心田。

“我猜想，他已经心生怀疑，”她说道，“甚至是已经知晓了些什么，或许他配了一把我书桌的钥匙，曾读过您写给我的某封信……他为人粗暴，自尊心极强，我料想他什么事都做得出来。有一次，他直言不讳地对我说，‘为了捍卫我的荣誉，捍卫作为丈夫和军官的荣誉，我会不顾一切，无所不惧！’不知出于何故，这段时间他对我的一举一动都严加监视，因此我必须谨言慎行，方能让我们的计划能以顺利进行。他已经答应放我离开，我不停地暗示他，如果再不让我去南方，去看看海的话，我肯定会死。不过看在上帝的分上，您千万得忍耐下！”

我们的计划十分大胆：同乘一辆火车前往高加索海滨，找一个偏僻的地方住上三四个礼拜。我对那一带的海滨非常熟悉，曾在索契周边小住过一段日子，那时的我正值年少，孤身一人，永远都无法忘怀索契秋日的那些夜晚——它们藏身于一棵棵乌黑的柏树上，还有那凉意袭人的灰蒙蒙的海浪中……我对她说：“我将与你共赴海滨，我们将住在山峦叠起的莽丛中，将在热带海洋的附近定居下来……”听了我的话后，她的脸显得愈发苍白了。直至最后一刻，我们都无法相信自己的计划能够顺利实现——这于我们而言简直就是莫大的幸福。

莫斯科下起了雨，寒意袭人，仿佛夏天已经一去不复返。整个城市显得肮脏而又昏暗，街道上湿漉漉的一片，行人撑着的雨伞以及四轮马车上因飞奔而微微颤动的车篷在雨中闪烁着乌色的亮光。这是一个天色昏暗、令人心生厌恶的夜晚，我乘车赶往火车站，由于忐忑和严寒，我的五脏六腑仿佛都被冻僵了。我把帽子拉得遮住眼睛，将脸埋在大衣领子里，疾步穿过车站大厅和站台。

在我预先订好的狭小的头等车厢里，可以听到雨滴敲打在车顶上发出的嘈杂声响。一踏进包厢，我就立刻把窗帘拉下，等挑夫用白围裙将湿漉漉的手擦干，接过小费走出车厢后，我立刻将门锁上。稍稍掀起窗帘的一角，屏息凝神、目不转睛地望着站台上形形色色的人们，他们拎着行李，在昏暗的灯光下匆匆忙忙地沿着列车来回奔走。我们事先约定，我尽可能提前达到，而她则尽可能晚到车站，以免我与他们夫妻二人在站台上碰面。此刻他们应该在站台了。我怀着越来越焦灼不安的心情向站台张望——仍不见他们的踪影。第二遍铃声已经响起——我惊恐得浑身发冷：是误点了，还是他在最后一刻突然变卦，不肯放她离开！脑海中刚闪过这一念头，我便感到痛楚不已，因为我看到了他那高挑的身姿、军官的制服、紧身的军大衣以及带着麂皮手套的手，他挽着她的手，正大步流星地走过来。我忙从窗口闪开，跌落到沙发的角落里。旁边是二等车厢，我能想象得出他是如何以主人般的姿态与她一同走进车厢，然后环顾四周，看看挑夫是否为她打点妥当，摘下手套，脱下便帽，与她吻别，为她画十字祝福……第三遍铃声敲响，发出震耳欲聋的响声，列车开动了，终于摆脱了纹丝不动的木然状态……列车开始加速，摇晃着，颠簸着，不断向前驶去，随后逐渐步入平稳行驶的状态，铆足了劲全速前进……乘务员提着她的行李，将她领进我的车厢，我用冰凉的手塞给他十卢布纸币作小费……

走进车厢后，她甚至没有亲吻我，只是可怜兮兮地朝我微微一笑，便坐到沙发上，解开固定帽子的发针，摘下帽子。

“吃晚饭的时候，我简直食不知味，”她说道，“一度感觉自己无法将这个可怕的角色扮演到底。我现在口干舌燥。你给我倒杯矿泉水吧。”这是她第一次用“你”来称呼我，随后又继续说道：“我料定他会跟踪我。给了他两个地址：格林吉克和加格拉。看吧，三四天后他就会出现在格林吉克……跟他一起简直度日如年，与其忍受这份痛苦，还不如去死……”

清晨踏入走廊，那儿阳光充足，闷热不已，盥洗室里散发出香皂、古龙水以及清晨人潮拥挤的车厢所独有的一切气味。因沾满灰尘而显得模糊不清的列车车窗被太阳烤得发烫，一片平坦的、烧焦了的草地从车窗外闪过，映入眼帘的是一条条尘土飞扬的大道、套着犍牛的大车、铁路看守员的小屋，以及屋前花圃中盛开的金灿灿的向日葵和红彤彤的锦葵……随后列车驶入了一望无垠的荒原，那儿寸草不生，唯有古墓和坟场错落其间，荒原上烈日炎炎，干燥无比，天空仿佛是一片积满灰尘的乌云，列车又向前行驶了一段时间，我们终于遥望到地平线上的层层山峦那模糊的轮廓……

她在格连吉克和加格拉先后给他寄去明信片，并在信中言明，自己还未决定在何处落脚。

随后我们顺着海岸往南前行。

我们找到一处原始丛林，那里遍地都是悬铃木、开满鲜花的灌木丛、红木树、木兰和石榴，而一株株有着扇形树叶的棕榈和黑油油的柏树则耸立在这些树木中间……

每天清晨，当她还在睡梦中的时候，我便早早地出门了，独自漫步于密林中的小丘之间，直到早茶时分才回去——我们通常会在七点钟左右喝早茶。此时的阳光已经十分强烈了，散发出明亮而又欢快的光芒。芬芳馥郁的雾霭闪烁着蔚蓝色的光，雾气正逐渐散去；远处的山峦遍布郁郁葱葱的树木，群山后面高高耸立着终年积雪的雪山，在阳光下闪烁着白晃晃的光芒……村庄的集市是我每次散步回家的必经之路，那儿热不可耐，烟囱里不断散发出干粪块燃烧的气味。集市上生意兴隆，人山人海，挤满了赶集的乡民们以及他们的马匹和毛驴。每天清晨，不同民族的山民会从四面八方到这儿来赶集。切尔克斯人身穿黑色的服装，脚踏红色的平底软便鞋，头裹某种黑色的缠头巾，长裙曳地，迤逦而行。而在那丧服般颜色的缠头巾下，时不时得闪烁着好似禽类般锐利的目光。

喝完早茶后，我们会漫步至海边，周围空无一人，我们在那儿尽享二人世

界——洗海水浴，晒太阳，直到早餐时分才起身离开。早餐很丰盛——煎鱼、白葡萄酒、核桃仁和水果。用完餐后，一束束炽烈而又欢快的阳光便会穿透百叶窗的间隙，照射进我们寄居的这间闷热而又昏暗的瓦顶农舍中。

待暑气散尽后，我们打开窗户，透过生长在下方斜坡上的柏树林，能够眺望见大海的一角。海水泛着紫罗兰的颜色，碧波浩渺，美不胜收，让人不禁升起这样的念头：似乎这种美、这种平静将永远定格在这一刻，地久天长，永无止境。

每至日落时分，海面上便会出现层层叠叠、光怪陆离的云朵，晚霞映红了天空，绘成一幅壮观的画卷。此情此景让她心生感慨，常常看着看着便扑倒在软榻上，用薄绸围巾捂住脸，失声哭道："两三个星期后，又得回莫斯科了！"

夜晚温暖而又黑暗。火蝇发出好似黄玉般的萤火，在漆黑的夜色中忽明忽暗地飘动着、闪烁着；树蛙则如同一个个水晶铃铛，发出清脆悦耳的鸣叫声。待眼睛适应黑暗的环境后，便能清楚地看到空中的繁星和远处的山脊，村庄上方的树木在黑暗中也清晰可见，倘若是白天的话我们根本就不会留意到这些树木。某处的小酒馆里传来阵阵低沉的鼓声以及喉音很重的哀号声，声音哀婉凄绝，充满了幸福之感，似乎是在反反复复地唱着同一首歌，一首永远都唱不完的歌。

离我们不远处有一条靠近海岸的溪涧。溪水湍急，清澈见底，在乱石林立的河床上欢奔而去，蜿蜒穿过森林，最后投入大海的怀抱。当姗姗来迟的月亮从山岭和森林后探出脑袋，全神贯注地凝视着眼前这妙不可言的景色时，溪水拍打在岩石上散成朵朵浪花，飞溅而起的水沫在这一神秘莫测的时刻闪烁出粼粼波光，这是何等美妙的奇景啊！

偶尔会在晚间遇到这样的场景——空中乌云密布，大片大片令人悸恐的乌云从远方的山岭处翻滚而来，一副黑云压城之势；暴风雨似是心怀敌意，恶狠狠地席卷而来；夜晚的森林喧闹不已，如同坟墓般漆黑一片，一个个奇妙的绿色深渊在林中裂开，高空中时不时传来亘古已有的隆隆雷声。此时，森林中的动物纷纷从睡梦中惊醒，雏鹰嗷嗷叫唤，雪豹仰天长啸，胡狼不时嚎叫……每逢风雨交加的夜晚，它们总会聚集到有人烟的地方。有一回，这些动物成群结队地跑到我们亮着灯光的那扇窗户前，我们打开窗户，俯视着站立在寒光闪闪的倾盆大雨中的动物们，听着它们一阵接着一阵嚎叫，央求我们放它们进屋……她望着它们，快活地哭了起来。

他一路寻觅妻子的踪迹，先后去了格连吉克、加格拉和索契。抵达索契的第二天清晨，他先去洗了个海水浴，随后刮净胡子，穿上干净的内衣，换上白净如雪的制服，在下榻的旅馆餐厅的凉台上用了早餐，喝了一瓶香槟和一杯对有沙尔特廖斯甜酒的咖啡，从容不迫地抽完一只雪茄。回到房间后，他躺到沙发上，用两支手枪朝两边的太阳穴各开了一枪。

一九三七年十一月十二日

在一条熟悉的道路上

巴黎的某个春夜，我漫步在林荫大道上，繁茂的嫩叶遮住了星光，使得周围的一切都笼罩在朦胧的月色中，树下的路灯闪烁着金属般的光芒，此时我感到轻松而又惬意，仿佛重回到了青春时代，不禁想起了一首诗：

在一条熟悉的道路上，
一座古老的宅邸让我难以忘怀，
高高的楼梯暗淡无光，
还有那扇拉上窗帘的窗户……

多么美妙的诗啊！令人感到惊讶

的是——我也曾有过类似的经历！莫斯科，普列斯尼亚区，荒凉的街道上白雪皑皑，一幢幢木质的小市民的陋室矗立两旁，而我呢，还是个大学生，至今仍无法相信自己曾有过这样一段经历……

那儿有一簇神秘的火花，
深夜时分仍旧熠熠生辉……

那儿有一簇泛着幽火的灯光。屋外暴风雪肆虐，狂风卷起木屋顶上的积雪，如烟雾般将它们吹起，而在高处、在阁楼上、在红色印花布的窗帘后，幽幽的灯光闪烁不停……

啊，神秘的女郎，
深夜时分让我魂牵梦绕，
她解开了发辫，
将我领进闺房……

我曾拥有过这样一位女郎。她是谢尔普霍夫的一名教堂执事[①]的女儿，抛下清贫的家庭，只身来到莫斯科求学……我踏上堆满积雪的木质台阶，拉了一下通往门厅的铃环，门厅里那洋铁皮制成的门铃随即发出叮叮的铃声。我听到门后有人飞快走来，脚踩在陡直的木梯上发出咚咚的响声，门被推开了，狂风夹杂着暴雪席卷而入——吹向她，吹向她的披肩，吹向她那白色的上衣……我上

①教堂执事指的是正教教会中等级最低的工作人员，主要负责朗读《圣经》、敲钟等事宜。

前拥吻她，把寒风挡在门外。我们沿着寒冷彻骨的黑漆漆的楼梯一路奔向楼上的闺房，屋里也是冷冰冰的，只有一盏煤油灯在那孤零零地闪着火光……窗上挂着红色窗帘，窗户下方的小桌子上摆着那盏煤油灯，靠墙放着一张铁床。我把军大衣和便帽随手一扔，坐到床边，将她拥入怀中，抱在自己的膝上，隔着裙子就能感觉到她的身体和骨骼……然而她的发辫并没有散开，而是盘了起来，淡褐色的发辫显得楚楚可怜，她的脸庞极富民族性，因饥饿而显得苍白无比，农民式的双眼也是那么得苍白，嘴唇非常柔软，只有虚弱无力的姑娘才会拥有如此柔软的嘴唇……

她怎能不像孩童那般，
热情似火地吻上我的嘴唇，
浑身战栗着，在我耳边低语：
“听着，让我们远走高飞吧！”

远走高飞！前方在何处？为何要远走他乡？想要逃离什么？这句热情洋溢的孩子气的蠢话多么能蛊惑人心——“远走高飞！”我们并没有“远走高飞”。然而却拥有这世上最甜美柔软的嘴唇，因幸福才夺眶而出的热泪，还有慵懒无力的年轻的肉体，倦到我们把头靠在了彼此的肩头。当我解开她的上衣，轻吻她那乳白色的少女的胸脯，以及胸脯上那变得坚硬、如同尚未成熟的草莓般的乳头时，她的双唇就像是火烧一般，灼热无比……她清醒了过来，随即跳下床，点燃了酒精灯，把一壶淡茶放在上面加热，然后边喝茶，边吃白面包和裹在红色砂纸里的干奶酪。我们不停地讨论着未来，感觉到一股股严冬的寒气从窗帘下钻入屋中，听到风雪敲打着窗户……“在一条熟悉的道路上，一座古老的宅邸让我难以忘怀……”还有什么能让我无法忘怀？我永远忘不了那年春天在库尔斯克火车站与她离别时的情景，我们拎着她的柳条筐和用皮带捆卷起来的红被子在站台上匆匆而行，沿着即将启程的长长的列车一路奔跑，看到一节节绿皮车厢里人头攒动……我还记得她终于跳上其中一节车厢的通过台，我们互相亲吻着对方的手，依依惜别，我承诺两个礼拜之后就去谢尔普霍夫去看望她……此外便记不清任何事情了。也没有什么事情值得铭记于心。

一九四四年五月二十五日

山口

>

夜幕早已降临，我独自徘徊在崇山峻岭之中，举步维艰地朝着山口走去。朔风凛冽，寒雾弥漫，我早已心灰意冷，可牵在身后的那匹浑身湿淋淋的、疲惫不堪的马儿却仍温顺地跟着我的步伐，空荡荡的马镫不时碰撞着，发出叮叮当当的响声。

周围的一切都笼罩在朦胧的夜色中，我在山麓下的松树林里歇息了一会儿，这片树林后便是一条通往山巅的光秃而又僻静的山路。我眺望着脚下辽阔而又深邃的山谷，心中不由升起一股奇异的自豪感和力量感——人们居高远眺之时往往会产生这样的感觉。坐落在狭窄海湾的沿海地带的山谷正渐渐被暮色所淹没，极目远眺，山谷中星星点点的火光犹依稀可辨。海湾朝着东方蜿蜒而去，水面变得越来越开阔，最终形成了一面烟雾缭绕的蔚蓝色屏障，将半壁天空拥入怀中。深山仿佛被泼洒上了墨汁——黑夜降临了。转瞬之间，夜色变得越来越浓重，我迈步前行，离树林越来越近。眼前的群山变得愈发得阴郁和巍峨，从高空呼啸而下的寒风驱赶着浓雾，横冲直撞地在山岭的空隙间来回穿梭。浓雾仿佛化作一缕缕纤长的斜云，从空中坠落而下。冈峦起伏的高原周围萦绕着一团团松软的雾气，迷蒙的浓雾如流水般从高处倾泻而下，使得群山之间的深渊显得更加幽深、更加阴郁。笼罩在雾霭之中的松树林仿佛冒起了白烟，雾气伴随着沙哑、低沉、冷漠的松涛声向我袭来。冬日清新的气息迎面拂来，而山中则是风雪交加……夜已深，我低下头避开凛冽的寒风，冒着飘渺的浓雾，行走于山间松林构成的拱道之间。

“马上就到山口了，”我自言自语道，“很快就能翻过山岭，来到人烟稠密、无风无雪的地方，在明亮的屋子里休息休息了……”

然而，半小时过去了，一小时过去了……每时每刻我都感觉山口近在咫尺，可那光秃秃的石头坡道却看不见尽头。那片松树林和弯曲交错的矮小灌木丛早已落在身后，我感到疲惫，冷得直打战。我记得离山口不远处的松树林中有几座孤坟，那里埋葬着被寒冬的暴风雪刮下山的樵夫。我感觉自己正身处杳无人烟的荒山之巅，感觉周遭除了雾霭和悬崖之外别无他物，我不禁开始思索：当一座座犹如人体身躯般的石头墓碑出现在黑黢黢的浓雾中时，我该如何走过这片孤零零的墓碑呢？如今我已全然丧失了时间和地点的概念，那么我还有力气继续下山吗？

前方，在四下浮动的浓雾中，隐约可见一些黑黢黢的庞然大物……那是一座座小山丘，仿佛是熟睡的熊，潜伏在黑夜之中。我步履艰难地行走于小山丘之间，从一块石头跨到另一块石头上，马儿吃力地跟着我攀爬而行，马掌在湿漉漉的砾石上铿锵作响，还不时地打着滑。猛然间，我发现山路又重新开始缓缓上升，蜿蜒着向深山而去！我不由停下脚步，整个人陷入了绝望之中。因为紧张和疲惫而簌簌发抖，因为大雪而浑身湿透，刺骨的寒风仿佛能穿透我的衣服。要不要大声呼救？此时此刻，即便是牧羊人也都已经赶着自己的山羊和绵羊，躲进了荷马时代的简陋农舍里，还会有谁能听见我的呼救声呢？我惊慌失措地环顾四周：

"我的上帝啊！难不成我迷路了？"

夜深了。远方，那片睡意朦胧的松林传来阵阵低沉的松涛声。夜变得越来越神秘莫测，虽然我不知此刻自己身在何方，也不知现在是何时辰，但我仍能感受到这份神秘。此时，深谷之中的最后一星火光也熄灭了，灰蒙蒙的雾气正笼罩着整个山谷，雾气深知——属于它的时刻来临了！当大地万物似乎都已停止呼吸，当黎明似乎永不会降临的时候，群山将长久地臣服于雾霭的统治之下。此时此刻，唯有灰蒙蒙的雾气在空气中不断地聚集着，将巍峨的群山团团围住，如同午夜的护卫般守卫着它们。山林也不停地低声鸣唱，而在僻静的山口，雪将越下越大，越积越厚。

为了挡住风，我转过身子面朝着马。与我相依而行的活生生的生物，就只有这匹马儿了！可马儿却连看都不看我一眼。它浑身湿漉漉的，冷得瑟瑟发抖，高高翘起的马鞍显得十分笨拙，马鞍下的马背也跟着拱了起来。马儿站在那里，温顺地耷拉着头，两只耳朵紧紧贴着脑袋。我狠狠拽着缰绳，执拗地转过脸，任凭湿漉漉的暴雪和狂风打在身上，再次迎接风雪的洗礼。当我环顾四周，试图看清周遭的事物时，映入眼帘的就只有这漫天飞舞的灰蒙蒙的雪尘，吹得人睁不开眼睛。我侧耳倾听,只听闻耳畔传来狂风的呼啸声,以及身后马镫相互碰撞发出的单调的叮当声……

然而不可思议的是,这种绝望的处境竟让我变得不屈不挠起来。我的步子迈得比从前更勇敢了,而当我愤慨不已地谴责某人时——此人让我不得不忍受眼前的一切,这种责难竟然取悦了我,让我变得快活起来。满腔怨言化作一种忧郁而坚韧的顺从,心甘情愿地忍受必须经历的一切,纵然穷途末路也甘之如饴……

终于柳暗花明——走到了山口。此刻我已经变得无动于衷,对什么都无所谓了。我走在平坦的草坪上,浓雾仿佛一绺绺纤长的发辫在风中舞动。北风卷地,几乎将我吹倒在地,可我却丝毫没去留意这大风。单凭这呼啸的风声,单凭这漫天的迷雾就能感觉到,深夜已经成为了群山的主宰者。渺小的人类早已躲进自己简陋的茅屋里，在山谷中沉沉睡去；可我却不急于去寻找栖身之所，而是咬紧牙关继续前行，不时对着马儿嘟囔道：

“走吧，走吧。只要咱们还没倒下，哪怕是蹒跚而行，也不能停下脚步。在我的一生中，这样荒凉而崎岖的山口何其之多！灾难、痛楚、疾病、恋人的背叛、受尽痛苦和屈辱的友谊，如同黑夜一般朝我席卷而来，终于迎来了分别的时刻——不得不和那些与我紧密相连的一切挥手告别。无可奈何之下，我重又拾起那根用以云游四海的拐杖。可是想要攀上幸福的高峰却难如登天，那里坡道高峻、道路险阻，在山巅迎接我的是肆虐的风雪、浓墨般的黑夜和漫天的迷雾，在山口等待我的是可怕的孤独……可我们还是走吧，继续前行！”

我踉踉跄跄地往前走去，仿佛是在梦境中踯躅而行。离拂晓尚早。从山上到谷地还得走上整整一夜，或许等到黎明时分方能找到落脚之地，方能蜷缩起身子酣畅地睡上一觉，内心只有一种感觉——那是一种在冰天雪地里长途跋涉后进入温暖的安乐窝的时候才会感受到的甜蜜的滋味。

晨光熹微，旭日渐渐东升，人们开始忙碌起来，所有的一切都让我感到欣喜无比，同时又久久地迷惑着我……或许我会跌倒在某处，然后永远地埋藏于这片亘古以来就荒凉不堪、寸草不生的群山之中，永远地淹没在暴风雪以及永无天日的黑暗之中。

一八九二年至一八九八年

走向海角天涯

>

一

长久以来让人们惶惶不可终日的事情终于尘埃落定了:大渡口村一半的农舍已成空巢。

在这个夏日的黄昏,一幢幢白色和浅蓝色的农舍仿佛成了一群被人遗弃的孩子,孤零零地矗立在村庄中,变成了弃宅。许多村民背井离乡,踏上了远离家乡的征程——与徘徊在花园之间的绿荫小巷、与尘土飞扬的集贸市场挥手永别。每逢阳光明媚的周末早晨,集市上总是人声鼎沸、热闹非凡,小酒馆里充斥着对骂声和争吵声,小贩们高声叫卖,乞丐们放声歌唱，小提琴被拉得吱吱作响，里拉琴则郁郁寡欢地嗡嗡吟唱，而在这片嘈杂声中，一头神情傲慢、昏昏欲睡的犍牛正咀嚼着干草，刺眼的阳光让它眯缝起了双眼。被人们遗弃的还有姹紫嫣红的菜园子以及茂密的柳丛——柳树将长长的惨白的叶片垂向河湾斜坡附近的一泓清泉上。每当夜深人静之时，水中就会发出低沉而又单调的叹息，仿佛有人在吹响空桶。人们背井离乡，只为远方的那片乌苏里土地，只为“走向海角天涯”……

谷地里的那个村庄的西面有座巍峨的高山，整座村庄都笼罩在高山凉意袭人的暗影中。从谷地一路延伸至地平线，万物皆因晚霞的余晖而泛起了红晕，小树林也披上了一件绯红的纱衣，河湾波光粼粼，仿佛一簇簇红色的火花在水面上跳动着，河对岸的平地上满是黄金般的沙子，在夕阳下闪烁着金色的光芒。身着五彩斑斓的节日盛装的人们聚集在绿树成荫的村边园地里，园地附近是一座古老的白色教堂，哥萨克人和乌克兰盐粮贩子在长途跋涉之前总会去那儿做祷告。

广袤深邃的天空下，一场祷告正在悄然开启，人们站在满载物什的大车之间，四周则是死一般的寂静。神父的声音清晰可闻，祷告的每一个词语直透人心，重重地敲击着众人的心灵深处……

昔日，这里也曾泪流成河过。曾几何时，全副武装的“骑士们”齐聚此地，准备踏上远征的旅途。他们与妻儿告别，那番场景犹如生离死别，那首悲壮的乌克兰民歌早已在许多人的心中唱响：“黑海之中，白石之上，一只雄鹰在哀鸣……”然而，等待着众人的却是“土耳其的镣铐，伊斯兰的苦役”，征途中的“迷雾”，草原坟丘下孤独的死亡，一群雄鹰挥舞着瓦灰色的翅膀，“想要扑向那一颗颗黑色鬈发的脑袋，啄出哥萨克人的眼珠……”曾经，哥萨克人引以为傲的自由凌驾于万物之上，而如今却徒留一群愚昧无知的人站在这里，迫使他们背井离乡、远走天涯的并非是哥萨克人的肆意妄为，而是贫困，而是河对岸那堆金光灿灿的黄沙。

人们仿佛是在参加为自己而举行的追悼会，一个个摘下帽子，垂着头肃穆而立。只有燕子还在发出嘹亮的叽喳声，从众人头顶一掠而过，隐没入黄昏的空中，隐没入深邃的蓝天里……

紧接着众人号啕痛哭，哀嚎之声此起彼伏。在一片哭喊声和喉音很重的谈话声中，辎重车队出发了，沿着大路径直朝山坡而去。最后一次回首凝望坐落在故乡谷地中的大渡口村，渐渐地，村庄消失在人们的视线之中……就连辎重车队也隐没在庄稼地里，隐没在西下的落日的余晖中……

二

送行的人们各自回家，成群结队地从山坡上下来，往自家的农舍走去。有的人却只是长叹一声，而后就满不在乎地急匆匆往家赶去。不过这样的人只是少数。

老头子和老婆子们一路沉默不语，佝偻着身躯，听天由命地走着；当家的庄稼汉面容严肃，紧蹙着眉头；被父母牵着小手往前走的孩子们号啕大哭；年轻的村妇和村姑们扯着嗓子大声嚎叫。

瞧，两个女人正沿着石路朝山下走去。其中一个体格健壮，个子不高，皱着眉头，一双漆黑而又严肃的眼睛正漫不经心地眺望着远方。另一个身材高挑，正不停啜泣着……她俩都穿着节日盛装，可是那个用衬衫袖子捂着眼睛的姑娘，正哭得肝肠寸断！她那条方格花布裙子下方露出的雪白下摆弧度优美地垂在羊皮靴上，羊皮靴绊了一下，差点摔倒在地……当尤黑姆的父亲直截了当地表明不会搬离大渡口村的时候，她喜不自胜，边唱着歌边挑着水桶朝河边跑去，一直唱到深夜！可是后来……

尤黑姆心不在焉地说："爹昨晚醒来说，'吉娜，咱们要搬家！'我问，'怎么回事，您不是说……'爹回答道，'算了吧，我做了个梦……"

山上的磨坊旁站着一群老头儿，其中一人便是瓦西里·施古奇。他身材颀长，肩宽很宽，有点儿驼背。浑身上下散发着草原人的力量，可他的脸上却是愁云密布！他已是行将就木之人，却再也没有机会听到熟悉的乡音，将在陌生人的农舍里过世，也无人在他去世后为他合上双眼。还要让他在临终之前离开子孙后代，尝一尝骨肉分离的滋味。他的身体还算硬朗，足以支撑他走到迁徙之地，可要上哪儿才能筹到迁居必须缴纳的七十卢布呢？

老头儿们站在山坡上，心不在焉地彼此交谈着，每个人都在想着自己的心事。人们举目远眺，目送着乡亲们离开。

最后一辆大车也早已消失在人们的视野之中。草原变得空空荡荡。云雀啼啭不已，歌声婉转动人。晴朗的一天在平静中走到了尾声。绿油油的庄稼和青草无拘无束地抽着绿芽，四周一派生机盎然之景象，而远处的土岗则笼罩在一片暗影之中，愈发显得黯淡起来，土冈之外是一片一望无际的弧形地平线。天地之间，浅蓝色的苍穹宛若遥远之地的一片汪洋，与草原在天际紧紧相连。

"这乌苏里边区到底是怎样的地方？"老头儿们用手挡住阳光，暗自思忖着。他们绞尽脑汁，想象着那远在天涯的神奇之乡的模样，想象着横亘于神奇之乡和大渡口村之间的那片广袤空间，脑海中似乎还浮现出这样一个画面：满载着物什、女人和孩子的长长的车队在路上鱼贯前行，车轮慢吞吞地吱吱作响；尘土飞扬的松软土路被夕阳晒得暖烘烘的，狗儿们在路上四下奔跑着，穿着宽大灯笼裤的"大叔"们则大步跟在车队后面。

或许，他们也在凝望那神秘的淡蓝色的远方，暗自思索：

"乌苏里边区到底是怎样的地方？"

老施古奇拄着拐杖，把帽子拉到额前，想象着儿子的那辆大车，随即露出一个温顺的微笑，喃喃道：

“你们看，我把锯子和平刨都给了他……如今他也知道怎么盖房子……没事儿！”

其余人却不把他的话当回事，自顾自地说：

“好多人都消失得无影无踪！好多人！好多人啊！”

三

天色逐渐暗下来，整个村落异乎寻常得安静。南方的黄昏暖意融融，深谷上方的蔚蓝长空笼罩在朦胧的轻烟之中，显得婉约而柔和。开阔的低地、沿岸的小树林那阴暗的树冠、河湾幽光粼粼的水面、茕茕孑立的白杨，构成了一幅气势磅礴的画作，而夕阳的余晖又为这幅巨作平添了一抹墨色——山谷的上空变得更加昏暗了。山上乱石林立，山麓的盆地里农舍遍布，让古老的大渡口村变得灰暗起来。河对岸的沙地如同一片成熟的黑麦田，闪动着黯淡的金光。沙地后面的景象已是模糊一片，森林也变得幽暗起来。远方呈灰紫色，与黄昏的天空融为一体。

每至夏日的黄昏，这座宁静的山谷里总是这样一番光景……而如今却又不尽相同！许多农舍里漆黑一片，没有一点灯光，门窗也已被堵死，屋里寂静无声……

几乎所有人都回到了自己家中。大街上空旷无人。只有几个人还在路上徘徊着，把迁移者送到最近的一个分岔路口。

人们感到怅然若失，好似灵魂被掏空了一般，还能感受到周围那种难以言喻的寂静——每当人们忧心忡忡地送走亲友、回到空空荡荡的房子时，总会产生这样的感觉。下山之时，人们仿佛是一群在异乡漂泊多年的游子，已经在用另一种眼光来审视这座村庄了……

某户人家的上空炊烟袅袅,好闻的炊烟味扑鼻而来……四周一片安宁,与往日一般无二……

在昏暗的花园间,在一座座毗邻的农舍之间,亮着一盏宛若红色小星星的灯……

凝视着谷地,凝视着村落中的点点灯火,老头儿们渐渐散去。于是山坡上和大路旁就只剩下一座座黑压压的风车,舒展着风翼静静地站在一旁。

瓦西里·施古奇缓步走下山坡,脸上挂着奇怪的微笑,笑容中满是年迈之人的伤感。他不紧不慢地合上了篱笆门,又缓缓穿过小院子,最后消失在农舍之中。

农舍是自己的农舍,然而它的主人不再是施古奇了——已被他人购入囊中。只不过,农舍的新主人允许施古奇在那"住到终老"罢了。暂住的日子越短越好……

昏暗而又闷热的屋里,一只躲在炉灶后的蟋蟀正满是期待地唧唧鸣叫……它似乎在侧耳倾听着什么……晕晕欲睡的苍蝇在天花板上嗡嗡作响……老头儿驼着背,无声无息地坐在黑暗中。

他在想什么呢?或许他的脑海中正出现这样的画面:一列车队沿着昏暗发白的大路前行着,车轮不时发出嘎吱嘎吱的响声。唉,想这些只是徒劳无益罢了!

一阵阵少女的嘹亮歌声从河对岸飘来:

哦,升起来,升起来,

皎洁的月亮!

四周万籁俱寂。南方的夜空洒满了大颗大颗珍珠似的星星。大自然以夜空为画布，在上面绘了一株纹丝不动的白杨。苍穹之下，农舍的屋顶显得愈发昏暗，而围墙却显得愈发白亮。星光透过白杨树的枝叶，在地上投下斑驳光影。

四

他们离目的地还有很长一段路。

人们以故乡的苍穹为被，以脚下的草原为床，在野外过夜。然而此刻他们已经感觉到，自己离熟悉的故乡已有千里之遥。

人们好似一群游牧的茨冈人，在大路旁安营扎寨。他们解马卸车，烹饪晚饭，时而惶惶不安地相互交谈，时而面露阴郁地一言不发，互相回避着……

终又归于平静。

黑压压大车杂乱无章地在路边挤作一团，星空下依稀可辨横躺在地的人们，以及低头吃草的马儿。手执长鞭的守夜人晕晕欲睡地蜷缩在大车旁，哈欠连天，愁容满面地凝望着黑暗中的草原……

当黑暗中传来大车嘎吱嘎吱的响声时，人们的精神不由得为之一振！是位老乡！人们将他团团围住，微笑着，紧紧地握住对方的手，好似多年未见的老友。

被谈话声吵醒的人们也纷纷站起身来，羞涩地掩藏着内心的欢喜之情，也向路人的大车围拢过来。人们点燃了烟斗，打算畅聊至天明……

之后又重新安静了下来。

这次偶遇让人们激动的心情久久不能平复，当他们用长袍盖住脑袋准备入睡时，心里还想着那远在天涯的陌生国度，想着一路上要走过的大路，要越过的大河，以及被抛诸身后的故乡的村落……

气温骤降。人、路、田埂以及沾满露水的庄稼——都还沉浸在睡梦之中。

远方的田庄隐隐传来一阵阵公鸡的啼鸣声。一轮新月低悬于天边，月色朦胧，散发着黯淡的红色光辉。月牙儿已然失去了光泽。这轮新月周围的天空开始泛出淡绿色的光芒，地平线那边的草原笼罩在一片黑暗之中，一个个黑魆魆的物体矗立在地平线上——那是草原上的土冈。唯有繁星和土冈仍在倾听着草原上死一般的寂静，倾听着人们的呼吸声——睡梦中的他们已然忘记了自身的痛楚和漫漫征途。

万物在世，如草木一秋，如飞火流萤，生灵的悲喜与那亘古以来便沉默不言的土冈又有何关联？这些生灵在人世间匆匆而过，转眼之间新的生灵又登上时间的舞台，后继者又重复着前人的足迹，同样有着自己的悲与喜，同样会从世间消失得无影无踪。这些土冈还目睹过许许多多在草原上四处漂泊的大车和营帐，也见过无数的人，以及无数的悲与喜。

或许，唯有漫天的繁星才会知晓，人类的痛苦是多么神圣！

一八九四年

安东诺夫卡苹果

一

……我记得那晴空万里的初秋。八月中旬下了几场暖和的小阵雨，恰巧是在圣拉弗连季伊节前后，仿佛是特意为秋播而降的甘霖，来得十分及时。俗话说："拉弗连季伊节，小雨蒙蒙，无风无浪，秋冬日子乐无忧。"接着便到了小阳春，田野里结满了蜘蛛网。这也是个好兆头："小阳春，结蛛丝，五谷丰登迎金秋。"……我还记得那秋风送爽、安谧祥和的清晨……还记得那座满目金黄的大果园，园子因树叶的凋零而显得稀稀落落；记得那槭树间的林荫道，那落叶的芬芳；记得安东诺夫卡苹果[1]的果香、蜂蜜的清香以及秋季散发的沁凉芬芳。空气多么干净，不染一丝尘埃，仿佛并不存在一般，果园里车水马龙、人声鼎沸。管理果园的果商们雇了些庄稼汉来装苹果，让他们务必连夜将这些苹果运进城——且必须在夜间运输方可。躺在大车上，仰望着漫天的繁星，闻着沁人心脾的空气中飘浮的柏油味，听着长龙般的车队在黑暗中沿着宽广的大路小心翼翼地向前驶去，不时地发出吱嘎吱嘎的声响——真是无比惬意！有个雇工一只接着一只地啃着苹果，发出清脆的喀嚓喀嚓的声音。这已经是约定俗成的事情了，果商非但不会阻止，反而还会说：

“吃吧，吃个饱，有什么办法呢！采蜜的时候大家都会吃上几口蜂蜜。”

秋意盎然，万籁俱寂。只有栖息在果园深处珊瑚色花楸树上的肥嘟嘟的鸫鸟发出的鸣叫声，人声，以及苹果落入木斗和木桶中时发出的清晰可闻的笃笃声，才打破了这清晨的寂静。透过园中变得愈发稀疏的树木，遥遥可见那条通往窝棚的麦秸遍地的大路，就连窝棚也同样一览无遗。每逢夏季，果商们就会购置各类家当，在窝棚旁安营落户。虽说苹果的香气弥漫在空中，但这儿的香气尤为馥郁。窝棚里安置了几张床，边上靠着一杆单筒猎枪，摆着一只铜绿斑斑的茶炊，角落里还有一些器皿。窝棚旁杂乱地堆放着一些蒲席、木箱和破铜烂铁，人们还在一旁挖了一口土灶。晌午时分，用这口土灶熬上一锅美味的腌猪油稀粥；傍晚时分，则把茶炊架到上面，青蓝色的袅袅炊烟便在果园中的树木间飘散开去，宛若一条狭长的纱巾。每逢假日，窝棚附近总会像集市般热闹不已，时不时地总有鲜红的衣服从果树后一闪而过。独院小地主[2]家机灵的姑娘们穿着染料

①安东诺夫卡苹果指的是产自俄国的一种晚熟的苹果。

②独院小地主起源于俄国历史上小有地产的下级官吏，指的是旧俄时期低级官吏出身的小土地所有者。社会地位不高，介于小贵族和农民之间，拥有少量土地，大多只拥有一个庄园。虽可蓄养农奴，但和农民一样需承担赋役。

味刺鼻的无袖长衫纷至沓来；“公子哥儿”们也盛装而来，纷纷穿起了做工粗糙又土里土气的西装；就连有孕在身的村长妻子也不会错过这样的盛会，她脸若圆盘、睡眼惺忪，摆出一副自视甚高的姿态来，活脱脱就像是一头霍尔莫戈雷[①]母牛。而她的脑袋上的确长了一对“犄角”——那是盘在头顶两侧的发辫，外面还裹了几层方巾，让她的脑袋显得格外庞大；她站在那儿，脚下穿着一双钉了掌的短筒靴，显得笨重又强壮；身上穿着波里斯绒制成的坎肩、长围裙以及一条带砖红色条纹的紫黑色毛料制成的裙子，裙边还镶着一圈宽宽的金色滚边……

“勤俭持家的婆娘！”果商摇头晃脑地谈论着村长的妻子，“如今，像她这样的女人已是凤毛麟角……”

男孩子们穿着白麻布衬衫和短裤，光着白花花的脑袋，赤着脚丫迈着碎步，三三两两地结伴而来。一边走，一边斜睨着拴在苹果树下的那条毛发蓬松的牧羊犬。当然了，只消一个人来买苹果就行了，因为只需一戈比[②]或者一枚鸡蛋就能换得苹果，但是光顾苹果摊的客人可不少，因此生意十分兴隆，那个身穿常礼服、脚登棕黄色皮靴、患有肺痨病的果商喜不自胜，笑得嘴巴都快合不拢了。果商出于“善心”收容了自己那个有点疯疯癫癫的兄弟，他的兄弟虽然口齿不清，但干起活来手脚却十分麻利。做买卖时，果商总爱开几句玩笑，说几句俏皮话，有时甚至还“拉几下”图拉市[③]出产的手风琴。天色渐暗，果园里依旧人头攒动，窝棚旁欢声笑语不绝于耳，跳舞发出的踢踏踢踏的响声也不时回荡在空气中……

夜色已暗，霜寒露重，凉意袭人。打谷场上飘荡着新麦秸和新谷糠散发而出的麦香，我尽情地闻着这香气，沿着果园的土墙，兴高采烈地回家去吃晚饭。傍

①此处指的是一种牲畜、家禽的优良品种。

②戈比是俄国币值最小的货币。

③图拉是俄国的一个城市名。

晚的晚霞透着丝丝寒意，村里的人声或是大门发出的吱嘎声显得分外清晰。天色越来越暗。空气中弥漫起了另一种气味——园中生起了篝火，燃烧的樱桃树枝散发出阵阵馥郁的烟火气。在暮色的掩映下，一幅宛若神话世界的画面出现在了果园的深处：窝棚旁升腾起一簇血红色的火焰，这里犹如地狱的一角，周遭的一切都笼罩在无尽的黑暗之中；篝火旁围坐着人群，他们的轮廓仿佛是一个个用乌木雕刻而成的漆黑剪影，在篝火周围浮动着，晃晃悠悠地在苹果树上投下一个又一个巨大的黑影。时而一只足有数俄尺[①]之长的黑黢黢的手将整株苹果树团团遮住，时而又清晰地浮现出两条巨腿的轮廓——仿佛是两根黑漆漆的柱子一般。忽然之间，这些黑影齐齐从苹果树上滑落而下，遮没了整条林荫道，长长的影子从窝棚一路延伸至篱笆门……

夜已深沉，当村庄里的灯火都已熄灭，当如钻石般璀璨的北斗七星高悬于天际时，我又一次跑进了果园。如同盲人一般，摸黑走到了窝棚旁，满地的枯叶在我的脚下沙沙作响。这片林中旷地的光线要比其他地方更亮些，头顶上空便是白茫茫的银河。

“是您吗，小少爷？”有人在黑暗中轻声问道。

“是我。你们还没睡吗，尼古拉？”

“我们可不能睡下。恐怕现在已经很晚了吧？我好像听到火车开来的声音了……”

我们侧耳聆听了许久许久，感受着大地的颤动，那颤动声逐渐变成了隆隆的轰鸣声，声音由远及近，车轮发出的撞击声越来越响，仿佛这喧哗之声就是从果园墙外传来似的：火车发出轰隆轰隆的响声，风驰电掣般驶来……越来越近，越来越近，声音也随之变得越来越响，越来越怒气冲冲……可是转瞬之间，声音又

①俄尺是旧俄长度，相当于0.71米。

消散在空气中，一切又归于平静，所有的声音都仿佛消失在地底下了……

“尼古拉，你们的枪呢?”

“喏，就在箱子边呢。”

我举起重如铁棍的单筒猎枪，冒冒失失地朝空中开了一枪。随着一声震耳欲聋的枪声，一道赤红的亮光直冲云霄，刹那间让人眼晕目眩，满天的繁星也随之失去了光彩，而四周则响起了一串振奋人心的回声，在天边回荡着，远远地消失在对声音十分敏感的洁净空气中。

“嘿，太棒了!”果商说道，“少爷，再吓唬他们一下，再吓唬一下，不然可要走霉运啦！到时候他们又会爬上土墙，把树上的梨全都摇落下来啦……”

几颗流星划破天际，在夜空中留下一道火红的痕迹。我久久地仰望着深邃的墨蓝色苍穹，仰望着满天的星斗，一直望到脚下的大地开始浮动起来。此时，我不禁打了个哆嗦，把手缩进袖筒里，沿着林荫道往家中飞奔而去……外面寒意袭人，霜寒露重，生活在这个世界上是多么美好的一件事啊!

二

“安东诺夫卡苹果又大又好，今年准是个丰收年。”倘若安东诺夫卡的苹果收成好，那么粮食准能大丰收，乡下的日子就好过了……我还记得丰收之年的情景。

晨光熹微，雄鸡尚在报晓，农舍上空早已炊烟袅袅，一缕缕黑烟弥漫在空气中。打开那扇面向果园的窗户，园内凉意袭人，萦绕着淡紫色的雾气，透过薄雾可以看见朝阳正在某处闪烁着耀眼的光芒。我急不可耐地吩咐下人备马，自己则跑到池塘边去洗脸。池塘边柳条上纤细的树叶几乎已经落尽，透过光秃秃的树枝可以看见蔚蓝长空。柳树下的池水清澈见底，冰冷刺骨，仿佛十分浓稠厚重。池塘的水让我的困意瞬间消散得无影无踪，洗完脸，我在下房里和雇工们共进早餐，吃的是热腾腾的土豆和撒了粗盐的黑面包。随后骑马穿过维谢尔基村去打猎，胯下光滑的皮马鞍给我了莫大的满足感。每年这个时节，总会遇到数个建堂节，此时人们就会穿戴整齐，心情会变得格外好，整个村庄的面貌也随之焕然一新。倘若这年又是个五谷丰登的好年，打谷场上的粮食堆积如山，仿佛一座金灿灿的城市似的，一大清早成群结队的鹅在河面上嘎嘎直叫，那么村里人就能过上好日子了。更何况早在我们祖辈的年代里，维谢尔基村便以“富庶之乡”的称号而远近闻名。维谢尔基村的老头老太们都很长寿，而长寿正是富庶之乡的首要象征。老人们身材高大，满头银发，常常能听到类似这样的对话：

“潘克拉特，你什么时候死啊？想必你快一百岁了吧？”

“您说什么，老爷？”

“我问你多大年纪了？”

“连我自己都记不清啦，老爷。”

“那你还记得普拉东·阿波隆内奇吗？”

“怎么不记得呢，老爷，记得一清二楚。”

“瞧，那就得了。也就是说，你至少有一百岁啦。”

老头儿挺直腰板，站在老爷面前，露出温顺而又愧疚的微笑，仿佛是在说：有什么办法呢，活得太久了，真是罪过。倘若不是在圣彼得节[①]吃多了大葱的话，他或许还能活得更久一些。

我还记得他的老伴儿。老太太总是整日整日地坐在门廊的小板凳上，佝偻着背，摇晃着脑袋，气喘吁吁地用双手抓住板凳——总是在想着什么心事。村妇们说：“老太婆八成是在惦记她的财宝。”——因为她的那些木箱子里确实藏着不少“宝藏”。但她似乎对别人的话置若罔闻，总是忧心忡忡地扬起眉毛，眼神茫然

①圣彼得节是在旧俄历的六月二十九日，公历在此基础上加十三天。

地望着远方，晃着脑袋，似是在绞尽脑汁般地回忆着什么。她的那条家织毛呢裙几乎还是上个世纪的款式，脚下的草鞋也是专门给死者穿的那种，脖子枯黄枯黄的，粗斜纹布的棉质衬衫总是白得一尘不染，“简直就能以这身装扮直接入殓了。”门廊旁摆放着一块大石板，是老太太买来给自己做墓碑用的，就连白色殓衣也购置好了，做工极为讲究，上面绣有天使和十字架，四周还印满了经文。

与这些寿星相得益彰的当属维谢尔基村的农舍了：这些砖瓦房是从祖辈的手中传承下来的。而像萨韦利、伊格纳特、德隆这样富裕的家庭往往都有两三栋连在一处的瓦房，因为彼时维谢尔基村还不兴分家。这样的农户都会养蜂，以喂养铁灰色的比曲格[1]高头大马而感到自豪，每家每户的田庄都打理得井井有条。打谷场旁是一片黑压压的大麻地，密密麻麻的大麻长得十分茂盛，而打谷场上则耸立着一座座麦麻烘干房和禾捆干燥棚，屋顶仿佛被梳子梳过一般，铺设得整整齐齐；谷仓和仓库都安上了铁门，里面存放着粗麻布、纺车、崭新的短皮袄、镶嵌有金属饰件的马具、匝有铜箍的斗。大门和雪橇上都被烙印上了十字架。我至今仍记得，自己曾一度觉得能成为一名庄稼汉是件极为诱人的事。阳光明媚的清晨，当你策马打农庄经过时，总会情不自禁地想：割麦，脱粒，在打谷场的麦垛上呼呼大睡，每逢节日天明即起，听着从村中教堂传来的浑厚悠扬的钟声，来到水桶旁洗脸，然后换上干净的麻布衬衫和裤子，套上打了铁掌的结实的皮靴，这样的生活该有多么美好啊。如果还有一位健壮又美丽的娇妻相伴左右那就更好了，她身穿节日盛装，和你出双入对，一同乘车前去做弥撒，做完弥撒后便在蓄着大胡子的老丈人家用餐，午饭十分丰盛，有盛在木盘里的热气腾腾的羊肉、精细面粉烘烤出的面包、新鲜的蜂蜜以及家酿啤酒——人生至此，夫复何求！

我对中等贵族的生活方式仍记忆犹新——这还是不久之前的事情，他们的

① 此处指的是用以拉重载的高头大马。

生活方式与富农的生活方式之间存在不少相同之处:一样善于勤俭持家,一样过着那种老派的富足安康的乡村生活。比方说,我的姑妈安娜·格拉西莫夫娜的庄园便是如此。她的庄园距离维谢尔基村约十二俄里[①],当我骑马赶到庄园的时候,天空往往已经泛白了。牵着一群猎狗,慢慢地策马前行,再说又何必心急火燎呢?阳光明媚,凉风习习,行走在开阔的原野上是多么惬意的一件事啊!这一带地势平坦,视野开阔,周围的景象尽收眼底。头顶的天空轻盈如纱,广阔无垠,一碧如洗。朝阳从一侧斜照过来,那条在雨后被大车碾平的道路好似被抹了一层油,宛若一根在阳光下闪闪发光的钢轨。四周是一望无垠的秋播地,地里的冬麦长得娇嫩茂盛,青翠欲滴。不知打哪儿飞来一只雏鹞,在澄澈的天空中盘旋着,忽地又一动不动地悬在半空中,只不停煽动着尖尖的翅膀。一根根轮廓分明的电线杆依次排开,朝着远方明朗的天际延伸而去,上面的电线则宛若银质的琴弦,斜斜地滑向明朗的天空。好些红脚隼停在电线上,仿佛是五线谱上的黑色音符。

我虽不知农奴制为何物,也未曾亲眼见识过,但我至今仍记得,自己曾在安娜·格拉西莫夫娜姑妈家感受过它的存在。乍一走进院子,就能感觉到农奴制的气息在四周萦绕。姑妈的庄园并非什么深宅大院,但充满了古色古香的气息,且建造得十分坚固。庄园四周古树环绕,长满了上百年的白桦树和柳树。院里有不少房屋,虽不是什么琼楼玉宇,但却十分实用。这些房屋的原料是一些深色的橡树原木,彼此之间连接得严丝合缝,仿佛是浇筑而成的,屋顶上则铺着一层麦秸。一间外表黑乎乎的高大的下房尤为惹人注目,或是换个更确切的说法,是一间特别长的下房。家奴阶层中最后的莫西干人[②]——老态龙钟的老头老太们,还

① 1俄里等于500沙绳,约等于1.0668公里。

②此处意指某种快要消亡的人群。美国小说家库伯在《最后的莫西干人》中描写了美国印第安人的莫西干族衰亡的故事,此后"最后的莫西干"人就被赋予了特殊的意义。

有一个形似堂吉诃德、年老体衰到无法当差的厨师，都从下房里向外张望着。当你骑马进入院中，他们就会颤巍巍地支起身子站起来，然后朝你深深地鞠躬。满头白发的马车夫则从马车棚里走出来牵马，还在马车棚里的时候他就摘下了帽子，光着脑袋走过整个院子。他原本是姑妈的前导马御手[①]，如今负责接送姑妈去教堂做弥撒，寒冬时节赶一辆运货的小马车，酷夏时节则赶一辆包有铁皮的结实的大车，就像是神父平日里乘坐的那种马车。姑妈家的果园因为疏于管理而显得杂乱不已，园中栖息着不少夜莺和斑鸠，苹果树总是硕果累累，庄园因此而远近闻名；园中的房屋则以其与众不同的屋顶而出名。宅子位于整座庄园的主位，紧挨着果园，躺在椴树枝桠的怀抱里。这是一座矮小的房子，外表并不壮观，麦秸铺成的房顶因年深日久而发黑发硬，在高得出奇、厚得罕见的草屋顶下，这座房子显得那么坚固可靠，丝毫不像是百年老屋。每当从正面观察这幢房屋的时候，总会觉得它是一个有血有肉的生命，宛若是一张戴着一顶大帽子的老者的脸，他那双深深凹陷的眼睛如同两扇历经日晒雨淋而呈现珠光色的玻璃窗，正眺望着前方。眼睛的两侧是两条古色古香的旧式门廊，宽敞的门廊里矗立了一根根圆柱。门廊的山墙上总是停着一群肚子吃得鼓鼓的鸽子，不可胜数的麻雀仿佛疾风骤雨般，从一个屋顶倾泻至另一个屋顶……在这个秋高气爽的日子里，在这片一碧如洗的天空下，能在这个安乐窝中做客是件多么惬意的事啊！

一走进屋子，苹果的香味便扑鼻而来，紧接着才闻到其他混杂的气味：老式红木家具的木香、干枯的椴树花的芬芳——六月份的时候这些花就一直搁在窗台上……所有的房间——下房、大厅、客房，都是一样的凉爽而昏暗，那是因为宅邸周围绿树成荫，加之窗户的上排镶嵌着或蓝或紫的彩色玻璃。屋里鸦雀无声，房间打扫得一尘不染，虽然那些镶有花纹图案的圈椅和桌子、嵌在扭花纹的鎏金

①前导马御手是纵列驾马时骑在前面马上的御手。

窄框中的挂镜，似乎从未被人挪动过位置。此时屋里传来一阵咳嗽声——姑妈来了。她的身材并不十分高大，却同周围的事物一样，显得很硬朗。她肩披一条大大的波斯披巾，迈着庄重而又亲切的步伐，看起来气度不凡。姑妈总喜欢滔滔不绝地谈论陈年旧事，谈论遗产的继承问题，一边让仆人端出食物来款待客人：先是梨子，安东诺夫卡、“白夫人”、波罗文卡、“普罗塔维特卡”[①]等各类品种的苹果，接下来便是饕餮盛宴——其中有熬得通红的火腿豌豆汤、填馅儿的鸡、火鸡、各色辛香醋渍的食物以及味甜如蜜、清洌醇香的红色格瓦斯[②]……面向果园的窗户全都敞开着，阵阵凉爽的秋风吹进屋子，让人精神为之一振……

三

近年来，唯有狩猎这项活动还在支撑着地主日渐衰败的精神世界。

往昔，像安娜·格拉西莫夫娜姑妈家这样的庄园并不罕见。虽然这样的庄园日渐败落，但庄园主人的生活依旧奢华如故，他们还拥有大片大片的领地以及二十多俄亩[③]的果园。诚然，时至今日俄罗斯的大地上依旧残留着几个这样的庄园，然而那里早已成了无人之境……所有的一切都已成过往云烟：三驾马车、用以乘骑的“吉尔吉斯”马、猎狗、灵缇犬[④]、家奴；这一切的拥有者——如同我已故的内兄阿尔谢尼·谢苗内奇这样会打猎的地主，也被湮没在历史的滚滚长河中。

每至九月末，我们这儿的果园和打谷场就开始变得空旷起来，气候也会像往年那样发生骤变。风整日整夜地撕扯、晃动着树木，雨则从早至晚浇灌着树木。偶尔，黄昏时分，落日的余晖会忐忑不安地冲破西天低垂的乌云，一束金色的光

① 此处指的是一种黄中带红的苹果（中期成熟）。

② 俄罗斯的一种用面包或者水果发酵而成的有度数的饮料。

③ 一俄亩为1.09公顷。

④ 灵缇犬是一种腿细善跑、腰身细长、嘴巴尖长的猎犬，善于追捕野兽。

芒直冲天际；此时的空气就会变得澄净而清新，令人炫目的阳光则在树叶和枝桠间舞动着，秋风拂来，枝叶仿佛交织成了一张栩栩如生的网，在风中摇曳生姿。北方飘着一团团沉甸甸、阴沉沉的乌云，云层之上则是一片薄如轻纱的浅蓝色天空，正散发着清冷而又明亮的光芒，而宛若雪山般的云峰却从阴沉沉的乌云背后悠然飘出。此时此刻，站在窗前的你总会这样想："谢天谢地，或许天马上就要放晴了。"然而风并没有平息。它把果园搅得天翻地覆，不停地撕扯着从下房的烟囱里冒出来的缕缕炊烟，随后重又去驱赶一团团如发绺似的不祥的乌云。乌云贴着地平线，快速地在空中飘浮着，如烟雾般瞬间遮蔽住了落日。落日的余晖熄灭了，通往蔚蓝苍穹的小窗户被合上了，整个园子变得萧索、落寞起来，天空又下起了连绵的雨……起初只是蒙蒙细雨，小心翼翼地、静悄悄地从空中飘落，随后越下越密，最后一发不可收拾，变成了狂风暴雨，天地间也变得昏暗无光。让人惶惶不安的漫漫长夜降临了……

经过这样的风吹雨打，果园里几乎已是光秃秃的一片，遍地尽是湿漉漉的树叶，逆来顺受、屏气凝神地站在那里。然而一进入十月——虹销雨霁，晴空万里，寒意料峭，此时的果园看上去多么美啊——每当临近秋天的尾声，每一天都如同一场临别盛宴！尚未凋零的秋叶仍悬挂在枝头，一直要到下过几场初雪后才会离开树的怀抱。黑魆魆的果园在秋寒料峭的蔚蓝天空的映衬下，沐浴着阳光，温顺地静候冬天的到来。刚翻耕过的田地露出黑色的土壤，黑黝黝的十分醒目，秋播作物的幼苗已然开始抽芽，绿油油一片……打猎的季节到了！

于是我又仿佛置身于阿尔谢尼·谢苗内奇的庄园中，宅邸很大，客厅的每个角落都洒满了阳光，空气中烟雾缭绕——尽是烟斗和烟卷喷出的烟雾。屋里坐满了人，每个人的脸都被太阳晒得黝黑发亮、被风吹得粗糙不已，全都穿着紧腰细褶的长外衣和长筒靴。大伙儿刚刚饱餐了一顿，此时个个兴奋得满脸通红，谈论着即将开始的这场猎事，虽然讨论得热火朝天，但并没有忘记在饭后把剩下的伏特加酒都喝完。院中号角声连天，狗吠声此起彼伏。阿尔谢尼·谢苗内奇的爱犬——一条毛发乌黑的灵缇犬爬上餐桌，狼吞虎咽地嚼着盘中残留的蜜汁兔肉。突然，它惊恐地尖叫一声，从餐桌上掉了下去，酒杯和盘子都被它掀翻在地——原来是手握短柄长鞭和左轮手枪的阿尔谢尼·谢苗内奇从书房走了出来，出其不意地朝客厅开了一枪，枪声震耳欲聋。客厅里顿时硝烟弥漫，烟雾比之前更加浓烈了，可阿尔谢尼·谢苗内奇却站在那里乐得直笑。

“可惜打偏了！”他眨了眨眼睛，说道。

此人颀长而瘦削，但是肩膀宽阔，身材匀称，五官长得像个英俊的茨冈人。他的眼睛里闪烁着野性的光芒，动作十分敏捷。身穿一件深红色的丝绸衬衫和一条天鹅绒的灯笼裤，脚登一双长筒靴。之前的一枪把客人和猎犬都吓了一大跳，可他却戏谑地摆出一副不可一世的样子，用男中音朗诵道：

是时候了，快快给顿河骏马备上鞍子，

把嘹亮的号角挎上肩！

然后大声说道：“行了，别再耽误宝贵的时间了！”

那时的场景仍历历在目：傍晚时分，以阿尔谢尼·谢苗内奇为首的这群猎人吵吵嚷嚷地骑马外出打猎，我策马紧随其后，时至今日我仍能感觉得到，当初自己那年轻的胸膛是如何贪婪地深吸着那弥漫在湿润的晴天空气中的寒气，又是如何被猎犬那宛若歌曲般悦耳的吠叫声刺激得心潮澎湃。猎犬犹如离弦之箭，飞也似地冲进阔叶林，奔向某个叫做“红岗”或是“响岛”的地方——光是这地名就能让猎人们感到兴奋不已了。坐骑是一匹敦实而强壮的吉尔吉斯烈马，拉紧缰绳，感觉自己几乎已与它融为了一体。马儿打着响鼻，希冀能够纵蹄驰骋。路上铺着一层黑色的落叶，仿佛一条厚实而又轻盈的地毯，马蹄踏在落叶中发出沙沙的响声，每一个声音都清晰地回荡在这片潮湿的、透着凉意的、空空荡荡的树林里。远方传来阵阵吠叫声，随即第二条狗也附和着叫了起来，然后是第三条狗……最后群起而应之，吠叫之声狂热而哀婉。忽然之间，这座仿佛是用玻璃制成的森林里充斥着如暴风雨般的狗的吠叫声和人的喊叫声，整座森林被震得隆隆作响。砰的一声枪响，在这片喧哗声中显得分外清晰，于是人群"沸腾了"，大伙儿朝着远处的什么地方蜂拥而去。

"别让它跑——啦！"某人大喊一声，绝望的声音响彻森林。

"哈，别放跑了！"这个令人陶醉的念头从你[①]的脑海中一闪而过。你朝着坐骑大喝一声，随即如同挣脱了枷锁一般，在森林中策马飞奔起来，甚至连路都不加以分辨。一棵棵树木从眼前一掠而过，马蹄扬起的泥浆飞溅在脸上。刚一冲出森林，就看见冬麦地上趴着一群毛色杂乱的猎犬。于是你更加使劲地催着胯下的"吉尔吉斯"骏马，试图截住猎物的去路——策马穿过一片又一片的冬麦地、初耕过的荒地和留茬地，直到闯进了另一座孤林，此时此刻猎犬的身影已经消失在你的视线里，狂吠声和呻吟声也飘散在身后的空气中。汗流浃背、因紧张而浑身发抖的你勒住大汗淋漓、呼哧喘气的马儿，贪婪地呼吸着林中幽谷里透着凉意的潮气。远处，猎人们的喊叫声和猎犬的吠叫声逐渐静了下来，而你的周围却是死一般的寂静。半开半合的参天大树[②]纹丝不动地矗立在四周，你感觉自己仿佛置身于一座富丽堂皇、犹如世外桃源般的宫殿之中。沟壑中传来阵阵浓郁的气味，那是滋养菌类的潮气的味道，那是腐烂的树叶以及湿漉漉的树皮散发的气

①此处作者用第二人称"你"进行叙述，表示以旁观者的角度来叙述这段往事。

②此处指的是高而直的树木，适用于建筑领域的木材。

息。沟壑中升腾起的潮气越来越重，森林里越来越冷，天色也越来越暗……到了宿营的时候了。然而，围猎结束之后想要把猎犬找齐绝非易事。绝望而又凄楚的号角声久久地回荡在森林中，呼喊声、咒骂声、狗吠声不绝于耳……天色尽黑，猎人们蜂拥至某一位几乎是素不相识的独身地主的庄园里，院子里顿时变得人声鼎沸，一幅热闹的景象。庄园里灯火通明——四处都亮起了灯笼、蜡烛和油灯，主人举着照明工具出来迎接这群不速之客……

偶尔，猎人们会在这样热情好客的邻居家住上好几天。晨光熹微，猎人们便迎着刺骨的寒风，冒着湿漉漉的初雪，策马驶进树林和田野。临近黄昏的时候，猎人们拖着一身的泥浆回来了，一个个脸颊通红，身上沾染着马的汗味和猎物皮毛的膻味，接着便是一番开怀畅饮。在野外挨了整整一天冻后，走进灯火通明、人头济济的屋子里，让人不禁感到暖意融融。猎人们解开外衣的扣子，在房间之间来回穿梭，不停地胡吃海喝，闹哄哄地乱作一团，还大声地交换着彼此对那头被打死的巨狼的印象。呲牙瞪眼的狼横卧在客厅中央，毛茸茸的尾巴甩在一旁，从它体内流出的冰冷的淡红色血液染污着地板。酒足饭饱之后，一股甜蜜的强烈倦意席卷而来，这种昏昏欲睡的感觉让我倍感舒心，以至于人们的说话声变得像是从水中传过来似的。被风吹得粗糙不已的脸颊直发烫，刚一合上眼睛，就感觉到整个大地在你的脚下浮动起来。当你走进拐角处的某个供有圣像和长明灯的古色古香的房间，躺到铺着柔软的羽绒被褥的床上时，你的眼前就会浮现出一群毛色杂乱、斑驳似火的猎犬的幻影，纵马奔驰时的酸痛感席卷全身，但是不知不觉间，这些幻影和感觉就伴随着你齐齐坠入酣甜的梦乡，甚至忘却了这个房间曾经是一位老人的祈祷室，这位老人的身上有着不少与农奴制相关的阴森可怕的故事，他就死在这间祈祷室里，或许正是在这张床上过世的。

倘若睡过头以至于错过了打猎，那么休息起来就更为惬意了。醒来后，久久地躺在床上。整座庄园静悄悄的，没有一丝声响。能听见园丁蹑手蹑脚地走进一个个房间，将屋里的炉子生上火，还能听见炉子里的干柴发出哔哔剥剥的燃烧声，如同放枪似的噼啪直响。庄园里早已是一派过冬的气象，你可以在那儿享受整整一天的清净。你慢条斯理地穿好衣服，然后走到园子里去散散步，抬头发现湿漉漉的叶丛间还挂着一只漏摘的苹果，不知怎的，这只冰冰凉、湿漉漉的苹果特别的好吃，味道完全不同于别的苹果。然后你开始寻觅书籍——都是些祖传藏书，有着厚厚的皮革封面，上等山羊皮的书脊上烫有一枚枚金色的小星星。这些书好似是教堂里的圣礼书，粗糙而又厚实的纸张已经泛黄，但它们散发出的味道是多么的好闻啊！那是一种有点儿发酸的霉味，散发着古书的芬芳，闻之让人感到心旷神怡……书页边上的批注也写得很好，字体圆润而醒目，是用鹅毛笔写的花字体。打开书本，一行字便映入眼帘："书中所蕴含之思想堪与古今任何一位哲学家的思想所媲美，这是智慧之花，这是肺腑之情……"于是你不由自主地就被这本书吸引了，想要一睹真容。一百年前，某位"荣获多枚勋章的贵族"资助出版了这部讽刺文——《贵族哲学家》[①]，承印机构是一家社会救济衙门[②]的印刷厂，讲述的是一位贵族哲学家的故事，"此人拥有足够的时间和能力去探讨人类的智慧可以升华到何种程度这样的问题，还一度幻想能够在自己居住的广阔天地间绘制一幅人间乐园的蓝图"……后来，你在偶然间又看到一本名为《伏尔泰先生的讽刺小品文与哲学著述》的书，并久久地陶醉于译本亲切而又矫揉造作的文体中："我的先生们！伊拉斯谟[③]曾在十六世纪颂扬愚昧（此处的分号便是一种

①作家费奥多尔·伊万诺维奇·德米特里耶夫-马蒙诺夫（1727—1805）曾以"贵族哲学家"为笔名写过多篇著作，此处指的是反教权主义的讽刺文《贵族哲学家》（1769）。

②此处指的是16世纪至17世纪俄国的一些衙门。

③伊拉斯谟（1469-1536）：尼德兰文艺复兴时期的人文主义者、语文学家、作家。代表作为《愚人颂》（1509年），旨在揭露封建统治阶级的罪恶和教会对人民的愚弄。

矫揉造作的停顿);而诸位却命鄙人为你们颂扬智慧……"紧接着你从叶卡捷琳娜女皇的古老书籍转向浪漫主义时代的作品,转向各种丛刊选集,转向感伤主义时期的辞藻华丽的长篇小说……一只布谷鸟从座钟里跳了出来,朝着你咕咕直叫,揶揄而又凄婉的叫声回荡在空无一人的屋子里。一股甜蜜而又莫名的惆怅之情油然而生……

瞧,这本是《阿列克西斯的秘密》,这本是《维克多,或森林之子》:"午夜的钟声已经敲响!神圣的寂静取代了白昼的喧嚣和农夫欢乐的歌谣。梦展开阴郁的翅膀,将整个半球的土地遮蔽到自己的双翼之下;梦从翅膀上扇落黑暗与幻想……幻想……随之而来的往往是不幸之人的痛苦!……"一个又一个亲切而古老的词语从眼前闪过:悬崖与柞树林,银月与孤寂,幽灵与幻象,"厄洛斯"[①],玫瑰与百合,"顽童的淘气与恶作剧",百合花般的素手,柳德米拉与阿琳娜们[②]……瞧,杂志上刊登着茹科夫斯基、巴丘什科夫、皇村学校的学生普希金的名字。于是我满心惆怅地回忆起自己的祖母,忆起她曾在击弦古钢琴[③]上弹奏波洛涅兹舞[④]的曲子,曾用懒洋洋的声音诵读《叶甫盖尼·奥涅金》中的诗句。那种古朴的、如梦如幻的生活似乎又出现在我眼前……风姿绰约的少女和妇人们曾经生活在贵族庄园之中!墙上挂着她们的肖像,一个个面容姣好,脸上流露出贵族的气度,华美的头发被梳成古老的发式,纤长的睫毛温顺而妩媚地垂在忧郁温柔的双眸上,从画中俯视着我……

---

①厄洛斯最早是一切爱欲和情欲的象征,是创造世界的原始神。在柏拉图之后,厄洛斯化身为手持弓箭的美少年,是爱神阿佛洛狄忒的儿子。

②俄国一些著名诗人及作家笔下的女主人公的名字。

③击弦古钢琴是15至18世纪的一种有弦键盘乐器。

④波洛涅兹舞是波兰的一种隆重交际舞。

四

安东诺夫卡苹果的香气渐渐从地主的庄园里消散。虽说这种果香四溢的日子还是不久之前的事,可于我而言却像是过去了几乎整整一百年。维谢尔基村的老人们相继辞世,安娜·格拉西莫夫娜姑妈也已过世,阿尔谢尼·谢苗内奇举枪自尽了……如今是小地主阶级盛行的时代了——这些小地主已经穷到了一贫如洗的地步!然而即便如此,穷困潦倒的小地主生活也是十分美好的!

于是,我仿佛又回到了乡间,此时正是深秋时节。青蓝色的天空阴沉沉的。清晨,我带着一条猎犬,背着一杆猎枪和一只号角,策马朝野外飞驰而去。风灌进枪口,发出呼呼的声响;凛冽的劲风迎面扑来,时而还夹杂着干燥的雪花。我在荒无人烟的平原上徘徊踯躅了整整一日……直至夕阳西下,饥寒交迫的我才策马返回庄园。当我遥遥望见维谢尔基村中的点点灯火,闻到从庄园里飘来的人烟的味道,心里不禁感到暖意融融,愉快极了。我至今仍记得,我的家人总喜欢在黄昏时分不掌灯,在朦胧的暮色中闲聊家常。一进屋,我就发现窗框上已经安好了用于过冬的双层玻璃窗,此情此景更勾起了我想要过个祥和的冬天的情绪。一名佣人正在下房里生炉子,于是我就像儿时那般,蹲在一堆散发着冬日所特有的浓郁而清香的麦秸旁,时而盯着炉子中熊熊燃烧的火焰,时而望着窗外——黄昏正泛着青色,郁郁寡欢地承受着黑夜的吞食。然后我走进下房,那儿灯火通明,十分热闹:女仆们正在剁白菜,剁刀不时寒光闪闪,我侧耳聆听着姑娘们发出的细碎而又和谐的嚓嚓声,还有她们齐声吟唱的忧伤而又欢快的乡间歌谣……有时,某位小地主邻居会将我接到他家住上好长一段时间……小地主的生活也过得有滋有味!

小地主习惯于早起。使劲伸个懒腰,下了床,接着就用廉价的黑烟丝或者干脆用马合烟[1]卷成一支挺粗的烟卷，然后抽起来。十一月的黎明，朦胧的曙光倾洒在这间四壁空空的朴素的书房中，照着挂在床头的几张粗硬的黄色狐狸皮，以及一个敦实的男子的身影——男子穿着灯笼裤和未束腰带的斜领衬衫，镜中映着一张酷似鞑靼人的睡眼惺忪的面孔。半明半暗而又温暖的房间笼罩在一片寂静中，犹如死亡之地般没有一丝声响。门外的走廊里，年迈的厨娘正鼾声大作。厨娘从小就在老爷家的庄园里干活了，但是老爷仍旧用响彻屋宇的嘶哑声音大声吩咐道：

"卢克丽娅，茶炊！"

接着老爷便穿好皮靴，把紧腰细褶的长外衣披在肩上，还未来得及扣上衬衣的领子，就朝着门廊走去。上了锁的门厅里散发着一股狗腥味儿，几条猎犬伸着懒腰，尖叫着打着哈欠，兴冲冲地朝他围拢而来。

"一边儿去！"他慢条斯理、故作宽容地沉声喝道，然后径自穿过果园朝打谷场走去。天寒地冻的时节里，整个果园的草木在一夜之间就变得光秃秃的，他深深地呼吸着黎明凛冽的寒气和覆满冰霜的果园散发的气息。林荫小径两旁的白桦树已经被砍伐掉了一半，满地的落叶被冻得发黑，都蜷缩起了身子，在皮靴的踩踏下簌簌发响。低垂而阴霾的苍穹下，几只蓬松着羽毛的寒鸦正趴在禾捆干燥棚[2]的房脊上睡觉……真是个打猎的好日子！老爷在林荫小道中央停下了脚步，久久地凝望着秋天的田野，凝望着绿油油的冬麦地，而空无一人的田地里只有一头小牛犊在其间来回游荡。两条母猎犬不时地在他脚边发出刺耳的叫声，而那条名叫"萨利瓦伊"的公犬已经跑到了果园的外面：在满是残茬的庄稼地里上蹿下跳，仿佛在呼唤主人一同前往旷野打猎。可如今身边就带了几条普通

①马合烟是俄国的一种劣等烟草。

②此处指的是能让禾捆干燥并在其中脱粒的屋子。

的猎犬，能做什么呢？眼下这个时节，野兽只会在旷野、初耕过的荒地以及未被大雪覆盖的土路里出没，它们不敢躲进森林里，因为风会把树叶吹得沙沙作响……唉，要是有一条灵缇犬该有多好啊！

禾捆干燥棚里开始脱粒了。脱谷机的滚筒慢慢地转动着，发出轰隆轰隆的响声。几匹套在传动装置上的马儿，正懒洋洋地拉紧套索，踩着满地的粪便，摇摇晃晃地转着圈儿。赶牲口的人坐在传送装置中央的小板凳上，一面跟着马儿转动着身子，用同一声调不断吆喝着，一面用鞭子抽打一匹栗色的骟马——它是其中最懒的一匹马，仗着自己的眼睛被蒙住了，竟然边走边打起瞌睡来。

“嘿，嘿，姑娘们，姑娘们，加把劲！”负责传送麦秆的庄稼汉厉声催促道。他身穿一件宽松的粗麻布衬衫，是个老成持重的人。

村姑们急匆匆地清扫干净打谷场，推着手推车、拿着扫帚来回跑动。

“上帝保佑！”负责传送麦秆的庄稼汉投下第一捆麦子，试试机器是否能正常运作。伴随着一阵阵嗡嗡声和刺耳的呼啸声，麦子飞快地被卷进了滚筒，随即像一把打开的扇子，从滚筒下飞了出来。脱谷机发出的轰鸣声显得愈发得坚定，脱谷工作进行得热火朝天，不久之后，所有的喧嚣声汇成了一首悦耳动听的脱粒之歌。老爷站在禾捆干燥棚前，向里张望着，隐约可见红头巾、黄头巾、手、草耙、麦秸在黑暗中来回晃动，而在脱谷机的轰隆声和赶牲口人单调的吆喝声、口哨声的伴奏下，所有一切都在有条不紊、按部就班地运作着、忙碌着。谷糠如同云雾般朝门口飞去，站在门口的老爷霎时被蒙了一身灰。他时不时地回头眺望田野……不久之后，初雪就会覆盖田野，那儿即将变成一个银装素裹的世界……

初雪——第一场雪飘零了！因为没有灵缇犬，十一月的时候一无所获。但是一到冬天，又可以带上普通的猎犬去打猎了。小地主们又如往昔那般聚在一起，掏出最后一点钱来买酒喝，整日整日地在雪地里消磨时光。每至夜幕降临，遥望远方，依稀可见冬夜的黑暗中闪烁着点点灯光，那是某处偏僻田庄的厢房的窗户透出的灯光。在那间小小的厢房里，一缕缕烟雾在屋内四处飘浮，脂油制成的蜡烛发出昏暗的光，有人调好了吉他的琴弦……一个低沉洪亮的男高音蓦然响起：

夜幕降临，狂风大作，
吹开家门，长驱直入，——

其余人则漫不经心地、像在开玩笑似的跟着唱了起来，声音中带着一种哀怨而绝望的剽悍之勇，听起来很不协调：

吹开家门，长驱直入，
皑皑白雪，覆盖大路……

一九〇〇年

松树

一

夜色苍茫，被大雪覆盖的屋子里悄无声息；屋外，暴风雪在森林中肆虐而行……

清晨，我们普拉托诺夫卡村的村警[1]米特罗凡去世了，神父迟来了一步，还没赶得及替他举行圣餐仪式，他就撒手人寰了。黄昏时分，神父来我家做客，我们边喝茶边聊天，讨论今年有如此多的人被活活冻死这件事……

“这莫非就是童话中的松林？”我不

①此处指的是帝俄时代由村会选举出来的乡村警察，属于最低等的警察。

禁想到。侧耳聆听着窗外森林的呼啸声，以及狂风奏出的凄婉之曲，朔风卷起漫天飞扬的雪花，朝着屋顶铺天盖地袭来。恍惚之间，我似乎看见一个旅人正迷失在密林的深处，四处徘徊着，感觉自己永无走出松林之日。

“这些茅舍里是否还住着人？”旅人自言自语道。漫天大雪化作纷飞的雪雾，雾中显现出普拉托诺夫卡村影影绰绰的轮廓，旅人费了好大劲才将它辨认出来。

然而，凛冽的朔风让他无法呼吸，肆虐的暴雪让他两眼发花，方才还在暴风雪中若隐若现的火光于顷刻之间便消失得无影无踪。这是供人居住的茅屋吗？这间黑色的小屋里住着的莫不是童话故事中的老妖婆？“小木屋，小木屋，背靠森林，大门朝我！快快开门，让那旅人，把夜来过！……”

躺在床上，一夜无眠，脑海中浮现出这样的画面：家中的那几扇窗户在这片银装素裹、涛声汹涌的松林中显得如此孤独无依，屋内的灯光忽明忽暗，怯生生地晃动不停！我家的宅第坐落在宽阔的林间通道旁，无风的日子里这儿总是一片安宁祥和，而当朔风挥舞着冰雪的翅膀，犹如一个硕大无朋的幽灵从松林上空呼啸而过之时，那些凌驾于周围万物之上的松树就会像是在回应狂风一般，发出抑郁、阴森而又低沉的松涛声，此时这片林间通道就成了一处恐怖之地。鹅毛般的大雪铺天盖地而来，气势汹汹，在松林上方漫无目的地飞驰而过。门厅的那扇关不严实的大门不停拍打着墙壁，发出巨大的响声。门厅里积了厚厚一层雪，犹如一条羽绒被褥。冻得瑟瑟发抖的狗陷在皑皑白雪之中，猛地在睡梦中发出一声可怜巴巴的叫声……于是我又怀念起了米特罗凡——在这样一个阴森恐怖的夜晚，他即将迈入坟墓。

屋里暖和而又安静。五光十色的火光在窗玻璃上跳动着，宛若一颗颗小巧的宝石，散发着冷冷的光芒。炕烧得热乎乎的，我早已习惯于屋外的风声和大门的拍打声，因此对这些声音置若罔闻。桌上放着一盏灯，睡意蒙眬的光芒均匀地散射四方。灯盏内燃烧的煤油发出均匀而又清晰的咝咝声,隔壁的厨房里有人正哼着歌谣哄孩子入睡,声音单调、含糊,仿佛是从地底下发出来的。哼着摇篮曲的倘若不是费多西娅,那就是她的女儿阿纽特卡——阿纽特卡从小就处处模仿终日唉声叹气的姨母和母亲。我侧耳倾听着从孩童时代起就熟悉的曲调,聆听着屋外的风声和门的撞击声,全身心地沉醉在这漫漫长夜里。

梦在门厅内徘徊着,

而门内已昏昏欲睡——

我在心中低吟浅唱这首忧伤的曲子,任凭夜犹如一个硕大的黑影悄无声息地在我头顶上空翱翔。黑夜仿佛屋内的那盏油灯,发出犹如梦呓般的轻语,如蚊子般呢喃着怨诉,以此蛊惑我的心。黑夜战栗着,显得如此神秘莫测;又如同灯火投映在天花板上的那些涟漪似的朦胧光圈,在同一个地方徘徊着,不肯离去。

有人从门厅处走来,踩在干燥松软的积雪上发出嘎吱嘎吱的声音。过道里的门发出砰的一声,有人在地板上跺了几下毡靴。我侧耳倾听——有只手在门上摸索着,寻找着门把手。随后一阵寒风迎面扑来,我闻到了一股清新无比的气息,犹如夏日切开的西瓜所散发的清香——那是属于一月的暴风雪所独有的味道。

"您睡了吗?"费多西娅小心翼翼地低声问道。

"还没……有事吗? 费多西娅,是你吗?"

"是我。"费多西娅不再刻意压低声音,响亮地回答道,"我把您吵醒了吧?"

"没有……你有什么事?"

费多西娅并没有回答,转身去确认门是否关好,然后笑意盈盈地走到炉子跟前。她只是来探望一下我。她虽身材娇小，体格却十分健壮，身上穿着一件短皮袄，脑袋上包着头巾，活脱脱像是一只猫头鹰。短皮袄和头巾上的雪正在融化。

“好大的雪尘啊！”她兴高采烈地说道，随即蜷缩起身子，依靠在火炉边，“夜早已深了吧？”

“八点半。”

费多西娅点点头，陷入了沉思之中。她忙碌了一整天，做了不计其数的琐碎家务。此刻她感到自己仿佛在腾云驾雾，迷迷糊糊地休息着。茫然的目光投向灯火，露出几分诧异之色，她心满意足地打了个哈欠，然后哈气连天地嘟囔道：

“唉，天哪，怎么老打哈欠，真是没办法！可怜的米特罗凡！一整天都在琢磨他的事情，还担心我们的家人：不知他们动身了没有？如果已经出发了，准会冻死在路上！”

突然，她急匆匆地追问道：

“等等，您哪只耳朵在耳鸣？”

“右耳。”我回答道，“他们不会在这种天气外出的……”

“那您就猜错了！我对自己男人的脾气可是了如指掌。真担心他会在路上冻死……”

费多西娅的注意力全都被暴风雪吸引了过去，她开口道：

“那天正是四十圣徒殉难节[1]。跟您讲，那天可吓人了！您大约是没有任何印象了，您那时恐怕连五岁都不到，可我却记得一清二楚。那天有多少人因为严寒而冻死、冻伤啊……”

我没有理会她，因为她讲的这个故事我早已倒背如流，每个细节都知道得一清二楚。我只是机械地去捕捉她吐露的每一个字，而让我感到奇怪的是，这些字

---

①四十圣徒殉难节是东正教的节日，为每年俄历三月九日。

竟同我的内心独白交织在了一起。“不是在那个王国，不是在那个国度。”我的心底响起常常讲故事给我听的牧羊老人那低沉悦耳的声音。“不是在那个王国，不是在那个国度，而是在我们生活的这个国度里，曾经住着一个年轻人……”

松林中涛声澎湃，仿佛风在吹奏着千百架风鸣琴[1]，随后墙壁和暴风雪又渐渐压住了琴声。“梦在门厅内徘徊着，而门内已昏昏欲睡。”我们的壮士们辛苦劳作了一整天，饮沼泽之水，吃“松木”面包，早已疲惫不堪。此刻他们正在普拉托诺夫卡村里沉沉入睡，主啊，他们生存及死亡的意义，都由你来衡量！

突然之间狂风大作，门厅的门被狠狠地撞到了墙壁上，仿佛一群叽叽喳喳的飞鸟，从屋顶呼啸而过。

“哎呦，主啊！”费多西娅哆嗦了一下，蹙着眉头说道，“外面又是风又是雪的，真是吓人，还不如早些睡觉来得好！您还吃晚饭吗？”她一边补充道，一边强打起精神，伸手去拉门把手。

“还早着呢……”

“我想是没有必要等第三遍鸡叫了！您还是早点吃好晚饭，早点上床睡觉吧！”

门缓缓地打开，又缓缓地合上了。屋里又只剩下我孤身一人，满脑袋想的都是米特罗凡。

米特罗凡身材颀长，体型消瘦，步履轻盈，整个人显得匀称而挺秀。他那颗不大的脑袋总是高高昂起，灰绿色的眼睛总是炯炯有神。无论寒冬还是酷暑，他那纤长的脚上总是整整齐齐地裹着灰色的包脚布，穿着树皮鞋；无论寒冬还是酷暑，他总是穿着一件破烂不堪的短皮袄。头上总是戴着一顶自制的内胆含毛的

①风鸣琴是一种形似齐特拉琴的乐器。琴弦粗细不一，被调成了同一种音调。当风拂过琴弦时，便发出一连串起伏的和声。

兔毛帽子。帽子下面的是一张饱经风霜的脸，稀稀疏疏的络腮胡，还有脱皮的鼻子，但这张脸却显得如此和蔼可亲！他的体型、那顶帽子、那条膝盖上打过补丁的裤子、身上散发的味道（靠无烟囱炉灶取暖的农舍所独有的味道）以及单筒猎枪，无一不在彰显他的身份：蹑迹追捕野兽的猎人，常常出没于森林的地地道道的农民猎人。每当迈过我房间的门槛时，他总会用短皮袄的前襟擦干古铜色脸庞上的雪水——绿松石般的双眸让他显得容光焕发，随着他走进来，整个房间瞬间充满了松林那种沁人心脾的清新空气。

“咱们这地儿真不错！”他时常这样跟我说，“主要还是因为森林多。虽说有时会食不果腹，不是缺这就是缺那，但是我们无法埋怨上帝：只要有林子，就能靠着林子得到一切。我的日子说不定比其他人还要苦得多呢，光孩子就有一大堆，可我不还是照样过日子！狼靠着四条腿四处觅食。而我已经在这儿住了好多年了，从来没感到厌倦过，还没住够……过去的事情我已经没有任何印象了。或许，依稀还能记起一两个夏日或者春日，其余的日子就怎么都想不起来了。关于寒冬的那些日子的记忆更为深刻，但那种生活却总是一成不变。可我一点儿也不感到无聊，反而觉得十分惬意。穿梭于一座又一座的森林之间，满眼望去尽是郁郁葱葱的树木，到了林中空地间，就能遥望到乡村教堂的十字架了……回到家中，倒头就睡——一觉醒来，又是新的一天，又得出门干活……只要有脖子，就能找到马套！常言道，住在树林里，对着树桩祈祷，你问树桩该怎么过日子，它又怎会有答案？这是明摆着的事：我们就像长工那样过日子——让你干活你就干活，别的事就用不着你管。

米特罗凡的一生的确过得好似一个长工。既然注定需要走过这条艰难险阻的林中之路，米特罗凡便顺从地走上了这条道路……只有病痛才能让他停下前行的步伐。米特罗凡卧病在床，在昏暗的农舍里休养了一个多月，最终还是撒手人寰。

“你没法让一棵草不枯死!”每当我劝他去医院治病时,他总会宽厚地笑着回答我。

或许他言之有理,谁又知道呢?

“他咽气了,离开了人世,没能死里逃生——看来是天命如此!”我一边想着一边站起身来,准备出门走走。我穿上皮袄,戴上帽子,走到油灯跟前。窗外暴风雪的呼啸声让我犹豫不决起来,不过这种迟疑稍纵即逝,随即我便毅然决然地吹灭了灯火。

我穿过一间又一间黑漆漆的空屋,房间的窗户影影绰绰,灰蒙蒙的一片。屋外暴风雪狂啸怒号,拍打着每一扇窗户,使得窗户变得忽明忽暗起来,此时此刻自己仿佛身处于船舱之中——在汹涌澎湃的海面上颠沛流离。过道和门厅一样阴冷无比,透着丝丝寒气。过道里堆放着用于取暖的木柴,冻硬了的树皮散发出一股湿漉漉的气味;黑魆魆的角落里摆放着一座巨大而又古老的圣母像——圣母的膝头横躺着已经逝世的耶稣……

院中狂风大作,我的帽子都被大风卷入空中,天上飘下碎琼乱玉,转瞬之间,从头到脚便披上了一层素妆。我深吸一口气,寒冷的空气灌进我的胸腔,啊,真是惬意极了!冷风钻进我的皮袄,让它变得轻盈而又单薄!有一刹那的工夫,我停下了脚步,极目远眺……一阵寒风朝我径直扑来,吹得我无法喘气,只来得及望见两三股旋风沿着林间小路呼啸而过,朝着旷野的方向而去。朔风凛冽,大雪纷飞,林中松涛之声盖过了风雪的咆哮声,宛若管风琴正在空中奏响。我低下头,在齐腰深的积雪中艰难前行,走了很久很久,自己也不知该何去何从……

抬眼望去,既看不见村落,也看不清森林,然而我却清楚地知道,村庄在右边,其尽头便是米特罗凡的农舍——坐落在水平如镜的沼泽湖畔,此时湖面已被大雪层层覆盖。我迈着坚定而痛苦的步伐,又向前走了许久许久。突然之间,在距离我两三步之遥的地方，一星灯光正透过雪雾闪烁着光芒。某样东西突然扑入我的怀中，差点没把我撞翻在地。低头一看，原来是我送给米特罗凡的那只狗。在我低头的瞬间，它就往回一跳，发出一阵阵哀伤而又喜悦的叫声，然而转身往农舍跑去，似乎是想让我去看看那儿到底发生了什么事。农舍的小窗外，雪尘好似一片片透明的云朵，在空中盘旋飞舞。雪堆中透出点点灯光，射向空中飞舞的雪雾。我在积雪中慢慢挪动着脚步，好不容易才挪到窗户边，这才急忙朝屋里望去。只见灯光昏暗的屋里，窗户下面摆放着一具覆盖着白布的长长的尸体。米特罗凡的侄子正站在灵床前，俯身伏在案前，诵读着圣诗。农舍的深处一片昏暗，依稀可见躺在板床上的女人和孩子安睡的身影……

二

天亮了。透过窗户一处尚未结霜的玻璃向外看去，森林已经发生了翻天覆

地的变化。蔚为壮观,安宁恬静!云杉林银装素裹,仿佛披上了一件厚厚的沁凉的新装;而云杉林的上方则是一碧如洗、广袤无垠、温柔无比的天空。唯有在寒冬腊月的早晨,我们这儿的天空才会出现如此明快的颜色。在皑皑白雪和苍翠松林的映衬下,这种明快的色调愈发显得美不胜收。朝阳仍未升起,还躲在松林的身后,而林间通道已被笼罩在一片幽蓝的阴影中。林间小道通往家门口的雪地上,清晰可见一道道雪橇留下的豪放不羁的弧形车辙,车辙里倒映着碧蓝一片的阴影。松树葱茏,一幅郁郁葱葱的景象,而金灿灿的阳光早已在树梢上嬉戏着。一株株松树苍翠挺拔,犹如一面面战旗,屹立于深邃的天空下,稳如泰山。

兄弟们从城里归来,还把严冬早晨的朝气也一同带了回来。他们站在过道里,用笤帚把毡靴清洗干净,将皮袄那沉甸甸的领子上的雪拍下,再将采购而来的东西搬进屋来,那一个个蒲包上沾满了如面粉般干燥的雪尘,屋里也变得寒冷起来,阴冷的空气中散发着一股金属的味道。

"准有零下四十度了!"马车夫边扛着一个崭新的蒲包走进屋,边吃力地开口道。他的脸冻得发紫,从声音可以听得出来,他已经冻僵了——唇髭、络腮胡子以及皮袄的领角上都挂着一根根冰柱……

"米特罗凡的弟弟来了。"费多西娅将脑袋探进门,向我禀告道,"问我们要一些薄木板去做棺材。"

我走出屋去和安东见面。他平静地讲起了米特罗凡的死讯,然后例行公事般地将话锋一转,跟我谈起了木板的事。到底是冷漠无情,还是因为意志力强大?屋外台阶上的积雪已经结成了冰,靴子踩在上面发出咯吱咯吱的响声,我们边聊着天,边朝板棚走去。清晨的寒气以破竹之势狠狠地压着空气,我们的声音因此变得有点儿奇怪,每吐出一个字,一股白气就会从嘴里哈出,仿佛我们是在抽烟一般。睫毛上也蒙上了一层细如发丝的寒霜。

“上帝赐予了我们多么美好的一天啊！”安东站在被太阳晒得暖融融的板棚旁说道，“唉，要是明天也是这样一个大晴天该有多好！就能顺顺利利地下葬了！”他抬眼望着林间通道两旁宛若墙壁似的郁郁葱葱的松树，望着松树林上空湛蓝深邃的天空，双眼因刺眼的阳光而眯成了一条缝。

板棚早已冻透，从里到外都结上了冰。我们推开了那扇嘎吱作响的大门。安东在木板堆里乒乒乓乓地翻找着称心的木板，一番找寻之后终于选中了一块长长的松木板。他用力将松木板扛上肩头，调整了一下位置，说道：“太感谢您啦！”说完便小心翼翼地扛着松木板走出了板棚。安东的草鞋留下一个个脚印，好似方才是一头熊在雪地上走过一般。为了适应木板的晃动，安东不得不膝盖打着弯，一颠一颠地走路，那块沉甸甸又摇晃不停的木板已经在他的肩头弯成了弓形，也随着他的步伐有节奏地微微晃动着。当他走进齐腰深的积雪之中，当他的身影消失在门后，我仍侧耳聆听着他渐渐远去的脚步声——那是草鞋与积雪摩擦发出的阵阵嘎吱嘎吱的响声。周遭一片寂静！唯有两只寒鸦仍在高谈阔论，兴高采烈地彼此分享着什么。其中一只寒鸦忽地俯冲而下，落到一株苍翠挺拔、枝繁叶茂的云杉的树梢上，因站立不稳而摇摇晃晃，险些失去了平衡——覆盖在云杉上的雪尘随即纷纷扬扬地飘散下来，在空中划出一道道霓虹般的光芒，缓缓地坠入地面。寒鸦心满意足，高兴地咯咯直笑，但随即又安静了下来……旭日东升，林间通道上变得愈发地寂静……

午饭过后，所有人都前去瞻仰米特罗凡的遗容。村庄已被积雪层层覆盖。积雪皑皑、一马平川的林中旷地的周围坐落着一幢幢银装素裹的农舍。林中旷地在阳光下闪烁出耀眼的光芒，让人感到暖意融融、舒心无比。空气中弥漫着炊烟的味道，善于持家的主妇们正在家中烘烤面包。男孩子们坐在冰块上，相互拽拉着四下奔跑；狗儿们则蹲坐在农舍的屋顶上……这完全就是一个蛮荒时代的小村落！一个肩宽腰圆的年轻村妇，穿着一件对襟互相掩盖的衬衣，正从门厅里频频向外张望着，眼神里充满了好奇之色……骨瘦如柴的傻瓜巴什卡，戴着顶祖父的帽子，活脱脱像个侏儒老头儿，亦步亦趋地跟在运水马车后。结了冰的小木桶里装满了冒着丝丝寒气、散发着恶臭的水，沉甸甸的污水晃动着，发出哗啦哗啦的声音。而雪橇的滑木则发出小猪崽那般的声音，在雪地上吱吱尖叫着……前面就是米特罗凡的那间农舍。

眼前到底是怎样一间小农舍啊，如尺蠖之屈步，如蜗牛之潜居！而农舍的四周却与平日里一般无二，完全看不出里面正在举行着丧事！滑雪板倚靠在门厅的大门边。门厅的地上躺着一头假寐的母牛，嘴里还咀嚼着已在胃里消化了一半的食物。靠近门厅的那堵墙塌陷得非常厉害，因此不得不使出九牛二虎之力方能推开门。门总算被打开了，迎面扑来一股农舍所特有的热气腾腾的气味。屋内灯光昏暗，几个妇女正站在炉子旁窃窃私语，一边目不转睛地望着过世之人。空气中弥漫着一种紧张而又肃穆的气氛，死去的米特罗凡身披白棉布躺在那儿，聆听着侄子季莫什卡一边抽泣，一边悲痛欲绝地诵读圣诗篇。

“人死如寒冰解冻、如油尽灯枯！”其中一个妇人颇为动容地说道。她小心翼翼地掀起白棉布，邀请我瞻仰死者的遗容。

啊，米特罗凡变得多么伟岸、多么庄重啊！他那小巧的头颅显得如此高傲、安详而忧伤，紧闭的双眼已深深地凹陷下去，硕大的鼻子犹如刀削一般，棱角分明；临终之前未能吐出最后一口气，因此死后胸膛高高鼓起，变得像石头一样坚硬无比；胸脯下方是干瘪凹陷的肚子，两只蜡黄的大手叠放在上面。在洁净的衣衫的衬托下，他显得愈发消瘦、愈发枯黄。妇人缓缓地握住他的一只手，将之抬起，随后又放了下来——毫无疑问，这只冰凉的手是沉甸甸的。可米特罗凡依旧无动于衷，兀自听着季莫什卡诵读着圣诗篇。恐怕他甚至还知道今天——即他在人世间的家乡逗留的最后一天，是个晴空万里、喜气洋洋的日子吧？

村落笼罩在死一般的寂静中，白昼因此显得尤为漫长。夕阳轻移莲步，悠悠地向西沉落，而那一抹好似锦缎般的淡红色余晖已经悄然探入农舍，穿过半明半暗的陋室，斜映在死者的额头。当我离开农舍走到屋外时，太阳已然挽回不住最后一缕光辉，它沉落到那片茂密的云杉林的后面，躲藏在一棵棵松树的树干之间。

我再次沿着林间通道缓步而行。林中旷地和农舍屋顶上白茫茫的一片，皑皑白雪宛若晶莹剔透的白糖，被夕阳晕染成了艳丽的红色。而林间通道的背阴处则是寒气袭人，温度骤降，能清晰地感觉到夜晚临近的步伐。北方那片淡青色的天空变得愈发得澄净而柔和了，在天空的映衬下，那犹如桅杆般挺秀的松林也变得更加纤细。银月如盘，缓缓自东方升起。晚霞渐渐熄灭，月亮则越爬越高……与我同行的那条狗总会时不时地钻进云杉林，随即又如同一个雪球似的从那片散发着亮光的漆黑而又神秘的深林中飞奔而出，纹丝不动地呆立在林间通道上，它的影子清晰地倒映在洒满月光的道路上，那影子同样如磐石般安然不动。明月高悬……整座村落一片寂静，唯有米特罗凡的农舍之中，一盏孤灯仍在怯生生地泛着微弱的红光……遥望东北方向，一颗斗大的星星闪烁着绿宝石般的光芒，看来它就是上帝宝座下的那颗星星吧。上帝虽高踞于宝座之上，却依旧主宰着这银装素裹的森林国度……

三

翌日，人们扶着米特罗凡的灵柩，沿着森林之路往村庄而去。

依旧是冰天雪地，依旧是寒风刺骨。漫天的雪花从空中洋洋洒洒而下，有的纤细如针，有的状似十字形，在空中回旋飞舞，在阳光下闪烁着黯淡的光芒。松林和空气笼罩在朦胧的雾气之中，唯有南方天际的那片寒空，依旧如此明澈、碧蓝。我滑着雪，一路朝村庄驶去，雪橇下的雪仿佛在吟唱一般，不停地发出吱吱的尖叫声。屋外天寒地冻，我在教堂门前的台阶上静坐了许久许久，感觉自己快被冻僵了。冰雪覆盖的乡间小道上终于出现了一群穿着白色粗呢无领上衣的身影，一具崭新而又庞大的白色棺材赫然出现在人群中。推开教堂的大门，一股夹杂着香烛气味的冷风迎面扑来。木质教堂银装素裹，从里到外都结了冰，而教堂里的圣像壁和圣像都蒙上了一层纤尘不染的厚霜，泛着幽幽的白光。四周响起了一阵杂乱的脚步声，空气中氤氲着人们呼出的白气，整座教堂笼罩在一片庄严而肃穆的气氛中。米特罗凡的那具沉甸甸的上宽下窄的棺材被放在地板上，此时神父那因伤风而变得嘶哑的嗓音蓦然响起，语调急促地读起经文并唱起圣诗来。棺椁上方萦绕着一缕缕淡青色的轻烟，从中露出死者尖尖的褐色鼻子和佩戴着绦带[①]的前额。神父手中提着的那只香炉里几乎空无一物，而随手丢弃在云杉木炭火上的廉价神香正散发着松明的气味。神父用头巾包住耳朵，脚上套着一双笨重的毡靴，身上穿着一件庄稼汉的旧短皮袄，皮袄外面罩着一件旧法衣。他和助祭仿佛急不可耐似的，仅用了半小时就做完了弥撒，只有在为安灵祷告、吟唱《望主赐伊永安》之时，他才开始放慢语速，试图为自己的声音增添几分感人的意味：哀叹世间万物变幻无常，转眼之间沧海已成桑田；含笑看着兄弟享尽尘世间功勋，终于步入永生之门，“信主得永生。”宛转悠扬的圣诗之音不绝于耳，装殓着冰凉遗体的棺材被抬出了教堂，人们沿着街道一路将其抬至村落外的小山丘，放入一个并不深的坑穴内，然后填上冻土和雪。将一小株云杉栽进雪地中后，冻得呼哧呼哧直喘粗气的人们立刻四下散开，或是步行，或是乘车，急匆匆地朝家的方向赶去。

这片林中旷地重又恢复宁静，四周万籁无声，寥寥数个低矮的木质十字架竖

①缎子或者纸做的带子。

立在小山丘上的雪堆里。无数宛若银针般的霜花从天而降，无声无息地在空中飘舞盘旋。头顶上空传来一阵阵受到抑制的喑哑而又遥远的轰隆声，那是远方大海的涛声——傍晚时分，每当大海躲到山峦身后的时候，它就会发出这种声音。如桅杆般挺拔的松树，光秃秃的土红色树干上高高耸立着青翠欲滴的树冠，仿佛侍卫一般，呈三面围绕之势将小山丘层层围住。山麓的低地上，是一片郁郁葱葱的云杉林。

我脚边的斜坡上横躺着一座长方形的土坟，坟上撒满了厚厚的积雪。这座土坟时而状似平凡无奇，仿佛只是一坯黄土；时而又显得与众不同，似是充满了思想和感知。我凝视着这座坟墓，良久地思索着一个无从探究的奥秘，一个只有上帝才知晓答案的问题：世间万物为何如此微不足道，却又如此举足轻重？随后，我使劲蹬着滑雪板，朝山下滑去。一团团冰凉的雪尘朝我迎面扑来，那被纯洁无暇而又丰厚松软的白雪覆盖的山坡上，留下了两道匀称而又优美的平行线。临近山脚下时，因站立不稳而摔倒在地，一头栽进郁郁葱葱的云杉林中，衣袖里都被灌满了雪。我在云杉灌木林中蜿蜒而行，飞快地与云杉树擦身而过。服丧的喜鹊叽叽喳喳地尖叫着，快活地在空中晃动着身躯，从云杉林上方一掠而过。时间一分一秒地过去，我依旧从容不迫、灵巧敏捷地在雪上滑行着。我心无杂念，不再去思考任何问题。针叶林和冬雪散发出阵阵幽香，能与这漫天大雪、这片树林以及林中那些喜爱啃食云杉嫩叶的兔子如此亲近，是一件多么美妙的事啊……白纱般的薄雾轻笼天空，预示着未来很长一段时间都将会是无风无雪的好日子……远方传来一阵阵若有若无的松涛声，仿佛松树们正在悄声细语，正在滔滔不绝地谈论着某种永恒而又庄严的生活……

一九○一年

万籁俱寂

>

我们一路风雨兼程，到达日内瓦的时候已是午夜时分。因为下雨的缘故，拂晓前的空气变得分外沁人心脾。推开阳台门，初秋清晨那醉人的凉意便迎面扑来，不禁让人感到心旷神怡。湖面上浓雾弥漫，乳白色的雾气一路飘至街头巷尾，方才渐渐散去。晨光熹微，旭日却已经朝气蓬勃地在氤氲的雾气中散发出光芒。湿润润的微风轻轻拂过，缠绕在阳台柱子上的野葡萄那血红色的叶子随之翩然起舞。我们匆匆梳洗打扮，完毕之后便走出宾馆，睡足了觉的我们感到精神抖擞，准备尽情地畅游一番，年轻的心预感到我们在这一天必然会遇到无比美好的事物。

“上帝又赐予了我们一个美妙的清晨!”我的旅伴对我说,“你是否注意到,无论我们在何地游玩,头一天总是风和日丽?别抽烟,只喝牛奶只吃蔬菜,以天为被以地为床,日出而起——人的精神境界都提高了!不久之后,不仅医生会这么说,就连诗人也会这样说……别抽烟,千万别抽烟,这会给人们带来一种久违的体验——感受到由内而外的纯净和青春的滋味。”

然而湖在何处?我们驻足片刻,迷惘不已。空中薄雾轻笼,远方的一切都被笼罩在这片闪闪发光的如同轻纱般的雾气中。街道尽头的路面好似是用黄金浇筑而成的,在阳光下熠熠生辉。于是我们快步朝那条看上去湿漉漉又闪闪发光的马路走去。

旭日的光芒穿透雾霭,暖洋洋地照在空无一人的堤岸上,眼前的一切无不熠熠生辉。然而山谷、湖泊以及远处的萨瓦山脉依旧在吞吐着凛冽的寒气。走到湖堤上,我们不由自主地停下了脚步,感到惊喜交加——每当人们站在高处俯瞰无边无际的海洋、湖泊或是山谷之时,总会情不自禁地产生这种且惊且喜的感受。萨瓦群山消隐在身披霞光的晨雾中,阳光下依旧难以分辨其轮廓,唯有凝神远眺,方能看到山脊在空中画出一道纤细的金线,此时此刻方能真切地感受到山峦的巍峨和磅礴。近处,宽广无垠的山谷中镶嵌着清澈而又深邃的蔚蓝色湖泊,沁人心脾而又潮湿的雾气萦绕于山谷之中。湖泊仍在酣睡,岸边云集的一艘艘斜帆小艇也依旧沉浸在睡梦之中。它们如同一群在空中高高扬起灰色羽翼的巨鸟,只不过在这寂静的清晨还无力振翅高飞。三三两两的海鸥从容不迫地贴着湖面飞翔,其中一只海鸥冷不丁地从我们身旁一掠而过,朝大街的方向飞去。我们随即转过身,只见它猛地一个急转弯又飞了回来,恐怕是被眼前陌生的街景给吓着了……海鸥在这明媚的清晨飞进城中——生活于此的人们是何等得幸福!

我们迫不及待地想要投入大山的怀抱，想要泛舟湖上，执手奔向远方……趁着雾气尚未散尽，我们返身回城，在小餐馆里买了点酒和奶酪，沿途欣赏着一尘不染又舒适宜人的街道，欣赏着一座座幽静的金黄色花园，园中的白杨和法国梧桐美丽如画，令人心驰神往。头顶上空的蔚蓝天空也渐渐变得晴朗、明净起来。

“你知道吗，”我的旅伴说道，“我常常无法相信自己真正踏上了那片土地，因为过去我只能看着地图上的那些地方，幻想前去畅游一番，并时时刻刻提醒自己，这只不过是幻想而已。崇山峻岭之后，便是意大利，你能感觉到这个近在咫尺的国度吗？在这迷人的秋季，你感受到了南方的存在吗？瞧，那儿是萨瓦省[①]，它是那群牵着猴子四处流浪的萨瓦孩童的故乡，小时候我们还曾读过关于他们的催人泪下的故事呢！”

码头旁，小船和船夫们在阳光下打着盹儿。透过清澈的蔚蓝色湖水，清晰可见由沙砾堆积而成的湖底、湖中的木桩以及小船的龙骨。这全然像是夏日的清晨，唯有充斥在透明空气中的这份静谧之意，方能让人感觉到此时已是晚秋时节。雾霭已消散得无影无踪，顺着山谷朝湖泊望去，湖面一路伸延至异乎寻常之远的地方。我们脱下西服上衣，挽起袖子，拿起了船桨。码头留在我们身后，离我们越来越远。远离我们而去的还有阳光下熠熠生辉的城市、湖滨、花园……前方的湖面波光粼粼，泛着令人炫目的光芒，而船边的湖水则变得越来越深，越来越沉，越来越透明。把船桨插入水中，感受着水的回弹力，望着水花从船桨下飞溅而起，真是一大乐事。我回过头去，看见旅伴泛着红晕的脸庞，看见此时正怡然自得、安安静静地躺在群山怀抱中的浩渺碧波，看见遍布于这一座座坡度和缓的山岭上发黄的树林、葡萄园以及掩映其间的一幢幢花园别墅。有一瞬间，我们放下船桨——四周一片寂静。闭上双眼，我们侧耳倾听，只听见湖水流经船侧发出的

①萨瓦省是法国罗讷-阿尔卑斯大区所辖的省份。

单调的潺潺水声。单凭这汩汩的水声也能猜出这湖水有多么清澈，多么干净。

“继续向前划吗?”我问道。

“等等，你听!”

我举起船桨，此时就连潺潺的水声都渐渐消失殆尽。从船桨上滴下一滴水珠，之后又是一滴……阳光愈发炽烈，把我们的脸晒得越来越烫……此时，从遥远的天际传来阵阵嘹亮而有节奏的钟声，刹那间深山之中便回荡起了孤孤单单的声响。它离我们实在太远了，以至于我们只能隐隐约约地听到它的声音。

“你还记得科隆大教堂的钟声吗?”我的旅伴沉声问我，“那天我醒得比你早，天刚拂晓，我站在敞开的窗户前，久久地聆听那回荡于古老城市上空的钟声——如此孤独、如此响亮的钟声！你还记得科隆大教堂里的管风琴和那种中世纪特有的壮丽景象吗？莱茵河，一座座古老的城市，一幅幅古老的画卷，巴黎……然而这里的一切却是与众不同的，是其他地方所无法比拟的……”

远处传来阵阵钟声，清晰悦耳，悠长婉转。坐在船上的我们闭上眼睛，静静聆听着这钟声，阳光抬起温暖的双手抚上我们的脸庞，水面升起的丝丝凉意迎面扑来，我们感受着这一切，心中涌起万般柔情。在离我们大约两俄里的湖面上航行着一艘闪闪发亮的白色轮船，船轮拍击着湖水，从远处传来阵阵喑哑、愤懑的响声。水平如镜、清澈见底的湖面荡起层层涟漪，缓缓地朝我们涌来，带着绵绵情意轻轻摇动着我们的小船。

“瞧，我们终于置身于群山的怀抱中，”当轮船渐行渐远，逐渐隐没在远方后，我的旅伴对我说，“生活已被遗失在某个地方，留在这崇山峻岭之外了，我们已经踏入神圣之邦——一个被寂静主宰的福地、一个无法用语言来形容的国度。”

他缓缓摇动双桨，一边诉说着，一边倾听着，湖面宛若一个越来越宽广的怀抱，紧紧地将我们包围其中。钟声忽近忽远，若有若无。

“群山深处，坐落着一个小小的钟楼，”我不禁这样想到，“独自奏响乐曲，用荡气回肠的钟声来赞颂这星期天清晨的和平与静谧，召唤人们沿着那条能够俯瞰蔚蓝湖泊的山间小径，到它那儿去……”

极目远眺，秋姑娘手执画笔，将漫山遍野的树林都晕染上绚丽而又柔和的色彩，一幢幢美丽如画的花园别墅错落其间，独自度过这明媚的秋日。我从湖中舀起水，把杯子洗净，然后又把杯中之水抛洒到空中。水花飞扬，在空中舞出一道道光芒。

“你还记得《曼弗雷德》[1]吗？”我的旅伴问道，“曼弗雷德站在阿尔卑斯山脉中的一处瀑布旁。恰值正午时分。他口念咒语，手捧一掬清水，抛洒向天空。瀑布在空中形成道道彩虹，山之女神在彩虹中显露真容……多么美的场景啊！此刻我不禁想到，人们可以像拜火教崇拜火那样，去崇拜水……崇拜自然——多么顺理成章、多么容易理解啊！生存于世，呼吸着空气，看着天空、水、太阳，这是何等幸福的事啊！然而我们依旧是些不幸之人！为何？因为人生苦短，因为形单影只，还是因为我们的生活纰漏百出？曾几何时，雪莱和拜伦也同我们一样，泛舟于此……后来莫泊桑也来了，只身孤影，但内心却渴望全世界能够获得幸福。当年所有的梦想家，所有的恋人，所有的年轻之辈——所有来这里寻求幸福的人都已与世长辞，消失于人世间。有朝一日，你我也终将步入极乐世界……来点酒吗？”

我递过杯子，他替我斟满酒，露出一个忧郁的微笑，说道：

“我觉得，有朝一日我将与这亘古长存的寂静融为一体，如今我们已经站在它的门口，只待推开门，就能看到栖息于寂静之中的幸福了。还记得易卜生[2]曾

①拜伦的戏剧性诗篇，主人公于壮年起独自居住在阿尔卑斯山中，内心总是无法得到平静。

②亨利克·易卜生(1828-1906)：挪威著名剧作家、诗人、现代散文剧的创始人。代表作有《彼尔·京特》、《玩偶之家》等。

说过:‘玛雅,你听到寂静之声了吗?’[①]如今我也想问一句:你听见这群山之中的寂静了吗?”

我们久久地凝望着山峦,以及群山之巅的天空。天空一碧如洗,柔情万分,蕴含着无望的秋之愁绪。我们想象着自己远远地走进深山的腹地——走进那至今无人踏足的地方……太阳高悬于群山环绕的深谷之上,雄鹰翱翔于深谷和蓝天间的广袤空间之中……周围只有我们两人,朝着山谷的更深处走去,如同那些为了寻找火绒草而死于山中的人……

我们从容不迫地摇着桨,侧耳倾听着渐渐远逝的钟声,谈论着萨瓦之旅,谈论我们每到一处能够在那儿逗留多久,可我们的思绪却不由自主地飘回到对幸福的憧憬上来。无论在世界的哪个角落,那种带给我们全新视觉冲击的自然之美、艺术之美以及宗教之美,都能在我们的心底激荡起一股青春盎然的渴望——渴望生活也能升华至这种美的境界,渴望用发自肺腑的快乐来充实这份美,渴望与人分享这份快乐。旅途中,我们随处可见这样的女子:她们激起了我们对高尚、浪漫、雅致而又感性的爱情的憧憬,而这种爱情又使那些在我们眼前一闪而逝的理想女性的形象几近神化……这种幸福莫不是只存在于童话世界中?否则为何你越步步紧追,它就越朝着郁郁葱葱的森林和群山深处走去?

谨以此文献给我一生中为数不多的挚友之一——那位在旅途中和我甘苦与共的旅伴。同时,也借此文向那些曾与我们一同漫游过、幻想过、感受过的朋友致敬。

一九〇一年

---

① 此句出处为挪威作家易卜生的戏剧《当我们这些死者苏醒的时候》中的第一幕中的台词。

午夜的启明星

茂密的森林中有座小木屋，屋前是一片林中旷地。五月的苹果树正俏生生地矗立在空地中央，枝叶扶疏，满树白花，好不热闹。太阳已经躲到树林的身后，此时离天黑尚早。一切都是那么生机盎然，一切都是那么朝气蓬勃，而绿荫、野花、青草、夜莺、斑鸠、布谷鸟又是何其之多！傍晚微凉的空气里夹杂着树林、野花和青草散发的甜美气息。密林沿着林中的沟壑蜿蜒而下，密林的上方是春季日落之后明净如洗的苍穹，而其后方则是一汪微微泛红、宛如明镜的池塘，偶尔从中传来几声青蛙的低鸣——叫声因自我陶醉而显得有些软绵无力。夜莺相互追逐嬉戏着，低低地掠过林中旷地，一边飞一边婉转而歌。

我的坐骑正站在苹果树下，背上的马鞍让它显得更加轻盈敏捷、英姿勃勃。它伸嘴在白色的野花间寻觅嫩叶，然后揪扯下，在嘴里响亮地嚼个不停。我坐在小木屋旁的树墩上，心情倍感愉悦，因为自己身体健康、青春焕发，因为自己骑术了得，因为马儿也欣赏我的骑术并由衷地爱戴我，还因为这匹纯种良驹温顺无比，总是对我百依百顺：给它装上马鞍，替它拉紧马肚带，命令它随意地大步奔走或是全速飞驰，让它站在台阶旁、田埂上或是林中的某棵树下……无论我下达什么命令，它都会欣然完成指令。

小木屋里，一个约莫三岁的小姑娘正坐在窗边的板凳上，小脑袋上戴着一顶帽子。她的小手一刻不停地拍着自己的嘴巴，发出啪、啪、啪的响声。小木屋里漆黑一片，热得跟蒸笼似的。

晚霞照亮的天空渐渐变得昏暗了，被阴暗侵蚀的空中领地的面积变得越来越大了。成群结队的丘鹬突然出现在苍茫的天空中，在林中旷地上方的灰色高空中翱翔着，稍稍逗留片刻，便立刻向前飞去。青蛙不再鸣唱，林中一片寂静，只有不远处的两只鸟儿还在叽叽喳喳地叫个不停，却又好似快要进入梦乡了一般，显得有点无精打采。整个黄昏，某个驼背姑娘一直安安静静地坐在苹果树旁的草地上，不时抬头望着渐渐蒙上灰色面纱的天空——青空中已隐约可见点点星辰。姑娘抬头的频率越来越高，脸上的神情也越来越古怪。

头顶是苍穹，右方是已经黯然失色的霞光，而前方——在那棵苹果树的身后，远方那一束束微红的光正从森林黑洞洞的底部穿透而过。我环顾四周，时而仰望苍穹，时而凝视那一线光亮，时而看着我的马，时而望着那个驼背姑娘——她并没有看我，但立刻感觉到了我注视的目光，于是羞涩地蜷起双脚，整理整理自己的衣服。她穿得干净而得体，让人看着很舒服。她的颧骨略显宽大，面容清秀，脸色苍白得透亮。纤瘦的锁骨上挂着一串项链，少女式的亚麻衬衫，小巧的赤足，让她看上去楚楚动人。可她频频朝天空投去的胆怯目光却显得十分怪异，甚至有几分骇人。

她的母亲刚从村里回来，带回了一袋黍米和一串"8"字形小甜面包。

跟我打过招呼后，便在小木屋的门槛上坐了下来，唉声叹气道：

"去了趟村里，买了点东西……您在这待了很久了吧？阿纽特卡哭了吗？她是毫无指望了，您是知道的，她是怎样的姑娘……"显然，后面的那个她说的是驼背姑娘。可驼背姑娘却置若罔闻，仿佛谈论的别人，而不是她自己。

我已知晓事情的来龙去脉，可那农妇仍旧不慌不忙、一五一十地解释着，更确切地说，是把自己反复思量过的想法又说了一遍——尽管这些话我已听过不止一次：

"已经有两次被人从水底拉了上来，都闹到这种地步了……有一回我从村子里回来，看见她站在齐脖子深的水塘里，想把自己溺死在水中……前几天刚把她从杨树上救下来：当时我正在林子里捡柴火，回头一看，她已经吊在树枝上，双脚勉强够得着草地，脸已经毫无血色了……老是说什么：'他总是来找我，追着我，让我喘不过气来……'半夜醒来，总是听见她气喘吁吁，大喊着：'你干什么？你干什么？放开我，我不愿意！'可那声音在我听来倒像是乐意得很，还甜滋滋的……睡觉前一定要完成仪式——边祈祷边念念有词：'别指望，别指望，我这人信不过！我要在整张床上画上十字！'整个人变得越来越憔悴，瘦得只剩下一把骨头，只等着大限来临后装殓入棺……我根本不让她干活，否则就成了罪过……从前那个毫无畏惧的姑娘去哪儿了？以前她就像团火，娇弱，容易动怒……年轻人的事总是神神秘秘的，脑袋瓜里什么千奇百怪的想法没有啊！偶

尔还会说漏嘴，垂下目光，双颊泛红，喃喃说道：‘我驼背，那又怎么样，脸蛋儿长得却不比别人差……哪怕谁都不要我，哪怕觉得跟我结婚是件丢人的事，那又如何……给自己找一个更好的男伴，午夜时分才会出现的神秘男伴……’说出这种话来该是多大的罪过啊，可我总是想，等她死后，上帝会宽恕这一切的……”

驼背姑娘端坐在那儿，一动不动。没有听母亲在说什么，只是聚精会神地盯着黑洞洞的森林，神情颇为怪异……

回家的途中经过庄稼地。夜色如墨，环盖大地。仿佛宣纸染墨般，自上而下晕染着天空，渐渐遮住远方的霞光，直至吞没最后一丝亮光。空气中微微泛着凉意，黑麦青青的麦秆和田埂上沾满露水的青草所散发的草香，以及田野、夜晚中的一切所散发的气息，都让人沉醉。我诞生于此、成长于此，它们让我感受到生活的甜美……

农妇继续说道："我和阿纽特卡睡板床，她睡在圣像底下的坐柜里……夜里醒来，总会看见她坐在窗户上，望着窗外的星星、黑夜和树林……她说，她最爱的是午夜的启明星，它是如此忠贞不渝……"

午夜的启明星。爱情之星，黎明前的星星。

我的马儿神气十足地走着，似乎觉察到了我的想法，两只耳朵高高竖起，充满了警惕性，在微弱的霞光下依稀可辨……啊，我那美丽、聪明的爱驹！该如何用语言来形容我们之间亲密的爱！世界上最微妙、最神秘、最纯洁的爱便是人与动物之间的感情，那是一种永恒的沉默之爱，一种忠贞不渝的爱！

而如今，这片漆黑而骇人的树林，这个可怕而美丽的驼背姑娘，又是怎样一幅光景呢？她的母亲想必已经入睡，而她却如活死人一般，坐在圣像下的长凳上，凝神眺望，侧耳倾听，全世界只剩下她一人。这世间的万物——夜、树林、整个宇宙、她的全部秘密，总而言之，除了人之外的万事万物，都与她同在，都活在她的心里。其他人都无法做到这一点，只因她已完全超脱于我们的世界，正处于另一个神秘的午夜世界的控制之下。黎明之前，她的那颗美妙而可怕的星星就会在树林上空闪烁……

我拥抱着沉默不语的爱驹，亲吻着它强有力、如绸缎般光滑的脖子，以便闻到它散发的不雅的气味，以便感受到尘世间的肉体，因为倘若没有这匹马儿，倘若没有这具肉体，这个世界会让我感到不寒而栗。我拉紧缰绳，马儿立刻用自己的身躯来回应我，迈开轻快而热情的脚步，驮着我沿着漆黑的大道一路朝家的方向奔去。

一九二一年，巴黎

篝火

>

在通衢大道的拐弯处，在一根指向乡间土道的路标旁，一堆篝火在黑暗中燃烧着。我坐在由三匹马拉着的四轮马车上，听着轭下的铃铛叮叮作响，呼吸着秋夜草原上的新鲜空气。篝火在黑夜中熊熊燃烧，跳动的火苗与篝火上方的黑暗形成鲜明对比——离篝火越近，这种对比就越强烈。很快就能看清那根路标柱了——此时正笼罩在柱底的篝火的光芒之中，还能分辨得出坐在地上的黑魆魆的人影。这群人仿佛正坐在一个阴暗的地洞中，相互交织的火舌让地洞的几个漆黑的穹窿颤动了起来。

当篝火的反光照射在三驾马车上时，围坐在篝火旁的人们随即转过脸来。他们的姿态中流露出一股关切之意，每个人的脸都是通红通红的。火光之中突然窜出一条狗，开始吠叫起来。接着就有一个人从地上站起身来。在这狭窄的空间里，在篝火的映照下，此人显得身材魁梧、异常高大。他朝那只狗低喝一声，声音中带着几丝喉音：

"吉——拉！"

我拉住缰绳，停下来向他们讨根火柴：

"晚上好！劳驾能帮我点支烟吗？"

站在我面前静待我开口的是个肩宽体阔、体格健壮的老头儿，头戴一顶羊皮帽，身披一件羊皮袄，因为狗吠声盖过了我的说话声而气得直跺脚。

"唉，这该死的！"他朝着牧羊犬斥责道，而那疑心重重的眼神却一直在我身上逗留，用带着很重喉音的茨冈口音大声说道，"晚上好，老爷，您有何贵干？"

他的鼻孔轮廓分明，仿佛是雕刻出来的一般，胡须一直蔓延至眼睛下方。而那漆黑如墨的眼睛，那从帽子下钻出的粗硬的黑色鬈发，那鬈曲而又粗硬的胡子，无一不散发着草原人的野性和殷勤。

"瞧，没法点烟，"我又说道，"劳驾给我两根火柴。"

"茨冈人怎会有火柴？"老头儿反问道，"要不老爷就着篝火点烟吧？"

他走向篝火，俯下身子，泰然地将一块烧红的木炭扔到掌心里。我赶忙凑上前去点烟，并飞快地瞟了两三眼这一小群流浪的茨冈人。其中坐着一位衣衫褴褛的红褐色头发的庄稼汉，显然是个来自底层的、四处打工的流浪汉；还有一个双手抱膝而坐的茨冈青年，傲慢地向后仰着头，斜睨着我。青年那张清癯而又黝黑的脸庞有些发青，长得十分英俊。眼白在这样一张脸上显得尤为明显，眼神中充满了讶异之情。他的穿着很讲究：一双细皮长筒靴，一顶崭新的有檐便帽，一件城里人穿的西服，还有一件淡紫色的丝绸衬衫。

“老爷是不是迷路了？”老头儿问道，随手将木炭扔回火堆里。

“没有。”我回答道，又朝篝火望了一眼，那耀眼的火光炫人眼目。此时，黑暗中出现了一个巨大的漏斗状的帐篷的灰色门帘，还有遗弃在旁的马车车轭[1]和车辕，旁边摆放着一个茶炊、几个瓦罐和一床羽毛褥子，一个衣衫褴褛、体态丰腴的茨冈女人正躺在褥子上给一个半岁大的孩子喂奶。而一个十五岁左右的姑娘正站在那儿，一双美不可言的眼睛若有所思地看着我，眼神中透着一丝忧郁和诱惑。

“需要给您带路吗，老爷？”老头儿又热心地问道。

“不用，谢谢。”我连忙回答道，然后仰靠在四轮马车的座椅靠背上，大喝一声：

“驾！”

马拉着车向前飞奔，马蹄整齐地踏着地面，车铃的哀怨声在空气中飘荡，淹没了我们身后的狗吠声……

再也感觉不到温暖，再也闻不到燃烧的荒草的气味，凉爽的晚风迎面拂来，天色越来越暗，一片片田野迎面而来。黑色车轭的轮廓在黑暗中清晰可辨，高高拱起在空中，摇晃着，触摸着漫天的繁星。相较于在篝火旁，此时我将一切看得更加清晰——那满头青丝，那温柔而热情的双眸，那颈间古老的银质项链……沾满露水的青草散发的气息，寂寥的铃声，满天的繁星，头顶的天空，都给人以一种全新的感觉——让人苦恼，让人困惑，向人们诉说着某种无法弥补的损失……

一九〇二年至一九三二年

① 俄式马车上的轭，即驾车时搁在马颈上的曲木。

素昧平生的友人

读完您的新作后，我迫不及待地想在这张绘有大西洋海岸那凄凉而又磅礴的月夜景致的明信片[1]上，写下我对您热诚的感激之意。这片海岸是我的第二故乡，它的名字叫爱尔兰——您看，您的一位素昧平生的友人从如此遥远的地方，为您寄上她的敬意。祝您幸福，愿上帝保佑您。

十月七日

①原文中“明信片”一词用的是法语“carte-illustree”。

又是一张印有爱尔兰风光的明信片，命运已将我彻底抛弃在这个寂寞的国度。

昨天又下起了滂沱大雨，我们这儿终年雨水连绵不绝，我冒着大雨进城办事，偶然买了本您的书。因本人身体羸弱之故，我们全家终年住在别墅里，那日归途中我拜读了您的大作，让我读到欲罢不能。磅礴的大雨，密布的乌云，天色因此变得近乎昏暗，而一处处庭院中的花草却显得异乎寻常得鲜艳，空荡荡的有轨电车疾驰着，不断迸发出紫色的电火花。而我呢，则埋首于您的著作中，读着读着，就莫名地涌起一股近乎痛苦的幸福感来。

别了，再次向您表达谢意。还想跟您说些什么，却无从下口，究竟该谈些什么好呢？我不知道，也无法做出判断。

十月八号

我情不自禁又提笔给您写信了。想必您一定收到过许许多多类似的信。这可都是您为之创作的那些人的灵魂所发出的回声啊。既然如此，我又何必沉默不语呢？何况又是您先伸出橄榄枝来，与我进行精神交流的——将自己的作品出版问世，献给世人，献给我……

阴雨连绵，下了整整一天，雨水不停地浇灌在家中庭院内那片异常之绿的草木上，我的房间昏暗不已，一大清早便生起了壁炉。我想向您一诉衷肠，但您比谁都清楚，向他人吐露心声是何等不易，几乎是无法办到的。您让我感受到的那种难以言喻、理不清头绪但又美好的印象依旧主宰着我——请您告诉我，这究竟是怎样的一种感觉？一般说来，当人们受到艺术感染的时候，他们究竟体验到了什么？倾倒于人类的才华和力量之中？还是激发起对个人幸福的憧憬？要知道，这种憧憬始终活跃于我们的心底，尤其是当我们的感官受到音乐、诗歌、某种形象的回忆、某种气味的冲击时,这种憧憬就会变得更为强烈,抑或是因为体会到人类灵魂的高尚美好而欣喜不已?要知道,像您这样的人寥若晨星——为我们剖析人类的灵魂,提醒我们这世间还存在着高尚美好的灵魂。因而,当我读着某篇文章,有时甚至是某些糟糕的东西的时候,我会蓦然心生感叹:天啊,写得多美好啊!这意味着什么呢?或许这说明一件事:生活毕竟是美好的!

再见吧,很快我又会给您写信。我想,这并没有任何失礼之处吧,毕竟给作家写信是件合乎情理的事。更何况,您完全可以不看我的信……当然了,倘若您不看的话,我会伤心不已。

十月十号

请您原谅我的失礼,但我依旧忍不住想向您倾诉几句有失体统的话:我已年华不再,有个十五岁的女儿,是位亭亭玉立的少女,而我当初也颇有几分姿色,经历了某些事后,我的容貌依旧变化无几……不管怎样,我不希望您想象中的我与真实的我相差甚远。

深夜

您的才华仿佛那婉转伤感而又荡气回肠的音乐,在我的心底激起万千波澜,我给您写信,是为了与您分享这份激动的心情。为什么要分享呢?我不得而知,您也未必会知道,但是我俩都清楚地明白,人类心灵的这种需求是根深蒂固、与生俱来的,生活无法脱离这种需求而单独存在,而这其中还蕴含着一股伟大的神秘力量。其实,您从事创作工作也是受这种需求所驱使,而且更甚于此——您将自己的全部都奉献给了这份需求。

如同所有的不满足于现实生活的人那样,我总是花很多的时间去看书,去写日记。如今我依旧维持着这个习惯，我拜读过您的大作，但是读之甚少，只是久闻先生大名，对您并无过多的了解。但您的新作却摆在我眼前……这可真是一桩怪事！某个人在某个地方写出了某部作品，某个人的灵魂以极难觉察的暗示的方法，表达出了自己内心世界中最细微的部分——即便是以您的文笔，又能用文字表达出多少东西来呢！顷刻之间，空间、时间、命运的不同、境遇的差别都统统消失殆尽，您的思想和感情变成了我的以及我们共同的思想感情。你我二人真正地合二为一，成为世间独一无二的共有灵魂。您听完我的这段内心独白后，难道还无法理解我写信给您倾诉衷肠、分享心得的这种冲动吗？难道您的著作与我的来信之间还存在着差别吗？您把笔下的文字寄给茫茫世界中某个角落里的某个人，这不也是在向人倾诉心声吗？您不也是在诉苦吗，而且往往还是满纸怨言，换种说法，您是在祈求同情，这种怨诉与人之间的关系是密不可分的：因而，歌曲、祈祷文、诗歌、情书中包含了多少怨诉啊！

或许，您会给我回信，哪怕只是三言两语也好？请给我回信吧！

十月十一日

午夜时分，我又提笔给您写信了。身处卧室的我正被一种无以名状的念头折磨着——我渴望向您一诉衷肠，而将要说出口的话往往会被人斥责为幼稚之言，然而不管怎样，我所感觉到的东西和用言语表达出来的东西往往大相经庭。我想说的话其实非常简洁明了：我感到抑郁，常常自怜自哀，而这种忧伤的情绪、这种可怜自己的情感，又让我的内心升腾起一种幸福的感觉。我忧郁地思考着自己的现状：客居异乡，住在欧洲最西部海岸上的一座城市中，住在郊外的一栋别墅里，笼罩在漆黑的秋夜以及直抵美洲的海洋上飘散过来的雾气之中。让我伤感的是，无论是在这个舒适而漂亮的房间里，还是在世界的任何一个角落中，我都是独身一人。最让我伤感的莫过于您——一位用我的想象塑造而成的人物，一位我对之抱有期待的人物，您在我眼中是那么得遥不可及、那么得深不可测。毫无疑问，无论我怎么说，您都不属于我，这是毋庸置疑的事……

事实上，世间万物均是美好的存在，即便是那灯罩，即便是那金黄色的灯光，即便是那张已经铺好被褥的床上摆放的闪闪发光的被单，即便是我的睡袍，我那趿着拖鞋的脚，以及宽宽的袖子里那细瘦的胳膊，也都是美好的。但这一切又让我感到无比痛惜：所有的一切究竟是为何而存在？一切都在转瞬即逝，一切都成过眼云烟，一切都是徒劳之举，正如我对某件事永无止境的期待一般，而这种期待如今却替代了我的生活……

恳请您给我回信。当然，哪怕只有三言两语也罢，好让我知道您在倾听我的心声。请原谅我的执拗。

十月十三日

这是我们的城市，我们的教堂。往北走去，便到了荒凉而又陡峭的岸边——我寄给您的第一封明信片上的风景正是来源于此。然而，这座城市和教堂都是阴森森的，我们这儿总是笼罩在一片阴郁的气氛中。花岗石、板岩、沥青，除此以外便是连绵的阴雨……

那么，给我回一封简短的信吧，我清楚地知道，除了只言片语外，您对我并无过多的话可以说，请您相信，我绝不会因为您的一封只有三言两语的信就认为您怠慢了我。请您给我写信，给我写封信吧！

十月十五日

唉，总也盼不到您的来信。自从我初次给您写信到现在，已经过去了整整十五个日夜……

或许，您的出版商还没有把我的信转寄给您？或许，您有急事要处理，忙于应酬无暇分身？这固然让人感到无比难过，但总比以为您对我的请求置之不理要好过些。一想到后者，就让人感到难堪和痛苦。您会说，我无权要求得到您的关注，因而这种难堪和痛苦也纯属无稽之谈。莫非我当真没有权利可言吗？既然我对您产生了某种感情，或许就拥有了这种权利？以罗密欧为例，即使对方对他还没有产生丝毫好感，难道他就不能要求对方回应自己的情感吗？或是拿奥赛罗来说，他又是根据什么去产生妒忌之情的呢？罗密欧和奥赛罗都会说：既然我爱她，她怎能不爱我，怎能背叛我？这并不单单是希望从他人身上汲取到爱，这种希望远比前者要复杂得多、广阔得多。一旦我爱上了某样事物或是某个人，那么我就拥有了所有权，这件事物或是这个人就存在于我的心中了……话又说回来，我实在不知道该如何条理分明地跟您解释这一切，我只知道，人们历来都是这么想的……

无论如何，您依旧杳无音信，而我却又在给您写信了。我的脑海之中突然冒出了这样的想法，认为自己和您存在相似之处——莫非这又是我的胡思乱想？然而我却对自己的胡思乱想深信不疑，并锲而不舍地给您写起信来。对此我心如明镜——给您写得信越多，我就越觉得非写不可，因为我与您之间的某种联系就会变得更加牢固。我无法单凭想象力来勾勒出您的面貌，我甚至从未有幸瞻仰过您的风姿。那么我究竟是在给谁写信呢？是写给自己吗？反正也没有任何差别。因为我就是您啊。

十月二十一日

今天风和日丽，心情轻松而愉悦，窗户敞开着，太阳和暖融融的空气都不禁让人联想到了春天。这可真是个怪地方！夏天阴雨连绵、寒意袭人，秋冬虽也终日有雨，但却暖意融融，有时天气好到会让人心生迷惑：此时究竟是冬天还是意大利式的春天？啊，意大利，意大利，还有我十八岁那年的青春韶华，我怀揣的梦想，我的快乐，对他人的信任，以及踏上生活之旅时对未来的期待——我的眼前出现出生活的身影，它身披洒满阳光的雾纱，如同维苏威火山周围的群山、幽谷以及鲜花满庭的花园！请您原谅，我深知这些已是老生常谈，但这于我而言又有什么关系呢？

十月二十二日

或许，您不给我回信是因为我对您而言过于抽象了吧？那么我再跟您说一些我生活的细节。我步入婚姻的殿堂已有十六个年头了。丈夫是法国人，某一年冬日，我们相识于法国的里维埃拉，在罗马举行了婚礼，后于意大利度完蜜月后，在此地长期定居了下来。我有三个孩子，一男两女。我爱他们吗？当然是爱的，但是这种爱又全然不同于将家庭和子女视作自己全部生活的那些母亲的爱。当孩子们尚且年幼之时，我昼夜不停地照料他们，陪他们一起玩耍，一起做功课。如今他们长大成人，如幼鸟飞离母亲的羽翼那般不再需要我，因此我便拥有许许多多闲暇的时间来读书。我与亲人们天各一方，生活没有任何交集，共同的兴趣也是少之又少，以至于我们彼此之间很少通信。由于我丈夫的地位，我不得不频繁地出入社交圈，或是款待来访客人，或是出门拜访他人，出席各种晚会和酒宴。我没有任何同性的或是异性的朋友。我与本地太太之间的共同之处颇少，跟她们合不来，而对于男女之间存在友谊这件事又是全然不信的……

关于自己的情况我已经说得够多了。如果您回信，请您多少也谈谈自己吧。您是怎样的一个人？长居于何处？喜欢莎士比亚还是雪莱，歌德还是但丁，巴尔扎克还是福楼拜？您喜欢音乐吗，喜欢什么类型的音乐？您是否已有妻室？您是深陷于令您厌烦的关系中无法自拔，还是正和自己的未婚妻处于蜜里调油的热恋期？要知道，大凡新婚燕尔，一切都充满了新鲜感和欢愉感，此时回忆尚未形成——回忆只能让人感到苦闷，只会蒙蔽人的双眼，让人误以为幸福曾降临在自己身上，殊不知那只是一种不可理解、尚未享用的幸福！

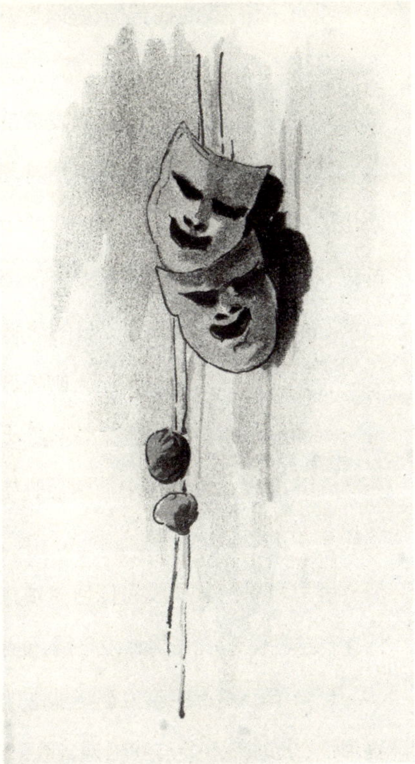

深夜

未见您来信。我感到痛苦万分！有时候，甚至痛苦得让我忍不住诅咒起自己决定给您写信的那个日子、那个时刻……

更为糟糕的是，我无法摆脱这种痛苦的境地。无论我如何一再地说服自己，让自己放弃这毫无结果的期待，可我依旧选择驻足等待：谁能保证您必然不会给我回信呢？唉，如果我能确切地知道不会有回信，那该多好啊！至少我会感到幸福。但是事情不该这样发展，不对不对，怀揣希望总比不抱一丝希望要好些。我怀着希望，我在等待！

十一月一日

没有来信，我的痛苦仍在蔓延……不过，痛苦的时刻仅仅出现在早晨，那时我总是极不自然地强装镇定，摆出一副慢条斯理的姿态，但双手却因为内心暗涌的激动而变得冰凉无比，我用发凉的双手穿上衣服，去喝咖啡，给女儿上音乐课。她腰杆挺得笔直地坐在钢琴前，勤勉不已的态度让人感动，这种挺直了腰杆端坐的姿态是如此迷人，只有十五岁的少女才能做得到。晌午时分，终于迎来了邮差，我迫不及待地跑出门，却一无所获——于是我几乎就能安下心来，这种平静的心情会一直持续至第二日的清晨……

今天又是晴朗的一天。太阳低低地悬挂在空中，散发出和煦而又明媚的阳光。花园里有许多光秃秃又黑不溜秋的树木，枝干上的树叶已落尽，而秋天的鲜花却盛开满园。透过园中的树枝眺望山谷，可以欣赏到某种精巧的、蔚蓝色的、美轮美奂的景致。于是心中便充满了因某件事而对某个人产生的某种感激之情。因为何事？其实没有任何缘由，也不会有任何事发生……果真如此吗？既然存在这种激荡心灵的感激之情，便果真不存在任何缘由了吗？

您给予了我用想象力来塑造您的可能，对此我感激不尽。您永远都不会与我相识，永远都不会与我相遇，这当中包含了多少凄哀的美啊。您未曾给我回信，也未曾写过只言片语，而我也不会知道真实世界中的您到底是何模样，或许这样反倒是件好事。如果我已认识您，如果我哪怕只是收到过一封您写来的信，那么我还能像现在这样与您谈话，还能像现在这般感受您吗？倘若果真如此，您一定不会是我想象中的那个人了，真实世界中的您必然会比想象世界中的那个人逊色些，而我也必然不会像现在这样对您畅所欲言了……

天意渐凉，可我仍没有关上窗户，仍在凝眸远眺花园后方的谷地和山冈上那蔚蓝色的雾霭。这种蓝色蕴含着一种痛苦的美感，之所以让人痛苦是因为它传递给人这样的感觉——非得做点与它相关的事才能心安。至于到底做什么呢？

我不得而知。我们什么都不知道!

十一月三日

这像是一本日记,但毕竟不是名副其实的日记,因为现在我有了一个读者,虽说这个读者是我臆想出来的……

促使您写作的动机是什么?是叙述某个故事的愿望,还是一诉衷肠的希冀(哪怕是以迂回的方式)?当然是后者。十之八九的作家,甚至是那些最负盛名之人,也不过是故事的叙述者罢了。也就是说,事实上他们与那些当之无愧地被誉为艺术的东西并无任何共通之处。那么什么是艺术?艺术是祷词,是音乐,是人类灵魂之歌……啊,倘若能在死后为世人留下几行文字该有多好,谈一谈我如何生活过、爱过、快乐过,谈一谈我曾拥有过的青春、春天、意大利……谈一谈在大西洋海岸上的那个遥远的国度,我在那里生活着,爱着,甚至直到现在还在等待着……谈一谈大西洋中荒凉而又贫瘠的岛屿,那些不为世人所知的岛民,他们野蛮不化又贫困不堪的生活,无论是他们的起源、晦涩的语言,还是他们的生存目的,世人都无从知晓,且永远都不会有人知晓……

我仍在翘首企盼,等待着您的来信。如今,这个念头已在我心中生根发芽,成了我的一桩心病。

十一月五日

多么奇怪啊!毫无疑问,依旧没有收到来信,没有,还是没有。您不妨这样设想一番:因为那个我未曾谋面也不可能相见的人没有给我回信,也没有回应我向远方世界以及幻想国度发出的呼声,我竟生出了一种可怕的孤独感,竟觉得这世界空虚得骇人。空虚,一片空虚!

又是雨，又是雾，又是单调乏味的一天。这甚至称得上是好事，理应这样平平凡凡，循规蹈矩。这让我感到心安。

再见吧，愿上帝宽恕您的冷酷。是啊，您这样做确实是冷酷无情。

十一月七日

雾气弥漫，阴雨连绵，下午三点天色就已经变得昏暗了。五点钟，有客人要来我家喝茶。

客人们冒着大雨从昏暗的城里驱车赶来。黑漆漆、湿漉漉的柏油马路和屋顶，还有黑魆魆的花岗石大教堂——大教堂的尖顶直冲天际，隐没在磅礴大雨和漫天尘雾之中，所有的一切都让这座城市显得更加阴暗了……

我已梳妆完毕，仿佛在静待登台演出。我在等着那一刻的来临，届时我会说一些符合那种场合的应酬话，会表现得殷勤、热忱、周到，只是脸色稍显苍白，但这很容易解释，只需将责任推给恶劣的天气就行了。装扮好之后的我似乎年轻了不少，觉得自己如同女儿的姐姐一般年轻，而且每时每刻都有一种想要放声痛哭的冲动。我总算熬过了某种荒诞的、类似于爱情的情感。可我爱的是谁呢？因何而生爱呢？

永别了，我已不会再翘首企盼了——这是我的真心话。

十一月八日

永别了，我素未谋面的朋友。一如当初给您写信那般，我满怀感激之情结束了这段杳无音讯的通信。感谢您，感谢您未曾给我回信。如果您回应了我，情况反而会更糟。您能对我说些什么呢？再者说，一旦开始通信，我们又怎能毫不尴尬地就结束这段关系呢？更何况，除了之前向您倾诉的那些话外，我还能跟您聊什么呢？我已无话可说——该说的话均已说完。事实上，只消寥寥数语，便可道尽任何人的一生。是啊，只消寥寥数语。

此刻，我的心头涌起一股奇异的感觉——感觉自己像是遗失了什么人。又徒留我孤身一人在这世间，与自己的家、与附近这片雾气弥漫的海洋、与秋冬单调乏味的生活作伴。我又重拾日记本开始写日记，这种奇怪的需求如同您对写作的需求那般，只有上帝才知晓其中的缘由。

数天前，我梦见了您。您有点儿古怪，沉默不语地坐在阴暗房间的角落里，躲在众人的视线之外。但我还是看见了您。我在梦中产生了这样的想法：多么奇怪啊，怎会在梦中见到现实生活中素未谋面的人？不是只有上帝才能从虚无中创造出有吗？我感到毛骨悚然，在惊恐中醒来，心情万分沉重。

十五年之后，二十年之后，世间便不会再有你我存在的身影了。让我们在另一个世界相会吧！谁又能否定它的存在呢？要知道，即便是我们自己的梦境以及自己的想象力塑造出来的事物，都无法为我们自己所理解。这种想象，更确切地说，我们称之为我们的想象力、我们的臆想、我们的幻想，就真的属于我们自己吗？当我们追求某个灵魂，如同我追求同您的灵魂结合那般，这种行为果真是出于我们自己的意愿吗？

永别了。或者还是说，再见吧！

十一月十日

一九二三年于法国阿尔卑斯滨海省

主教

>

两百年前的某个冬日，住在某座古老修道院里的主教感到自己变得特别虚弱，变得柔情满怀。

夜晚，那间摆放着许许多多精美圣像的内室里灯火通明——圣像前供奉着一盏盏长明油灯。瓷砖镶面的火炉散发的热气以及铺在地板上的马被，使得这间屋子充满了温馨而舒适的气氛。主教躺在火炕[1]上取着暖，他轻轻拉了拉小铃。

一个仆役悄无声息地走了进来，静静地朝他鞠了一躬。

---

① 与炉子相连的俄式暖炕。

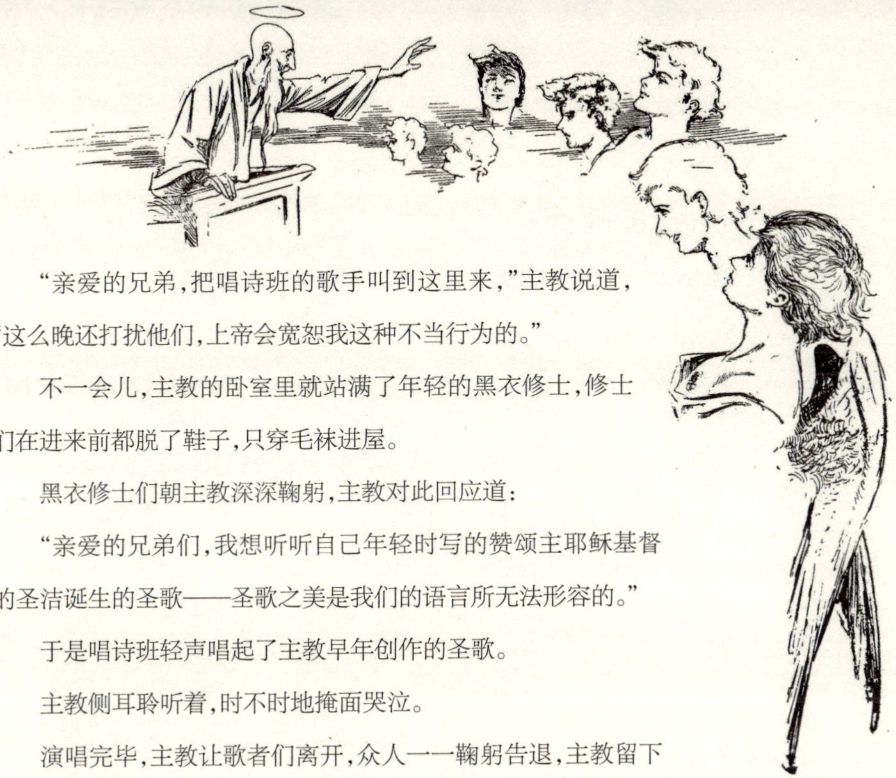

“亲爱的兄弟，把唱诗班的歌手叫到这里来，”主教说道，“这么晚还打扰他们，上帝会宽恕我这种不当行为的。”

不一会儿，主教的卧室里就站满了年轻的黑衣修士，修士们在进来前都脱了鞋子，只穿毛袜进屋。

黑衣修士们朝主教深深鞠躬，主教对此回应道：

“亲爱的兄弟们，我想听听自己年轻时写的赞颂主耶稣基督的圣洁诞生的圣歌——圣歌之美是我们的语言所无法形容的。”

于是唱诗班轻声唱起了主教早年创作的圣歌。

主教侧耳聆听着，时不时地掩面哭泣。

演唱完毕，主教让歌者们离开，众人一一鞠躬告退，主教留下了自己最喜爱的一名歌手，无比从容地与之促膝长谈。

主教向他讲述了自己的一生。

他讲述了自己的童年和少年时代的故事，讲述了自己青年时期的工作和梦想，以及最初从祈祷中体会到的那些狂喜。

临近午夜时分，两人才依依惜别。主教目光炯炯、眼神狂热，他吻了吻自己心爱的歌者，朝他鞠躬到底。

这是主教在尘世逗留的最后一个夜晚：黎明之时，人们发现他已然过世——手中握着双头权杖，仰着苍白消瘦的脸，跪在神龛面前，他的身体已经变得冰凉，再也不会开口说话了。

主教就是以这个形象出现在一幅古老的圣像画上的。我们的同时代人，坦波夫省的普通农民，一位圣徒，将这幅圣像视若珍宝。每当他在这幅圣像前祈祷的时候，总是这样称呼伟大而光荣的主教：

"亲爱的米秋什卡！"[1]

只有上帝才知晓如何去衡量俄罗斯心灵那难以言说的美。

一九二四年五月七日

---

①米秋什卡是德米特里的小名、爱称，此处表明这位圣徒将主教视作自己最亲近的人。

青年和老者

>

风和日丽的夏季，风平浪静的黑海。

轮船已经超载，甲板上一片熙熙攘攘的景象——从船尾一直到前甲板，那里的人群如山似海，行李堆积如山。

环形航线很长，轮船还要在海上航行很长一段时间，将依次经过克里米亚、高加索、安纳托利亚沿岸，君士坦丁堡……

烈日炎炎，碧海青天。每到一处人潮涌动的港口，轮船总会靠岸，让人不胜其烦。绞车发出震耳欲聋的轰鸣声，咒骂声此起彼伏，船长的副手们大声喊叫着:往下放！向上拉！随后一切恢复平静，又变得秩序井然起来，轮船从容不迫地起航，沿着融化在烈日热浪中的远山徐徐前行。

头等舱的旅客休息室里窗明几净，空无一人，唯有阵阵凉爽的微风迎面拂来。炽热的机器和香味扑鼻的厨房旁、敞棚底下的木板床上、锚链上、前甲板的缆绳上，是一群来自不同民族的甲板乘客[1]，而这些乌合之众聚集的地方却是拥挤不堪、脏乱不已。空气中散发着一股浓烈的气味，时而热乎乎的，很是好闻；时而暖融融的，令人反感。总而言之，那是一种令人心潮澎湃的气味，一种混合着清新的海洋气息的味道，一种轮船散发而出的与众不同的味道。这儿有俄罗斯的庄稼汉和农妇、霍霍尔[2]庄稼汉和农妇、雅典圣僧、库尔德人、格鲁吉亚人、希腊人……库尔德还是个蛮化未开的民族，从早贪睡到晚；格鲁吉亚人时而唱歌，时而成双结对地跳舞，人群为他们让出了一条道，身姿轻盈的舞者们风情万种地甩开了宽大的袖子，按着众人击掌的节拍翩然起舞：踏-踏，踏-踏！前往巴勒斯坦的俄罗斯朝圣者不停地喝着茶，一个耷拉着肩膀、留着黄色细胡子、满头直发的高个庄稼汉在大声朗读《圣经》，身穿红色短衫、乌黑干枯的头发上裹着绿色薄绸头巾的女人独自一人站在厨房旁，脸上露出无求于人的神情，敏锐的眼睛未曾从庄稼汉的身上移开过片刻。

轮船在特拉别宗德港停靠了许久。我上了岸，回来的时候看见一大群衣衫褴褛、携带武器的库尔德人正在攀爬舷梯，这群新乘客们如随从般紧紧跟在一个人高马大的老头身后——老头那哥萨克式的帽子上缀着白色的大缨子，身上穿着一件灰色的哥萨克式的束腰无领的袍子，细窄的腰上紧紧系着一根缀有银饰的皮带。与我们同行的、躺在甲板一隅的库尔德人全都站起身来，为新来的乘客

① 甲板乘客即无舱位票的乘客。

② 霍霍尔是旧时对乌克兰人的蔑称，今为谑称。

腾出空地。老头的随员们在挪出的空地上铺上许许多多的地毯,还摆上了枕头。老头威严地躺在床上。枯瘦的脸庞被太阳晒得黝黑,脸上的胡子白如雪,一双并不大的棕色眼睛炯炯有神。

我走上前去,蹲下身子,打了声招呼,然后用俄语问道:

"从高加索来?"

他也用俄语客气地回答道:

"比那还要远,先生。我们是库尔德人。"

"准备上哪儿去?"

老头谦虚而又骄傲地说:

"去伊斯坦布尔,先生。去觐见钵谛沙赫[1]。向钵谛沙赫谢恩,并进贡七条短马鞭。钵谛沙赫把我的七个儿子都征去打仗了——我总共就这七个儿子。他们全都战死在沙场上。钵谛沙赫七次对我进行了表彰。"

"啧,啧,啧!这么大年纪了,就剩下自己!"一个穿着讲究、体型丰腴的漂亮年轻人站在我们身边,指间夹着一根香烟,摇晃着脑袋,漫不经心地表达着自己的遗憾之情。他是刻赤的希腊人,戴着一顶樱桃色的锦缎无边帽,上身穿一件白色西装背心和灰色常礼服,下身穿一条时髦的灰色长裤,脚上穿一双从侧面扣扣子的漆皮鞋。

老头看了一眼年轻人的无边帽。

"多么愚蠢啊!"老头简单地回答道,"你会变老,而我却永远都不会。你知道猴子的故事吗?"

年轻人心存疑惑地笑了笑:

"什么猴子?"

---

① 土耳其、波斯、阿富汗等近东和中东一些伊斯兰教国家君主的称号。

“那你得听听！上帝创造了天和地，这你知道吧？”

“这我知道。”

“然后上帝就创造了人，并对他说：你将在世上过三十年衣食无忧的生活，每天都怡然自得，认为世上的所有一切都是上帝为你一人而创造、为你一人而做的，你对这一切是否满意？人心想：太好了，但只能活三十年！唉，太少了！你听见了吗？”老头讪笑着问那个年轻人。

“听见了。”年轻人回答道。

“后来上帝又创造了驴子，并对驴子说：你要驮皮囊和包裹，要被人骑，还要让人用棍子抽打脑袋。三十年够不够？驴子号啕痛哭起来，啜泣地对上帝说：我何苦要活那么多年？上帝啊，给我十五年的寿命吧。人就对上帝说：请给我加十五年的寿命吧，把驴的那十五年加给我吧！上帝同意了，也这么做了。最终人的寿命就变成了四十五年。人从中受益良多，不是吗？”老头看了一眼年轻人，问道。

“是不错。”年轻人犹犹豫豫地回答道，显然不明白老头这话的用意何在。

“后来上帝又创造了狗，也给了狗三十年的寿命，并对狗说：你总是凶神恶煞似的，你要看守主人的财产，不相信任何一个外人，对着路人吠叫不停，夜里也会因忧虑而无法安睡。狗听闻此言也哭诉起来：哎呦，这样的日子我过十五年就足够了！于是人又恳求上帝：把狗的一半寿命也给我吧！上帝又给人加了十五年的寿命。现在人能活多少年？”

“六十年。”长相英俊的年轻人变得愉快起来。

“而后来上帝又创造了猴子，同样赐予其三十年的寿命，并对猴子说，它可以不劳而获，不用操心生计，但是相貌丑陋——秃头，满脸皱纹，光溜溜的眉毛爬在脑门上，还总想着让人们来看它，而人们却总是嘲笑它。”

漂亮小伙问道：

“这么说，猴子拒绝了上帝的安排，它也只想要一半的寿命。”

“是的，”老头边说边微微欠起身子，从紧挨着他的一个库尔德人手中接过水烟袋的烟嘴后又躺了下来，深吸一口烟，继续讲着故事，“人又请求上帝将这一半的寿命赐予自己。”

老人沉默不语地凝视着前方，似乎把我们都遗忘了。过了一会儿才开始自言自语道：

“人在自己的三十年里活得像个人——大吃大喝，上战场打仗，在婚礼上跳舞，爱上年轻的妇人和姑娘。而在驴子的那十五年里，人工作，积累财富。在狗给的十五年里，人守着自己的财富，见人就咬，怒气冲冲，夜不能寐。后来就变得像猴子一样老态龙钟、惹人厌烦。每个看见他的人都直摇脑袋，嘲笑他老了。”老头咬着水烟袋的烟嘴，面露嘲讽地看着年轻人，“以后你也会如此。”

“你怎么没变成这样？”年轻人问道。

“我没像这样。”

“为什么？”

“像我这样的可不多。”老头斩钉截铁地说，“我没像驴那样活过，也没过狗那样活过，怎么会变成猴子呢？我又如何会变老呢？”

一九三六年

传说

在管风琴的伴奏下，众人齐声吟唱，歌声柔和哀伤，又感人至深，人们唱道："上帝啊，与你同在无比美好！"在琴声和歌声的音海中，她那鲜活的身影突然出现在我眼前，我能看见她，我能感觉到她——如同我曾经出现过的那些臆想一般，这也只是我意料之外的、猛然迸发出的一种臆想。整整一日，我无时无刻不在想着她，沉浸在她的生活和她的时代中无法自拔。她生活在遥远的过去，那个我们称之为古代的时空，然而我们看到的却是同一个太阳，同一片我所如此钟爱的土地，同一座古老的城市，以及同一座教堂——教堂的十字架依旧和古时候一样在云海中浮动，还能听到同样的圣歌——此刻我正在聆听的这首歌。那时的她正值妙龄，她吃，她喝，她笑，她和邻居闲谈，她工作，她唱歌，做过姑娘，做过未婚妻，做过妻子，还做过母亲……然而红颜总是薄命，尚且年轻的她便已香消玉殒，人们在这座大教堂里为她举行了葬仪，她离开人世已有数百年之久，此间爆发过多次新的战争，出现过许多新的教皇、君王、士兵、商人、僧侣和骑士，而她的遗骸，她那又小又空的头盖骨，依旧安眠在地下，久久地长眠于此……地下还有多少这样的尸骨和头盖骨啊！人类所有的过往，人类全部的历史——是由难以计数的死者堆砌而成的！等到世界末日那一天，不计其数的人将遍布大地的每个角落，总有一天我会加入到他们的行列中，像他们那般用自己的骨头和棺木来惊扰活人的想象。无论如何，依旧会有在世之人梦系我们这些逝者，对古老的生活以及遥远的年代魂牵梦绕，觉得那很美好，很幸福——因为那是传说中的一切。

一九四九年

伯纳

我已是风中残烛，时日无多了。

不禁回忆起当年在阿尔卑斯滨海省（与法国的昂蒂布[①]毗邻）时记载下的关于伯纳的点滴故事。

“睡梦正酣之时，伯纳船长拿起一小把沙子，撒到我的窗户上……”

莫泊桑的游记《水上》便是这样开篇的：1888年4月6日，“良友”号游艇在昂蒂布港口起航前，伯纳就是这样唤醒莫泊桑的。

“我推开窗户，沁人心脾的晚风迎

①昂蒂布，全名为昂蒂布-朱安雷宾，位于法国东南角地中海沿岸。

面扑来，抚上我的脸颊和胸膛，直透我的灵魂深处。澄蓝的天空中繁星闪烁，显得如此生机盎然……

"'天气很好，先生。'

"'风向呢？'

"'陆风，先生。'"

半小时后，他们已经在海上了：

"地平线上方的天空微微泛起鱼肚白，我遥望远方，在昂热海湾的后面，尼斯的点点灯火若隐若现，再往更远处眺望——是维耳夫朗舍的旋转式灯塔……虽看不清群山的容颜，但仍能感觉得到那里已经积满了皑皑白雪。不时吹来阵阵干燥的寒风……

"刚一驶离海港，我们的游艇就变得朝气蓬勃起来，欢快无比地加速前行，在微波荡漾的海面上翩然起舞……晨光微曦，星光渐渐暗淡……在遥远的天际，在尼斯的上空，在上阿尔卑斯那白雪皑皑的山巅，一束与众不同的玫瑰色火焰在那儿熊熊燃起……

"我把舵交给伯纳，以便欣赏日出的美景。起初微风习习，之后风刮得越来越猛，推动着我们的游艇在波涛起伏的海上继续航行，我听到远方传来阵阵钟声——某处在鸣钟，是祈祷的钟声[①]……我多么喜爱这飘逸而又清新的黎明时刻——此时此刻，人们仍沉浸在梦乡之中，而大地却已然苏醒！呼吸着沁人心脾的空气，目睹着世界上有形的生命在眼前诞生，而这生命的奥秘才是我们亘古不变的巨大痛楚……

"伯纳清瘦而又敏捷，嗜洁成癖，体贴入微，警觉性高。他是个胸怀坦荡、忠

---

①原文用的是"Angelus"一词，意为祈祷、祈祷钟，天主教教堂每日清晨、正午、黄昏时分会鸣钟祈祷，已纪念耶稣降临人世间。

诚可靠的人，是个出色的水手……”

莫泊桑曾这样评价过伯纳。而伯纳则是这样看待自己的：

“我认为，自己曾经是个好水手。Je crois bien que j'etais un bon marin①。”

这句话是伯纳的临终遗言。伯纳于昂蒂布溘然长逝，而昂蒂布正是他在1888年4月6日驾驶“良友号”游艇出海的那个港口。

曾在伯纳去世前不久见过他的人是这样说的：

“多年以来，伯纳总是伴随在伟大诗人的左右，过着漂泊不定的航海生活。直到后来诗人去巴黎的布朗医生那里就医，两人才就此分别，自此一别，相逢无期。”

“伯纳逝世于昂蒂布。不久之前，我还曾在阳光普照的昂蒂布港口的堤岸上见过他，当初‘良友号’游艇常常停靠在港口那儿。

①此处为法语，意为：“我认为，自己曾经是个好水手。”

“伯纳身材颀长，体型消瘦，刚毅的脸庞因海上咸风的吹打而变得粗糙不已，同时又是个寡言少语之人。然而只要话题一涉及莫泊桑，他那蔚蓝色的眼睛就会立刻迸发出光芒，开始滔滔不绝地谈论起莫泊桑，而所谈内容总能让人获益良多！

“如今他却永远地沉默了！临终时的最后一句话是：‘我认为，自己曾经是个好水手。’”

我能想象得出他说这句话时的情景——仿佛自己身临其境一般。他一边用自己苍老、枯瘦而又黝黑的手画着十字，一边无比坚定而自豪地说道：

“Je crois bien que j'etais un bon marin。”

他想借这句话来表达什么呢？借以表达身为水手的他在世期间为他人做出过诸多贡献，自己因此而感到欣慰不已？不，事实并非如此：上帝在赐予世间众人生命的同时，还赐予了每个人以某种才能，而我们都需恪守这一神圣的天职——不得埋没自己的才能。目的何在？原因何在？我们不得而知。然而我们应当明白，在这个不可思议的世界里，万事万物的存在必然有着某种意义，必然有着某种至高无上的神旨在促使万物“井然有序地存在于世”，而兢兢业业地履行神旨无疑是我们需为上帝作出的功绩，因此我们感到无比得欣慰和自豪。伯纳深知这个道理，也深切地感觉到了这一点。一生兢兢业业、问心无愧、忠贞不渝地履行着上帝赐予他的微不足道的天职，他效命于上帝并非出于畏惧，而是出于良知。因而他怎么可能不会说出那样的临终之言呢？“主啊，如今你要宽恕你的仆人，我敢于对你和人们说出这样的话：‘我认为，自己曾经是个好水手。’”

莫泊桑曾在游记中这样写道:“只要与大海相关的东西,事无巨细,都会引起伯纳的关注:突然遇到水流——说明某处开阔的海面上刮起了轻风;突然看到埃斯特雷尔群山[1]上空堆积起了云朵——说明西方刮着密斯脱拉风[2]……他极其注重游艇的清洁,以至于到了无法容忍任何铜质零件上出现一滴水珠的地步……”

试问一下,伯纳一看到水珠就立刻擦掉,又能给他人带来何种好处呢?但他还是把水渍擦干净了。目的何在?原因何在?

要知道,上帝喜欢世间万物都处在“好”的状态下。看到自己创造出的万物“非常之好”,上帝自己都会感到欣喜万分。

我想,身为艺术家的我也应获得这样的权利,在生命的最后一刻,能够说出类似于伯纳的临终遗言那般的话来评价自己。

一九五二年

①埃斯特雷尔群山位于法国的圣拉斐尔和戛纳之间。

②密斯脱拉风是地中海北岸的一种干冷的西北风或者北风,当冷空气从内陆的高压中心吹出来经过山脉中的隘口时,就会形成密斯脱拉风。

自传札记

>

早在十五年前，我就已经出版了和自己写作生涯相关的一部分自传札记，将之刊登在那部由柏林的彼得罗波利斯出版社出版的文集中。

现在我将对其进行一番补充。（文中的着重号全部是我加上的。当我从用新正字法出版的诗歌和散文小说中做摘引时，我还是把它们都改成了旧正字法。）

我的写作生涯的开端颇为怪异。还需追溯到很久很久以前，回到一切的起点——那个位于奥尔洛夫省的乡间庄园。那时我还是个年仅八岁的孩子，某日偶然间看到一本插图小书，书中的内容深深地震撼了我的心灵，于是我便突然产生了一种强烈不安的创作欲望——想要立刻着手写一些诗歌或者童话之类的东西。书中画着荒凉的群山，白色的底布上画着瀑布，还有一个敦实矮胖的庄稼汉，这是一个长着张农妇脸且甲状腺肿大的矮个子男人，也就是患了我们常说的粗脖子病。他手持长棍站在瀑布下，戴着一顶类似女式的小帽子，帽檐处还插着一根羽毛。插画下面写有一行题字，最后一个词语（所幸当时我并不认得它）让我大感诧异："在山上与克汀病患者会面。"克汀病[1]患者！如果不是这个不同寻常的词语，那么这个粗脖子的、有着一张农妇面容、戴着一顶插着羽毛的类似女式帽子的矮个子男子，大概只会让我心生厌恶，也就仅此而已了。那么，克汀病患者呢？在这个词语里，我仿佛能感受到某种可怕的、难以揣摩的甚至是带有魔力的东西！于是顷刻之间，创作诗歌的激情向我席卷而来，让我沉浸其中无法自拔。然而，那一天我却一无所获，无论怎么绞尽脑汁，还是连一行诗都写不出来。即便如此，难道那一天就不算是我写作生涯的开端吗？

无论如何，偶然间在那天看到这幅画，完全可以将之视作是我人生中的某种预兆。因为在之后的人生旅程中，我也曾多次不得不和克汀病患者接触，虽然这些人并没有粗脖子，但外表依旧相当惹人生厌。其中的某些人也全然没有任何魔力，反而还表现得十分怪异。当克汀病的某种症状和他们自身的某种巨大才能以及执着性结合在一起，并和某种历史力量结合在一起时，这种怪异感就会变得尤为强烈——众所周知，无论是过去、现在还是将来，人类生活的任何领域内都会发生这样的事。那又怎么样！总之，我已然注定要过这种非同寻常的生活，而我甚至还是这些克汀病患者的同时代人，他们的名字将会在世界史册上千古

①克汀病一般发生于甲状腺肿流行的地区，是由于胚胎期缺乏碘而引起的呆小症，也被称为地方性呆小症。

流传——他们是“人类最伟大的天才”，是摧毁所有帝国的元凶，是残害数百万生命的刽子手。

我出生在沃罗涅日州，并在那里度过了整整三年的时光。之后又在那留宿过一晚，可惜那次我并没有看清它的全貌，因此沃罗涅日于我而言就是一个完全陌生的地方。我受沃罗涅日大学生同乡会之邀，出席一个为该会募捐而举办的慈善晚宴，并进行演讲。那是一个冬日的傍晚，天空昏暗，风雪肆虐。抵达车站时人们便以香槟相迎，在晚宴上我又享用了不少美食，天亮之前被送往火车站，前去搭乘开往莫斯科的火车，此时的我早已烂醉如泥。在沃罗涅日居住的那三年，我还只是个婴儿。

后来，父母将我从沃罗涅日带到了位于奥尔洛夫的庄园。从那时起我才开始有了记忆。

这些年来，声名狼藉的贵族阶层已然走向“衰落”——如今已被人们遗忘的捷尔皮科耶夫·阿塔瓦曾以《衰落》为书名写过一部小说。紧随其步伐而来的就是我了，人们把我称作是讴歌不断毁灭的贵族之家的最后一名歌唱家；之后，契诃夫歌颂了“樱桃园”的那种毁灭性之美。事实上，契诃夫对贵族地主、贵族庄园以及贵族花园知之甚少，然而几乎所有人依旧被他笔下的“樱桃园”的虚构之美迷惑着。契诃夫为世人贡献了大量的传世佳作，因此他当之无愧地能被冠以最卓越的俄罗斯作家这个称号。但是我不喜欢他的戏剧，甚至还为它感到尴尬。那个著名的万尼亚舅舅，那个总是牛头不对马嘴地嘀咕着植林重要性的阿斯特罗夫医生，那个似乎是出身于贵族之家的可怕的加耶夫（斯坦尼拉夫斯基在扮演这个角色时，为了表现人物的贵族派头，总是不停地、无比做作地、令人厌恶地用细棉布手绢擦洗自己的指甲），更不用说那个直接沿用果戈里人物姓氏的地主西米奥诺夫·皮希克，只要一想到这些人物我就会感到极其不自在。我本人就是在这种“衰落了”的贵族之家中长大的。那是一个偏僻的、位于草原地带的庄园，有一个很大的花园，只是里面并没有种上樱桃树。当然了，俄罗斯任何一个地方都不曾出现过种满樱桃树的花园，这和契诃夫的愿望恰恰相反：地主们的花园里只有一部分会是樱桃树，有时也会大面积地种植樱桃树，但无论如何，都没有一个花园的樱桃树（此处又和契诃夫的意愿背道而驰）会恰巧长在老爷宅院的旁边。无论是过去还是现在，我们都无法在这些樱桃树身上发现任何与美有关的东西，它们长得没有任何美感：众所周知，樱桃树的枝干粗糙弯曲，树叶很小，花朵即便在盛开之时也是很小的（全然不像艺术剧院中老爷宅院窗户下面长的那些樱桃树那般花团锦簇）。还未等旧房主搬出去，罗巴辛就迫不及待地下令砍掉这些尚且有利可图的树木，这种愚蠢的行为实在令人费解。罗巴辛之所以必须如此匆忙地把树砍掉，显然只是因为契诃夫想让艺术剧院的观众们能有机会亲耳听一听斧子砍树的声音，亲眼看一看贵族生活的覆灭。费尔斯在落幕时说：“全都把我忘了……”费尔斯这个人物塑造得十分真实，其原因仅仅在于——这种贵族老爷的老仆人的形象早在契诃夫之前就已出现过上百次了。而其余的东西，容我再次重申一遍，简直让人无法忍受。加耶夫，一如契诃夫其他剧本中的某些人物，总会在谈话中跟人扯一些无关紧要的琐事，就好像他在打台球一样：“打黄球进中兜……击边进球，打入角兜……”郎涅夫斯卡雅太太似乎是位女地主，又似乎是位来自巴黎的女郎，总是时不时地歇斯底里地又哭又笑：“多么美丽的院子啊！一簇簇洁白无瑕的花朵，一碧如洗的天空！幼儿园！我那可爱的、美丽的房间！（哭泣）我亲爱的小橱柜啊！（亲吻橱柜）我的这张小桌子啊！哦，我的童年，我那纯洁的童年！（愉快地笑了起来）都是白的，满院子都是白的！”接下去的情节与《万尼亚舅舅》如出一辙。安尼雅歇斯底里地喊道：“妈妈！妈妈，你哭了？妈妈，我亲爱的、善良的好妈妈，我爱你……我祝福你！樱桃园卖了，但是，用不着哭泣啊，妈妈！我们再去建造一座新的花园，它会比这座花园更加美丽。而那种欢乐，那种宁静而又深沉的欢乐会充盈你的心扉，如同那黄昏时分的夕阳。你会露出笑容来的，妈妈。”与之并存的还有大学生特罗费莫夫，此人颇具几分“海燕”的风骨。“前进啊！”他喊道，“我们要奋不顾身地走向那颗闪闪发光的星星，它闪耀在遥远的天际！前进！朋友们，不要停下你的步伐！”

郎涅夫斯卡雅、尼娜·扎列奇纳亚……还有其余的众人，他们的姓名不禁让人联想到外省的演员。

然而在我的青年时代，新一代的作家几乎全都是一些大肆讲着荒谬之言的城里人。其中一位知名作家(他仍健在，但我不想提他的名字)在自己的诗歌中写道，他边走边“挑选稷米穗”，然而那时的自然界中根本不存在这种植物：众所周知，当时只有黍，其颗粒是稷米，而它的穗(更确切地说是穗状花序)长得如此之矮，想要在行走的过程中就用手挑选它们根本是不可能的事。另一位诗人(巴尔蒙特)则把激情比作是鹞(“激情褪去了，仿佛鹞鹰一去不复返”)。鹞是一种猫头鹰科的夜鸟，有着灰白色的羽毛，飞行时神秘而又安详，缓慢且无声。他为车前草的盛开而感到欣喜万分(“车前草花盛开了！”)，尽管那些长在田间小道上的有着小小绿叶子的车前草是从不开花的。而贵族庄园以及这些庄园的主人在古米廖夫的笔下则显得糟糕透顶。其笔下的庄园是这样子的——

二层楼房歪歪斜斜，

既是仓房，又是牲畜棚。

而地主就更显得奇怪了，他们竟会“为了崭新的紧腰细褶的长外衣而感到骄傲”。在独断专横方面，在“治家格言”方面，他们丝毫不逊于任何一个守旧的季特·季特奇：在他们面前，女儿们似乎不敢说任何一句反驳之言，还要被迫嫁给自己不喜欢的人，嫁给让人生厌的人，因此她们想要“变为美人鱼”，也就是说，跑到某条江河或者池塘边投水自尽。不久之前，一位著名的苏联诗人[①]写了一首描写猎人的诗，这个猎人“沿着草地”走进森林，“在猎袋里”随身放着一只金色的“狐狸”——如果袋子里装的是一条狗，那倒是合乎情理的事。

顺便说一句，为何斯坦尼斯拉夫斯基和涅米洛维奇将自己的剧院命名为“艺术剧院”？似乎是为了区别于其它剧院？难道艺术性不是每一个剧院、每一种艺术形式所必须具备的特性吗？无论是过去还是现在，难道任何一个剧院的任何一名演员都不想成为艺术家吗？难道俄罗斯和其他国家的剧院里这样的艺术家还少吗？

然而，如今艺术剧院却被称为高尔基艺术剧院。但是该剧院之所以闻名遐迩主要还是沾了契诃夫的光，要知道，直至今日这个剧院的舞台上依旧上演着契诃夫的《海鸥》。可是，你看吧，它却被勒令以高尔基的名字来命名——被冠以那部粗俗的、彻头彻尾虚伪的小说《底层》的作者的名字。斯坦尼斯拉夫斯基和涅米洛维奇顺从地接受了这一指令，尽管涅米洛维奇曾当众郑重地、以全俄罗斯人民都能听得到的声音对契诃夫说：“安东，这是你的剧院。”克林姆林宫多么会吓唬人啊！看，我这儿有一本1947年出版的书——《同时代人记忆中的契诃夫》，其中有玛·巴·契诃娃[②]写的回忆录，在此从中摘录几句话：“科学界、艺术界、文学界和政治界人士围绕在安东·契诃夫周围，阿列克塞·马克西莫维奇·高尔基、列·

① 这里指的是德米特里·鲍里索维奇·克德林(1907-1945)，俄苏诗人。

② 玛·巴·契诃娃(1863-1957)：契诃夫的妹妹，契诃夫博物馆的馆长。

尼·托尔斯泰、符·柯罗连科、库普林、列维坦常常到这里来……”契诃夫去世之前的那几年，我还去雅尔塔拜访过他，那段时间我每天都会去他家做客，有时还会在那儿住上整整一个礼拜。我和玛·巴·契诃娃曾像亲兄弟姐妹那般亲密无间，而如今年迈的她甚至都不敢提及我的名字，只能胆怯地用全称写道：“阿列克塞·马克西莫维奇和维亚切斯拉夫·米哈伊洛维奇·莫洛托夫。”她在回忆录中卑躬屈节地写道：“维亚切斯拉夫·米哈伊洛维奇·莫洛托夫于1936年写信给我，在信中明确地表达了自己的意见，也表达了全苏联知识界的意愿：‘安·巴·契诃夫的故居能让人们想起这位颇具声望的大作家，应该让大众都能得到参观其故居的机会。契诃夫的仰慕者维·莫洛托夫。’多么睿智且充满厚意的话语啊！”

“高尔基艺术剧院”事件——这又算得上什么！不过是沧海一粟罢了。俄罗斯（现已改名为苏维埃社会主义共和国联盟）的人民温顺地接受了俄罗斯历史上最厚颜无耻、最愚不可及的屈辱事件：伟大的彼得大帝的城市[1]给了列宁，古老的下诺夫哥罗德变成了高尔基市[2]，特维尔公国的首都特维尔[3]被更名为加里宁（变成了某个无关紧要的印刷厂排字工人加里宁[4]的城市），而康德的故乡——柯尼斯堡则被更名为加里宁格勒。俄罗斯所有的侨民在更名这件事上也都表现得十分冷漠，并不认为它存在任何意义。又比如，某个卷发的酒鬼写了一首扣人心弦的录事式抒情诗——《在手风琴的伴奏下》，而侨民们却为此痴迷不已。勃洛克曾十分中肯地对此进行过评价：“**叶赛宁在庸俗下流以及亵渎神明方面具备才**

---

① 这里指的是圣彼得堡，圣彼得堡始建于1703年，1712年彼得大帝迁都至此，1914年改名为彼得格勒，1924年改名为列宁格勒，1991年恢复圣彼得堡旧名。

② 高尔基市，1932年前被称作“下诺夫哥罗德”，1990年复称“下诺夫哥罗德”。

③ 特维尔，俄罗斯特维尔州首府，于1135年始建于季马卡河的河口。1931年为纪念苏联领袖米哈伊尔·伊万诺维奇·加里宁改名为加里宁。1990年，州名、市名恢复旧称。

④ 加里宁既是俄罗斯城市的名字，也可以用作姓氏。

能。”他曾承诺把基捷日[1]的俄罗斯更名为“伊诺尼亚”[2]，他砸碎了手风琴，引吭高歌：

我憎恨基捷日散发的气息！
我许诺你们一个伊诺尼亚！
我要拔掉上帝老儿的胡子！
我他妈的还向上帝做祷告！

我并非只是个糊涂虫，
尽管有时会烂醉如泥，
然而我的眼中仍闪烁
那种幡然醒悟的光芒，
我看透万物，我无所不晓，
新纪元于你们而言非同小可，
而列宁的名字，
如同一道劲风，
呼啸在每一角落！

俄国侨民为何依旧宽恕他？因他是个骁勇的俄罗斯人，因他假装嚎号大哭，因他为自己凄苦的命运而痛哭不止（尽管这已不是什么新鲜事了），因为哪一个从敖德萨港口到萨哈林岛来的“小男孩”不是怀着最大程度的自我欣赏为自己的

① 传说基捷日是拔都入侵俄罗斯时隐没在水底的一座城市。
② “伊诺尼亚”即农民的天国、乐土。

命运而哭泣的呢?

我谋杀了自己的亲生母亲，
我谋杀了自己的亲生父亲，
我让自己的妹妹失去童贞……

俄国侨民宽恕他的另一个原因在于——他是个“天生有才之人”——虽然这类“天才”在俄罗斯数不胜数。正如唐·阿米纳多[1]曾经写的那样：

这些天生有才者让人们心生厌恶
远离木犁，远离土地，远离农务，
斜领衬衣和伏特加就能让他满足，
还有几首拙诗和那宿醉后的头痛！
要成为一名诗人
其实要求并不多；
向上帝用力投掷重物，
投其所好，
胡乱地扔些文字，
甩动一下淡褐色的卷发，
因柔情而泪流满面……

①唐·阿米纳多(1888–1957)：唐·阿米纳多为其笔名，真名是阿米纳特·彼得罗维奇·什波良斯基，诗人、幽默作家、讽刺作家。

叶赛宁初登诗坛的那些事迹众人皆知，其同时代的诗人格·维·阿达莫维奇对叶赛宁了如指掌，他的评价最为中肯："叶赛宁于一战期间登上彼得堡的文学舞台，彼时的文学界人士还带着一丝嘲弄之意惊诧地看着这位文坛新人。他脚踏毡靴，身穿浅蓝色丝质衬衣，腰系腰带，黄色的头发剪成童花头，低眉垂目，总是谦逊地轻声说：'我们哪能呢，就是乡下佬罢了！'而这面具之后隐藏着的却是癫狂的名利主义，无法满足的自尊心以及时刻准备付诸于实际的鲁莽行径。索洛古勃对他的评价实在不适合刊登出来，库兹明提到他时直皱眉头，古米廖夫会耸耸肩膀，而吉皮乌斯则会透过单目眼镜朝他的毡靴看去，问道：'您穿的是什么鞋罩啊？'所有这一切都迫使叶赛宁离开彼得堡前往莫斯科，他在莫斯科很快便声名远扬，还加入了'意象派'。后来又传出了关于他的种种丑闻和闹剧，'上帝，生头小牛犊吧。'他狂妄自大，行为夸张，带着伊莎朵拉·邓肯周游欧洲和美国，还对她进行疯狂的毒打。回到俄罗斯后，又步入新的婚姻殿堂，上演一出出新的闹剧，酗酒——还有自杀……"

叶赛宁对自己进行了详尽的描述：讲述了应当如何获得社会地位——他在这方面完全称得上是自己的友人马利恩戈弗的导师。但马利恩戈弗耍手段的本领更胜叶赛宁，是个十足的恶棍。某日，他写了几行关于圣母的诗句，实在无法想象得出还有比这更丑恶的东西了。在卑鄙无耻方面，也唯有沃巴别尔写的圣母能与之相提并论。叶赛宁依旧教导了马利恩戈弗：

"托利亚，在这种情况下，你需要从事最细致的政治工作，别再犹犹豫豫，不应该再踏足文学界了。你瞧——别雷的头发都白了，也谢顶了，可在厨娘面前走起路来依旧热情洋溢。装疯卖傻也没关系。我们这儿的人都非常喜欢小傻瓜。你知道我是如何踏入诗坛的吗？穿着紧腰细褶的长外衣，像毛巾一样的绣花衬衣，还有像手风琴一样的皮靴筒。人们都手持单目眼镜看着我——'啊哈，多么与众不同啊，啊哈，多么特立独行啊！’——而我就会像个姑娘似的脸红起来，出于羞涩而不敢看别人一眼……后来人们把我领进沙龙，我为那些人演唱下流的民谣，在手风琴的伴奏下兴致高昂地唱着……当时的克留耶夫也是如此。假扮成油漆匠，从后门溜进戈罗杰茨基的家中，问道：有什么东西需要上漆吗？让我给厨娘朗诵诗歌吧。厨娘听后立刻去找主人，主人就邀请油漆匠诗人到房间里去，而诗人却在那儿拼命干着活儿：我们哪能去房间啊，会把主人的沙发椅弄脏的，也会在打过蜡的地板上留下脏脚印……主人请他坐下，克留耶夫又扭扭捏捏，犹豫不决起来：不，不，我们就站一会儿吧……”

叶赛宁曾经的朋友罗吉昂·别廖佐夫的一段回忆也颇为有趣，这段回忆录被刊登在纽约的《新俄罗斯言论报》上。别廖佐夫用十分感人的句子写道：

“你还记得吗，谢廖沙，”叶赛宁的同龄人，一个同村的青年(叶赛宁就是在那儿出生的，有时也回家乡去)问道，“你还记得吗？我们曾经一起拉网捕鱼，那里的金鲫鱼可多了！还记得那天晚上烤的马铃薯吗？”

叶赛宁回答道：

“全都记得，老兄。我已经记不清在纽约为我举办的那些宴会了，但是我们家乡的事，我依旧历历在目……”

但是根据别廖佐夫的说法，叶赛宁只穿绸子面料的衬衣，领带和皮鞋也只选最时髦的款式穿。在众人面前朗诵自己的诗歌时，也总是摆出一副“完全是自己人”的姿态，晃着满头卷发的脑袋，在诗歌结尾处还要轻呼一声。当然，也并非无缘无故地去揭露他的本性——揭露他是个好惹事之人，是个无赖，是“骁勇的罗斯”：

蓝色的火焰升腾起来，

远方的故乡早已忘怀。

生平第一次歌唱爱情，

生平第一次摒弃胡闹。

这有什么值得赞美的呢？这是一首骗子写的抒情诗，这个骗子是否已经把这种无耻行为变成了有利可图的事业，变成了永恒的吹嘘，一如其品质呢？

蔚蓝的五月，和煦的红霞，

篱笆的铃铛不再叮叮作响。

苦艾散发出黏糊糊的气味，

稠李酣睡着，白斗篷披身……

五月的花园里，哪来苦艾呢？众所周知，艾草的气味又干又辣，全然不是什么黏糊糊的味道；如果真是如此，那它的气味就不可能"散发"出来了。

接下来，就全然不顾那酣睡着的稠李了——

满园闪着火焰般的亮光，如同熊熊燃烧的火海，

月亮也铆足了劲儿，

让人听到这一声令人心碎的"心爱的"

就禁不住浑身战栗……

月亮的心愿是可以理解的，无怪乎巴尔蒙特曾断言——甚至"每一条蜥蜴都在寻找令人心碎的感觉"。然而，这世上哪来沐浴在和煦的晚霞下、如同燃烧的

火海那般的花园，哪来如此疯狂的月亮呢？而这一切是这样结束的：

唯有在静谧中，唯有在祥和中，
在五月欢快的琴声里，
我才能不抱任何希冀，
永无止境地承受着生活中的一切……

这儿的五月已经变成了欢乐的五月，甚至是琴声飞扬的五月了；然而这也没什么不得了的：很赞赏……

别廖佐夫认为叶赛宁喜欢听歌，他是这么说的："我经常在《红色处女地》杂志的编辑部遇见他。他可以随时随地聆听人们歌唱。有这么一个场景：叶赛宁头戴圆顶礼帽，身着时髦的春秋两用的'拉格兰'牌大衣，脚登一双漆皮的低帮鞋，左手拄着手杖，依靠在书柜的凸缘处，侧耳聆听我们歌唱……"别廖佐夫还描绘过其他关于叶赛宁生活和"创作"的"画面"（也扮演过其他的角色，已经不再是些流氓角色了）。

"叶赛宁住在勃留索夫胡同的一栋大房子的八楼。打开窗户就可以看到克里姆林宫的美景。这是加利亚·别尼斯拉夫斯卡娅的房间，后来叶赛宁和她结为夫妇。浅色系的壁纸让人心情愉悦，铜版画雅致无比。写字台很整洁，房间中央的餐桌上铺着黑色桌布，高脚盘内盛放着水果。卧榻式沙发靠墙的一端放着一对漂亮的枕头。另一张床上盖着撒马尔罕的丝质床罩……叶赛宁会在周末进行创作，加利亚为了不妨碍他，一早便去了郊外。她孤身一人在田野和小树林中闲逛，想着，此刻他必定文思泉涌，一行行充满激情的诗句正从他的笔下流淌出来。我们坐在餐桌旁，叶赛宁讲述起自己的美国之行，向我们倾诉他在太平洋彼岸时内心浮起的烦闷之情，讲述自己重新踏上祖国的土地，看到那些随风摇摆的挺拔的白桦树而流下泪水。瞧，他走进走廊，上了楼，随后传来低沉的说话声：'格鲁莎，去买一束鲜花，选最漂亮的那种。'我知道，每当灵感来临时他总会打扮得像过节那般隆重，像去做弥撒似的，还要在书桌上摆上一瓶鲜花。他全身心地投入到诗歌创作的激情中。我们离开之际，格鲁莎正捧着鲜花迎面走来，而此时加利亚·别尼斯拉夫斯卡娅还独自一人在郊外游逛，对着天空，对着满地鲜花，对着浅蓝色的湖泊，对着小树林，为上帝的奴隶谢尔盖[①]，为他充满灵感的创作而祈祷……"

读到此处，我反感不已，这些句子让人忍不住作呕。不，这还不如马雅可夫斯基呢！至少马雅可夫斯基在讲述自己的美国之行时，只是对其"一顿斥责"，并没有提到什么在大洋彼岸时"内心浮起了烦闷之情"，也没提到看到白桦树就流泪之类的无耻之言。

当时的《现代记事》上刊登了弗拉基米尔·霍达谢维奇评述叶赛宁的一篇文章。霍达谢维奇在文中说，叶赛宁迷惑女性的多种方式之一是——建议被他看上的女性去肃反委员会现场观摩枪决犯人。叶赛宁还声称安排此事对他而言简直易如反掌。霍达谢维奇是这样描述的："肃反委员会当局袒护以叶赛宁为首的这群恶棍，只因这群在俄罗斯文学界制造出混乱和丑闻的罪魁祸首，能给布尔什维克带来好处…………"

八十年代末我正式开始发表作品。数年之后，所谓的颓废派和象征派步入文坛，这些人口口声声说近年来俄罗斯文学已经"走进了死胡同"、走向衰败、步

① 这里指的是叶赛宁，叶赛宁全名为谢尔盖·亚历山德罗维奇·叶赛宁。

入平庸，除了用记录式的方法来进行写实创作的现实主义之外，就再无任何有价值的东西了……然而，《卡拉马佐夫兄弟》[①]《克拉拉·米里奇》《爱的凯歌》[②]莫非是在很久之前就出版的吗？当时出版的费特的《晚上的火光》以及维·索洛维约夫的诗歌难道就是现实主义吗？是否能把列斯科夫在这段时间内发表的最优秀的作品称为灰色平庸之作呢？而托尔斯泰，他那令人叹服的、无可取代的“民间”故事，以及《伊凡·伊里奇之死》《克莱采鸣奏曲》，更是毋庸赘言。另外，就其精神和形式而言，恰好在这段时期大放异彩的迦尔洵和契诃夫难道就不是文坛的新鲜血液吗？

九十年代中期我正式步入文坛。可惜那时我已经见不到费特，也见不到波隆斯基和迦尔洵了。迦尔洵的才能和他美好的形象完美地结合在了一起，如果他没有选择自杀的话，无疑会有非常远大的发展，能跻身于俄罗斯最伟大的作家之列。我不仅见到了托尔斯泰，还见到了契诃夫；我和埃尔杰利也碰过面，他亦是一个充满善意的人，创作了小说《加尔杰宁一家》，这部小说将会在俄罗斯文学史上留下永恒的印记；我遇见过柯罗连科，他写过优美无比的短篇小说《马卡尔的梦》；我曾经在苏沃林书店里遇见过格里戈罗维奇——他像神话故事中的主人公那般突然出现在我的面前；我遇见过诗人热姆丘日尼科夫，他是《科济马·普鲁特科夫》的作者之一，我常去看望他，而他也总是把我称作年轻的朋友……但是，彼时的俄罗斯已经完全陷入了民粹派与马克思主义者残酷的斗争之中，而马克思主义者则被认为是由无业游民组成的无产阶级的未来革命的坚强后盾。高尔基正是在这种契机下迈入文坛的，投靠了其中的一个阵营。写出《切尔卡什》《伊则吉尔老婆子》这样文章的作家，十分巧妙地满足了人们对流浪汉的期望。

①《卡拉马佐夫兄弟》（1880年）是陀思妥耶夫斯基的著名长篇小说。

②《克拉拉·米里奇》（1883年）和《爱的凯歌》（1881年）均是屠格涅夫的作品。

《伊则吉尔老婆子》中的某位丹科，是一位“为自由和光明的未来而奋斗、燃烧着火热激情的斗士”。要知道，这样的斗士永远都会散发着光和热，总是激昂万分；他从胸膛中掏出一颗熊熊燃烧的心，只为指引人类奔向前方，他以这颗燃烧着的心作为火炬，为人类驱散反动势力的黑暗。而另一个阵营中颇具名声的有——梅列日科夫斯基、吉皮乌斯、巴尔蒙特、勃留索夫、索洛古勃等诗人。这一时期，纳德松在俄罗斯已经变得默默无闻了。不久之前，纳德松的亲密友人明斯基还在呼唤着革命的暴风雨：

让暴风雨向我的住所席卷来吧！

让我成为雷声的第一个猎物吧！

明斯基最终也没能成为雷声的猎物，如今他已经按照上述那些人的节奏重新调整了自己的琴弦。不久之后我又结识了巴尔蒙特、勃留索夫和索洛古勃，彼时他们正为法国的颓废派所倾倒，是魏尔伦、普什贝舍夫斯基、易卜生、汉姆松、梅特林克等人的狂热崇拜者，不过那时他们对无产阶级还没有产生任何的兴趣。这个阵营中的很多人都如明斯基一般，照着那样的调子吟唱起来，不过这都是后话了：

全世界无产者，联合起来！

我们的力量，我们的意志，我们的政权！

像巴尔蒙特和勃留索夫这类人，只要时局需要就可以不断变化自己的角色：过去是颓废派，之后转为保皇派、斯拉夫派，第一次世界大战期间又成了爱国主义者，结束事业时又狂热地嚎叫道：

不幸，不幸！列宁逝世了！
瞧，他躺着，冰冷、腐烂！

我和勃留索夫认识不久之后，他便用带着鼻音的嗡嗡声给我读了一首诗，诗里写的尽是些乱七八糟的东西：

啊，哭泣吧，
啊，哭泣吧，
直至流出喜悦之泪！
高高的桅杆上，
隐约可见水兵！

他还声嘶力竭地读过另一首让人大感诧异的关于月出的诗歌。众所周知，月亮还被称作卫星[①]。

月亮升起，赤裸裸地，
在蔚蓝色的卫星附近！

后来写的诗歌就变得浅显易懂多了，数年来他锲而不舍地发挥着自己的诗学才华。虽然在创作的过程中常常遭遇失败，语言粗野、笨拙，还尽是描写些上

---

① 俄语中，месяц和луна都有月亮的含义，而луна的另一含义是卫星。

不了台面的东西，但他仍在写诗方面获得了极大的技巧性和多样性：

镶嵌的壁龛，

颤抖的黑夜，

她向后仰去，

于是我俩就……

除此之外，他总是表现得十分高傲，其高傲程度并不亚于科济马·普鲁特科夫。还假装自己是恶魔、祭司、无情的"导师"、"舵手"……随后又一发不可收拾地退步，变成了滑稽可笑的蹩脚诗人，变成了狂热地臆造出与众不同的韵脚的诗人：

库克[①]年代，尽享盛誉，

你击碎双桅横帆船的肋骨，

只为认出你，只为了解最重要的东西——

而那无法复制的经验是……

有一回，巴尔蒙特曾因自己的花腔怪调惹怒了吉皮乌斯。在诗人斯卢切夫斯基家举行的一次"星期五"文学集会上我曾亲眼见证了这一事件。文学集会上济济一堂。巴尔蒙特兴致极高，带着陶醉之意朗读起了自己的第一首诗，甚至还舔起自己的嘴唇来：

① 库克（1728–1779）：英国著名航海家，先后三次领导环球考察，是太平洋中众多岛屿的发现者。

毛茛、铃兰，爱抚……

朗读第二首诗时，时断时续，明快清晰：

岸，暴风雨拍打着岸

黑色的独木舟是陌生的酒杯……

吉皮乌斯似乎显得意兴阑珊，一直用单目眼镜打量着他。朗读完毕，当众人还在沉默之时，她就慢条斯理地开口道：

“第一首诗——庸俗低级，第二首诗——不知所云。”

巴尔蒙特涨红了脸，说道：

“我不在意您的无礼，但我想要知道，您究竟哪里不明白呢？”

“我不明白，这独木舟代表什么，为何又是什么陌生的酒杯呢？”吉皮乌斯一字一顿地回答道。

巴尔蒙特立刻变得像条眼镜蛇似的，回答道：

“如果一个小市民要求诗人解释诗歌形象的意义，诗人还可以泰然处之。然而，当另外一位诗人喋喋不休地提些庸俗的问题时，他就无法抑制自己的愤怒了。您不明白吗？可我总不能为了让您更加明白而把自己的脑袋也给您吧！

“我很庆幸您不能这么做，”吉皮乌斯回答说，“对我而言，有您的脑袋才是真正的不幸……”

总而言之，巴尔蒙特是个非常奇怪的人。他时而流露出来的“稚气”以及出人意料的天真笑声常常令人惊讶不已，与此同时他的身上还具备一种魔鬼般的狡黠；其天性中有着不少虚假的柔情，总爱说些“甜言蜜语”，但也存在不少与之前的品性截然不同的东西——粗野的胡闹，野兽般的斗殴，市井般的粗鲁。终其一生，他总因自命不凡而疲惫不堪，总是陶醉在自己的世界里，总是自信到了无以复加的地步。有一回还无比幼稚地发表了一个短篇故事，描写了他在托尔斯泰家做客的情形，讲述他是如何给托尔斯泰朗读自己的诗歌的，而托尔斯泰则坐在摇椅里，听得捧腹大笑。巴尔蒙特丝毫不为此感到难堪，他是这样结束这个故事的：

“老头儿狡猾无比，还假装不喜欢我的诗！”

带着这种与众不同的天真，他还讲述了不少别的故事。例如，他曾讲过自己拜访梅特林克的故事：

“艺术剧院准备上演《青鸟》，那时我正好身在国外，剧院便请求我去探望梅特林克，并问问他对此有何感想。我欣然答应。但是我在梅特林克那里却遭到了十分怪异的对待。先是在他家门前按了整整一小时的门铃；后来终于有人前来开门，等来的却是一个泼辣的妇人，还用自己的身体将我挡在了门外；当我历经艰难终于克服最后一个障碍后，迎接我的却是下面一幅场景：空荡荡的房间中央放着一把椅子，椅子上坐着一只肥头肥脑的狗，而梅特林克却站在椅子旁。我上前鞠躬行礼，并作自我介绍，深信主人是听闻过我名字的。但是梅特林克却默不作声，沉默地看着我，而那条可恶的狗却开始发威吼叫。此时我的心底涌起一股冲动——想把这个怪物从椅子上扔到地上，并指责主人的无礼。但我还是克制住了自己的怒火，陈述起自己来访的原因。梅特林克依旧沉默不语，而那条狗又开始气急败坏地吼叫起来。‘劳驾，’当时我的语气十分不善，‘劳烦您告诉我，艺术剧院即将上演您的大作，对此您有何看法？’他终于开口说：‘我没有任何看法，再见。’我以子弹般的速度、带着恶魔般的愤怒夺门而出。”

他还讲述了自己在好望角的一次奇遇：

“当我们的海船在港口抛锚的时候，”巴尔蒙特从来不会说“轮船”一词，“我走下船，踏上了陆地（此处巴尔蒙特依旧不会说他只是出了城）。我看见一个部落，部落里的人们都居住在用兽皮和树枝覆盖而成的圆顶帐篷[1]里。一位老太婆坐在里面，虽然老态龙钟、面貌丑陋，但依旧充满了某种令人憧憬的魅力。想要接近她的想法立刻涌上心头。我虽掌握了世界上的多门语言，但其中并不包括‘祖鲁语’，因此当那个老太婆举着粗棍朝我扑来之时，我只能仓皇而逃，以此保命。语言不通大约是导致这个场面的原因……”

“我掌握了世界上的多门语言……”像巴尔蒙特这样厚颜无耻地吹嘘自己语言能力的不止他一人。比如，勃留索夫也曾撒过谎。1945年，某位米亚斯尼科夫在莫斯科出版了一部作品（《勃留索夫的诗歌》），当然，该书的内容是以勃留索夫本人的版本为依据的，米亚斯尼科夫在书中写道：“勃留索夫精通法语和拉丁语，无需借助字典就能顺畅地用英文、意大利文、德文、希腊文进行阅读，还能读懂一部分西班牙文和瑞典文，对下列语言也均有涉猎：梵文、波兰语、捷克语、保加利亚语、塞尔维亚语、古犹太语、古埃及语、阿拉伯语、古波斯语和日语……”他在“蝎子”出版社的同事波利亚科夫也丝毫不落于其后。不久之前其同事谢苗诺夫在《俄罗斯思想》报上发表文章称，这个波利亚科夫“精通欧洲所有国家的语言，还懂得将近十二门的东方语言……”你们仔细琢磨一下——欧洲所有国家的语言，还有将近十二门的东方语言！巴尔蒙特说自己是“掌握了世界上多门语言”的语言专家，这显然是名不副实的，要知道，就连听懂最简单的法语对话对他而言都是件困难之事。侨居巴黎期间，有一次他在我家碰到了我的文化代理人——美国人布拉德莱。当布拉德莱用英语和他交谈时，他却涨红了脸，脑海

[1] 这里指的是北美印第安人的住所——用树枝、树皮、兽皮覆盖的圆顶棚屋。

里一片混沌，转而说起了法语，但法语说得也是一塌糊涂，犯了一些愚蠢的错误……他究竟是如何完成如此大规模的译作的呢？如何把各种不同的语言，甚至是格鲁吉亚语和亚美尼亚语翻译出来的呢？多半是根据逐字翻译的译文来完成自己作品的。而他的风格就更不值得一提了。打个比方，雪莱的十四行诗的第一行写得简洁明了："荒漠上，沙土上，躺着一尊巨大的雕像"——雪莱只用了几个词来描述雕像。而巴尔蒙特是如何翻译的呢？"在赤裸裸的沙漠里，永恒守护着荒漠的寂静……"对"祖鲁语"一无所知，这种无知为他带来了惨痛的后果。在其他情况下，也发生了不少悲惨事件。当他开口说一些自己略知一二的语言时，他那种大吼大叫的癖好在这个时候就发挥起了作用。伦敦的警察不止一次为此把他揍得狼狈不堪。在巴黎也挨过警察一顿揍。某天晚上他和一位女郎走在两名警察的身后，边走边冲着女郎疯狂地大喊大叫，还把重音落在"您的"这个词上（"您狡黠的目光，您狡猾的头脑！"）。结果，警察们认定他在用巴黎街头的小偷和流氓的黑话骂他们：里面的"vache"[①]（"母牛"）是给警察取的一种侮辱性绰号，它比俄语中称警察为"警察狗子"[②]还要更加不尊重。有一回，我和巴尔蒙特还碰到过这样一件事：那年夏天，我们一同前往敖德萨郊区的一个位于海岸上的德国新村，我、巴尔蒙特和另外一位作家费多洛夫去那游泳。我们刚脱了衣服准备下水，不幸的是，费多洛夫的弟弟此时突然从水里钻了出来——这是一个身材高大的汉子，是来自敖德萨码头的流氓，一个世世代代的渔夫。巴尔蒙特看见他后，不知为何涌起一股悲痛的怒气，紧接着便朝他扑去，还演戏般地大喊起来："野蛮人，我要跟你决斗！"而"野蛮人"却用晦暗的眼神懒洋洋地朝他打量一番，用自己那双可怕的手将巴尔蒙特一把抱起，朝岸边带刺的灌木丛扔去。巴尔蒙

① "vache"是俄语ВАШ（你们的，您的）一词的法语译音。

② 原文用的是"фараон"一词，有法老、警察（口、蔑）等意思。

特从灌木丛中爬出来的时候，浑身血迹斑斑……

总而言之，他是一个不同寻常的人。终其漫长的一生，从未说过一句简简单单的话，甚至还无比下流地在诗歌中将自己情人那神秘而又迷人的身躯称为“令人神往的洞穴”。

除此之外，他还很会精打细算。为了讨勃留索夫欢心，曾在勃留索夫的杂志《天秤》上发表文章，将我称作是“只会潺潺作响的小溪”。之后岁月变迁，他又对我变得宽厚起来。读完我的小说《来自旧金山的先生》后，对我说道：

“您拥有海船那般的情感！”

之后我有幸荣获诺贝尔奖，得奖的那段日子里我们曾在巴黎的一次会议上碰过面，那时他已不再将我比作小溪，而是称我为雄狮。为了向我致敬，还给我读了一首十四行诗(理所当然地不忘在诗中提到自己)。诗是这样开篇的：

我是老虎，你——是狮子！

他在政治上也是相当谨慎的。

1930年莫斯科出版了《文学百科全书》，书中第一卷是这样描述他的：

“巴尔蒙特——俄罗斯象征主义的领袖之一……中学毕业之后进入莫斯科大学深造，后因参与学生运动而被开除。对社会活动的热情很快便褪去，转而投入唯美主义和个人主义的怀抱。1905年，其革命情绪短暂性地再次高涨，随后在巴黎出版了革命诗歌选集《复仇者之歌》，巴尔蒙特也随之成为了一名政治流亡者。沙皇颁发诏书后，巴尔蒙特回到俄罗斯。在帝国主义战争中，巴尔蒙特站在了沙文主义的队列中。然而到了1920年，他又在教育人民委员会杂志上发表了《预料之中的事》一诗，在诗中激情昂扬地欢迎十月革命的到来。代表苏维埃

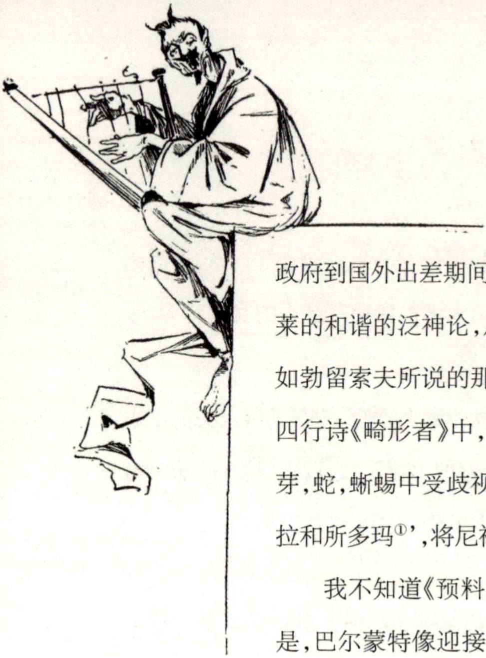

政府到国外出差期间，又转而投入白军侨民的阵营。原本推崇雪莱的和谐的泛神论，后又改为信奉波德莱尔的歪曲的恶魔主义，如勃留索夫所说的那样，‘想要成为激情和罪行的歌颂者。’在十四行诗《畸形者》中，他赞美了‘歪歪扭扭的仙人掌，天仙子的嫩芽，蛇，蜥蜴中受歧视的种族，瘟疫，麻风，黑暗，谋杀，灾难，蛾摩拉和所多玛[①]’，将尼禄视作‘亲兄弟’般热情迎接……”

我不知道《预料之中的事》是一首怎样的诗，但毫无疑问的是，巴尔蒙特像迎接“瘟疫、麻风、黑暗、谋杀、灾难”那样“狂热”地欢迎布尔什维克的到来。我知道他是怎样迎接1905年的：这一年的秋天他在布尔什维克报纸《新生活》上发表了自己的作品，其中有几句话是这样写的：

“谁要是不相信有觉悟的、勇敢的工人们能取得胜利，
他就是无耻之徒，就是骗子，就是在玩两面派的把戏！”

多么愚蠢而又刻意的奉承啊，之后似乎已经无路可退了：为何称之为“无耻之徒”，为何称之为“骗子”，那人玩的又是怎样的“两面派的把戏”？如果把整个过程比作是一株植物的话，那么此时尚且处于开花阶段，直到《复仇者之歌》中才结出了真正的果实，但也不过是无名之果罢了：该诗集中的《致俄罗斯军官》一诗是根据1905年末莫斯科的那次以失败告终的起义事件而作的，从中可以读到这样的诗句：

① 所多玛和蛾摩拉是古代巴勒斯坦的两座城市的名称，据《圣经》记载，因居民罪孽深重而毁于地震和天火。

愚蠢的士兵！你还不明白，

自己是在做谁的走狗?

你和卑鄙之人、无耻之流、恶棍之徒同流合污，

并非只是一时半刻！

我曾见过你精神焕发的模样，

我曾见过你高尚美丽的模样。

而如今你却跌入尘埃，自甘堕落！

陷在沼泽里，流落荒野中！

你是一具死尸——躺在爬满蛆虫的棺材里！

你那破破烂烂的礼服上沾满血污，

你的灵魂跌入那黑暗的万丈深渊，

万恶的你。万恶的全世界。

你是恶魔，是被雇佣的杀人犯！

但是这些还不够，紧接而来的是描写沙皇的诗歌《歌曲》：

我们的沙皇——双目失明的残废，

监狱、鞭刑、审讯、枪决，

我们的沙皇——受绞刑而死……

他是个懦夫，连说话都磕磕巴巴，

等着吧，报应的时刻就要到来！

你曾是个微不足道之人，

而如今却是肮脏的野兽！

沙皇的嘴唇肥大而下垂，说话含糊不清……

啊，卑鄙之中的卑鄙！支离破碎，散发恶臭的脓包，

脓疮已经肿胀，等待着手术。

同志们，为了战斗，更加紧密地团结起来吧，

抓住这只带刺的刺猬！

我们的沙皇龌龊无耻，长着狐狸的尾巴，

还有像狼一般的丑陋的大嘴，

习惯混迹于人类的世界里，而与此同时

却又不动声色地掠夺着世界，

掠夺，亵渎神明，蜷缩着身子，漫天撒谎，

像狼崽子那般，可怜地哀嚎！

你这个侏儒，这个凶恶的瘦老头，

这个喝着鲜血和污秽的醉鬼，

你理应被处死！

上述内容于1907年发表在巴黎的杂志刊物上。莫斯科起义失败后，巴尔蒙特逃亡至巴黎，然而这段经历并没有影响他之后安全地返回故土。这场起义爆发之前，格热宾就已经开始在彼得堡发行绘有插图的讽刺性杂志，杂志第一期的封面上是一个顶着皇冠的光屁股——该图案占据了杂志的整个版面。但格热宾并没有踏上任何形式的逃亡之路，也没有人动过他一根手指头。而高尔基先是跑到了美国，后来又逃去了意大利……

柯罗连科拥有高尚的灵魂，他在幻想革命的时候，想起了某位诗人的几句优

美的诗句：

雄鸡在神圣的罗斯大地上引吭高歌——

神圣的罗斯很快就要迎来白昼！

在热情激昂的氛围中，安德烈耶夫感到一股强烈的渴望，他对魏列萨耶夫说：

“我有点儿畏惧立宪民主党人，因为我在他们身上看到了未来领导者的影子。与其说他们是生活的建设者，不如说他们是改良式监狱的建造人。或是革命和社会民主党获得胜利，或是立宪制的酸白菜[①]获得胜利。如果是以革命的胜利告终，那么这将会是一桩难以言喻的快乐的、伟大的、前所未有的大事件，不仅会出现全新的俄罗斯，还将出现一片全新的国土！”

“瞧，有个送信人走到约伯面前，对他说：‘你的子女们在你长子家中聚餐，大伙儿吃着饭喝着葡萄酒，突然从荒漠中刮来一阵大风，席卷过屋子的四角，将房子吹倒在地，倒塌的房子压住了你的孩子们，他们都死了……，”

“某种难以言喻的快乐”终于降临到了俄罗斯大地上。

甚至是叶·德·库斯科娃[②]也曾在无意之中提起过此事：

“俄国革命是通过某种粗暴的、充满兽性的行为来完成的。”

当时还只是1922年，这句话所表达的意思并不完全公正：在动物世界里，从来不会出现这类缺乏理智的兽行——纯粹为了满足兽欲而犯下种种极端残忍的

① 有落后、停滞不前之意，与革命和社会民主党形成对比。

② 叶卡捷琳娜·德米特里耶夫娜·库斯科娃（1869–1958）：俄国政论家，“经济主义”的思想家。

罪行。残忍的兽行只会出现在人类世界中，尤其是发生在革命暴乱期间。败类总能依靠理智行事，总会带着实际目的行事。败类贪婪地啃食其他野兽，只会依赖汲取他人营养而存活，或是当他人妨碍自己生存时干脆将对方消灭掉——败类总是满足于上述行为。他们不会像人类那般不贪恋杀人行为，不陶醉其中，不侮辱、讥笑自己的牺牲品。当他知道自己拥有免罪金牌，或是有的时候(打个比方，在革命时期)这类行为会被视为“神圣的愤慨”和英雄行为，会被授以权利、福利和勋章(类似列宁勋章、红旗勋章)，此时人们的行为就会变得更加猖狂。动物世界里，并不存在这类充满兽性的侮辱行为和亵渎行为；那里没有“光明的未来”；那里没有全人类幸福的专业设计师；也不会以全人类的幸福为借口去有组织性地招募数百万之众的军队，并在数十年间借助这只崇尚恶魔艺术的军队不断地进行杀戮。列宁、托洛茨基、捷尔任斯基上台后就立刻着手召集这样的队伍，其成员尽是些专业杀人犯、最可怖的败类分子中的刽子手、精神变态者、性虐待狂者，这支军队有过不少臭名昭著的代号：肃反委员会，国家政治保安局，内务人民委员部……

九十年代末，那股“来自沙漠的大风”虽还未吹来，但人们却已经能感受到它的气息了。对于不知何故便突然取代了旧文学的俄罗斯“新”文学而言，这简直就是致命的一击。文学新阵营中的新人们此时已经走在了该阵营的前列，他们与前辈们截然不同——旧文学界的前辈们在不久之前还被称为是“灵魂和情感的主宰者”(当时的人们是这样称呼的)。这些前辈中的一部分人虽然仍主导着全局，但他们的追随者已越来越少，而文学新星的声望却是越来越高。无怪乎阿基姆·渥伦斯基彼时会这样宣称：“新的脑力线诞生于世了！”新文学阵营中几乎都是那类新人——从高尔基到索洛古勃，这些都是天生有才之人，他们具有罕见的精力、强大的力量和巨大的禀赋。对于即将迎来“沙漠之风”的这些日子而言，至关重要的是:这些革新家们几乎都是些缺乏才能和力量的人,他们天生行为不端,身上混杂着一些粗鄙的、虚伪的、投机的东西,总是迎合市井之物,恬不知耻地贪求着成功和丑闻……

不久托尔斯泰就此发表了自己的看法:"如今,新作家们的无礼和愚蠢让人感到惊讶!"

那个年代的文学界已经急速走向下坡,许多东西已然崩塌——秉性、荣誉、良心、审美、智慧、分寸感、方式……某一次,罗赞诺夫(带着自豪之情)说道:"文学——是我的裤子,只要我愿意,就把它穿上……"随后,勃洛克在自己的日记中写道:

"文学界散发着恶臭……"

"勃留索夫丝毫不感到厌烦,依旧热衷于故作姿态,装腔作势,玩弄下流的小手段……"

"梅列日科夫斯基——鞭笞派成员……"

"维切斯拉夫·伊万诺夫的文章让人感到压抑,感到心情沉重……"

"所有最亲近的人都处于疯狂、病态和混乱的边缘……我感到疲倦……病了……晚上大醉一场……列米佐夫[1],格尔申宗——都得病了……现代主义者只剩下空隙周围的一圈涡纹……"

"试图预测罗斯未来的戈罗杰茨基……"

"叶赛宁拥有庸俗和亵渎神明的才能。"

"别雷还没成熟起来,浑身充满激情,但从不谈论生活,写的东西也并非来源于生活……"

"流氓行为和艺术分寸感的缺失摧毁了阿列克塞·托尔斯泰的一切。如今他

[1] 阿列克塞·米哈伊洛维奇·列米佐夫(1877-1957):俄国作家。

会想，生活是由种种诡计构成的，将会出现不结果实的无花果……”

“——画展开幕日，《流浪狗》……”

之后，勃洛克又谈到了革命。例如，1917年5月：

“支撑旧世界的俄罗斯政权的基础是无比深厚的俄罗斯生活的固有特性，这种生活模式扎根于许多俄罗斯人民的心中，这个群体的民众数量远比那些拥有革命思维模式的民众要多……人民无法一下子转变成革命者，对于他们而言，旧政权的颠覆似乎是一场出人意料的‘怪事’。革命需以自由意愿为前提。有这种意愿吗？从小部分群体来说……”

同年七月他又谈起了这个问题：

“德国人钱多，宣传鼓动力度大……夜晚的大街上，总有人在那里吵吵嚷嚷、哈哈大笑……”

众所周知，没过多久勃洛克就陷入了对布尔什维克的癫狂迷恋之中，但是不能因此就怀疑他此前发表的那些革命言论的正确性。我引用勃洛克的革命言论也并非出于任何政治目的，仅仅是为了说明九十年代末发生在俄罗斯文学圈的那场“革命”同样是某种“出乎意料的怪事”。这场革命从一开始便充斥了各种无赖行为，充满了缺失的分寸感，而勃洛克枉然地加给阿列克塞·托尔斯泰的那种技巧，也确实是“空隙周围的一圈涡纹”。当时的勃洛克在这些“涡纹”上也存在过失，可这又都是些怎样的涡纹啊！安德烈·别雷笔下的每个词都会以大写字母开头，还称勃留索夫是“身披太阳衣的女郎的神秘骑士”[①]。而在1904年，即别雷发表此番言论之前，勃洛克本人就曾把自己的诗歌集赠送给勃留索夫，诗集的题

---

①“身披太阳衣的女郎”——“Жена, облечённая в солнце”，《是启示录》(《圣经·新约》的最后一卷，是其中唯一的启示文学作品)中的象征形象，许多学者认为它代表了迫害时期的基督教教会。这一形象既出现在造型艺术和启示录中，也出现在和圣母有关的圣像作品中。

词如下：

赠予

俄罗斯诗歌的立法者，

身穿黑色斗篷的舵手，

指引道路的绿色星星——

事实上，这位“舵手”，这颗“绿色星星”，这个“身披太阳衣的女郎的神秘骑士”只不过是一名贩卖软木塞的莫斯科小商人的儿子。他住在父亲的那幢位于彩色林荫道的房子里，这是一栋名副其实的、充满乡土气息的三等商人的住宅，大门总是挂着锁，留着一扇小门，院子里有一条拴着铁链的狗。勃留索夫还是大学生的时候，我们便互相认识了。这是一个黑眼睛的年轻人，长着一副商人的模样，有着一张结实、肥大、颧骨高凸的亚洲面孔。但是这个商贩讲起话来却是十分讲究，辞藻总是过分华丽，说话鼻音很重，虽讲得断断续续但仍十分清晰，就像是从木笛形的鼻子里嘶声力竭地发生声音来，总是爱带着教育人的口吻说些劝谕的话，容不得他人反驳。他说的每一句话都极具革命意味（从艺术层面来讲）——新事物万岁，打倒一切旧事物！他甚至提议把旧书籍扔进篝火中，将它们全部烧成灰烬。他放声大喊：“就像奥马尔焚烧亚历山大图书馆那样！”与此同时，这个“胆大妄为之人”、这个“破坏者”对于一切新事物都坚守着自己的一套最为残酷且无人能撼动的准则、章程和法令，只要稍一偏离这套制度的轨迹，他就准备将其扔到火堆里焚烧掉。他那低矮的夹层房间的整洁度，也是到了令人惊诧的程度。

“神秘骑士、舵手、绿色星星……”在那个时代，这些骑士、舵手选择的书名同样令人感到惊讶:《雪的假面具》、《风雪高脚杯》、《蛇花》……此外,这些标题必须写在书籍封面最上方的左上角的位置。我还记得,有一回契诃夫看到这样的封面,突然就哈哈大笑起来,说道:

“这是给那些斜视眼的人看的!”

在关于契诃夫的那段回忆录中,我曾谈到他对于“颓废派”、高尔基和安德烈耶夫等人的总体态度……诸如此类的佐证还有一个。

三年前,即1947年,《同时代人记忆中的契诃夫》一书在莫斯科出版。顺便说一句,阿·吉洪诺夫(阿·谢列博罗夫)写的回忆录也被收录其中。这位吉洪诺夫一生都在高尔基身边工作。少年时代就读于矿业学院,1902年夏天在萨瓦·莫洛佐夫位于乌拉尔的领地上进行煤矿勘察工作。某一日,萨瓦·莫洛佐夫和契诃夫一同来到该地。吉洪诺夫说,“我在契诃夫的社交圈里呆了好几天,有一回还同他聊起了高尔基和安德烈耶夫。我听说契诃夫很喜爱高尔基,对他十分推崇,于是我便对《海燕》的作者大加赞赏起来,毫不吝啬赞扬之词。文中令人欣喜若狂的感叹词和惊叹号简直让人无法呼吸。”

“对不起……我不明白……”契诃夫如同被冒犯了一般,带着一丝不悦但又礼貌地打断了我,“我不明白,为什么您和所有的年轻人都被高尔基迷得神魂颠倒呢? 瞧,你们都喜欢他的《海燕》《鹰之歌》……但要知道,这并不是文学,只是一些响亮的词语堆砌而成的玩意儿……”

出于诧异,我被一口茶烫着了。

“海在笑,”契诃夫继续说,一边神经质地不时微微转动着夹鼻眼镜上的细绳,“您当然会感到欣喜若狂! 多么出色啊! 可要知道,这只是廉价之物,只是通俗读物,瞧,你们读到‘海在笑’之后便停了下来。你们以为,自己停下来是因为他写得太好了,写得太具艺术性了。然而事实并非如此! 殊不知你们停下来,只是因为一时无法理解这是怎么一回事——海，怎么就突然笑了起来呢？海没有情绪，它不会哭也不会笑，只会哗哗作响，发出拍打声，闪着亮光……看看托尔斯泰是如何描写的：太阳东升西落……没有人哭，也没有人笑……”

他用长长的手指碰了碰烟灰缸、小碟子和奶罐，随即又带着某种厌恶之情将它们推离自己。

“瞧，你们援引了《福玛·高尔杰耶夫》中的话，”他接着说，眼睛周围的鱼尾纹皱了一下，“同样不成功！它只有一条直直的主线，所有的东西都建立在主人公一人身上，就像是串在铁叉子上的烤羊肉串。所有人物都说着同样的话，发着‘O’的音……”

显然，我在高尔基的问题上走了背运。我试图把话题转移到艺术剧院上，以此摆脱尴尬的局面。

“没什么，剧院就是剧院，仅此而已。”契诃夫再一次浇灭了我内心狂热的火焰。“至少演员们知道如何扮演角色。而莫斯克温甚至可以称得上是位极具天赋的演员……总体来说，我国演员们的文化修养还不高……”

如同溺水之人抓住稻草一般，我抓住了“颓废派”——当时公认的文学新流派。

“无论是过去还是现在，都不存在什么颓废派。”契诃夫无情地将我彻底驳倒，“您为什么要提他们？这都是些油头滑脑的骗子，并不是什么颓废主义者。您别相信他们。他们的双腿也全然不是‘苍白的’，而是同大家一样——满是毛发……”

我提到了安德烈耶夫。契诃夫听罢斜着眼睛，带着并不友善的微笑看我了一眼，说：

“哪一个列昂尼德·安德烈耶夫，是那个作家吗？他只不过是那些极爱说漂亮话的律师的助手……”

契诃夫也跟我聊起过“颓废派”，不过他与我谈话中的颓废派和吉洪诺夫提到的还是有些区别的：他们并非只是骗子。

“他们算什么颓废主义者？”契诃夫说，“他们是最健壮的庄稼汉，应该把他们送到苦役连去才是……”

的确，这些人几乎都是“骗子”和“最健壮的庄稼汉”，完全无法将他们称之为健康的正常人。契诃夫时代的“颓废主义者”，以及那些人数被夸大且之后尊享荣誉的人——那些已不再被称之为颓废主义者或象征主义者，而是被称为未来主义者、神秘的无政府主义者、寻找金羊毛的勇士，他们同其余人一样——如高尔基、安德烈耶夫，还有之后的因疾病而变得虚弱消瘦的阿尔志跋绥夫，还有那位头发半秃、脸涂抹地像娼妓尸体般、有鸡奸癖好的库兹明等人，所有人的力量都十分巨大，然而拥有这些巨大才能的却是些癔病患者、疯子和神经错乱之人。就普通意义而言，他们中有谁能够称得上是健康人呢？这都是些狡猾之人，如何才能做到引人注目，他们对此了如指掌，要知道，大多数癔病患者、疯子和神经错乱之人都拥有这样的特征。瞧，早在契诃夫那个年代，形形色色、不同程度的病患或者精神失常者就以惊人之势聚集在了一起，而在随后的几年里这个群体的规模又不断地扩大！并非平白无故地用男性化的笔名来写作的肺痨病患者吉皮乌斯，对夸张手法无比着魔的勃留索夫，《安静的小孩》的作者[①]，《庸俗的恶魔》[②]的作者（换句话说，也是里面的主人公别列顿诺夫）——即死亡和“恶魔之父”的歌者、如同石头一般呆板寡言的索洛古勃（罗赞诺夫称他为“身穿常礼服的砖头”），蛮横的、充满神秘主义色彩的无政府主义者楚尔科夫，总是怒气冲冲的渥

①作者是阿尔卡季·谢尔盖耶维奇·布霍夫。

②作者是费奥多尔·库兹米奇·索洛古勃。

伦斯基，身材矮小而脑袋却大得出奇、拥有一双呆滞黑眼睛的明斯基；还有病态地迷恋不规范语言的高尔基（“我给您拖来了这本书，浅紫色的鬼东西。”），他年轻时写了不少辞藻过于华丽、充满了低劣且尖锐的讽刺语的东西，还用过以下笔名进行写作：伊叶古季儿·赫拉密达、无名氏[①]、X先生[②]、安季诺姆·伊斯霍佳施、萨摩克里奇科·斯洛沃杰科夫……高尔基去世之后，为世人留下了不计其数的照片——照片主角横跨了自己的每一个年龄段，直至老年。照片中的高尔基摆出演员式的姿势和表情，时而一副淳厚朴实、若有所思的样子，时而一副厚颜无耻的样子，时而像苦役犯那样愁眉苦脸，时而用尽全力将肩膀抬起，把脖子缩在里面，像街头鼓动员般摆出一副狂热的姿势。有着一张苍老的高颧骨的蒙古人面孔的高尔基是一个名副其实的演说家，讲起话来总是滔滔不绝，还能做出无数种丰富多彩的表情，有时脸色阴沉得可怕，有时又像个白痴似的高兴不已，此时他头发下的眉毛和前额上的皱纹就会挤在一起。总而言之，如果不装腔作势、不说些空洞的漂亮话，高尔基几乎无法留在人群中。他时而故意表现得无比粗鲁，时而又洋溢着浪漫主义式的热情，却不带一丝荒缪的过分的喜悦之情，（“普里什文，能和你同住一个星球，我感到很幸福！”）也不说任何荷马式的谎言。高尔基在揭露性文章中所表现出来的愚蠢也是非同寻常的：“这是城市，这是纽约。从远处看，整个城市像是一个长满参差不齐的黑色牙齿的巨大颌骨。它把无数的浓烟喷向天空，又像一个患有肥胖症的贪吃之人在那呼呼喘气。走进城市，你会感觉像是走进了一个用石头和铁筑成的胃里。城市的街道是一条滑溜溜的、贪婪的喉咙，喉咙里漂浮着的是一块块黑色的食物——活人们；城市铁路的车厢如同一条条巨大的蠕虫；火车头则像一只只肥大的鸭子……”他是一个荒唐无比的

①原文是“Некто”，不定代词，指“某某人”。

②原文是“Икс”，即X，爱克斯，表示未知数或某人。

写作狂。在高尔基逝世后不久，某位巴卢哈托夫于莫斯科出版了一本名为《高尔基文学著作》的作品，并在这本大部头的文集中写道："关于高尔基作品的总数，我们依旧没有一个准确的概念——迄今为止他的1145篇文学和政治作品已被我们登记在册……"不久前我在莫斯科的《星火》杂志上读到一段话："全世界最伟大的无产阶级作家高尔基有意献给我们更多更优秀的创作。毫无疑问，假如人民的公敌——无耻的托洛茨基分子和布哈林分子没有剥夺他奇妙的生命的话，高尔基必能兑现自己的诺言。约八千件最珍贵的手稿和材料被珍藏在苏联科学院世界文学研究所的作家档案室内……"这就是高尔基。但其他反常的事情又何其之多！一生坚定不移地往自己的诗歌中注入离奇古怪之词和曲调的茨维塔耶娃，回到苏联之后却悬梁自尽；最为蛮横的酒鬼巴尔蒙特在逝世前不久变得精神失常——暴躁凶残、性欲过旺；勃留索夫是吗啡瘾者、患有暴虐症的色情狂；悲剧作家安德烈耶夫染上了狂饮病……还有如同猴子般狂暴不已的别雷，此处便不再对其进行描述。另外，不幸的勃洛克也是如此：祖父在精神病医院病逝，父亲"言行古怪，濒临精神病的边缘"，母亲也"屡次进精神病医院进行治疗"，而勃洛克本人从年轻时期起便患上了十分严重的坏血病，他的日记里充满了对该病的怨诉——坏血病如同酒和女人一样折磨着他，紧随而后的是"沉重的精神折磨，以及去世不久前出现的神志不清和心瓣膜发炎……"这种智力和心灵上的不稳定性和多变性是十分罕见的："中学引起了他的反感，用他的话来讲——那些可怕的平民阶层，那些与他背道而驰的思想、行为方式和感情都让他心生厌恶之情。"于是他准备成为一名演员。大学头几年他模仿茹科夫斯基和费特的诗风，描写绽放在"玫瑰色的清晨，红色的霞光，金黄色的谷地以及开满鲜花的草地"中的爱情；随后他成为维·索洛维约夫的继承者，也成为"寻找金羊毛的勇士组成的神秘小组的领导人"——别雷的朋友和战友；1905年，他"高举红旗走在群众中央，但很快就对革命变得漠不关心了……”他以类似国家骠骑兵的身份上了第一次大战的前线，回到彼得堡之后向吉皮乌斯谈起这次战争，时而称自己在战争中感到“多么快活”，时而又换上另一种说法，称战争是多么无聊、多么引人反感，有时还试图说服吉皮乌斯，让她相信“应将所有的犹太人处以绞刑……”

（上文中最后几行文字是我从吉皮乌斯的《蓝书》以及她的彼得堡日记中摘录而得的，关于勃洛克的其余资料则是从与他相关的传记和自传中摘录而得的。）

当勃洛克亵渎神明、咒骂神明时，他的行为也是非常病态的。在高尔基、扎米亚京、楚科夫斯基的直接参与下，杂志《俄罗斯同时代人》于二十年代末在所谓的列宁格勒出版了。正如其纲要中所称的那样，杂志“仅仅以文化”作为追求目标。瞧，这本文化杂志的第三期刊登了部分“珍贵的文学资料”，其中有一份资料尤为珍贵，内容如下：

“从亚历山大·亚历山德罗维奇·勃洛克去世之后留下的手稿中摘选而得的构思、手稿和札记。”

事实上，这些“构思”中的确有一些不错的东西，尤其是某个关于“耶稣”的构思。高尔基本人对耶稣也不持尊重之情，讥笑他为“大学究”。不过在这方面高尔基还远不及杰米扬·别德内和马雅可夫斯基，唉，当然也比不上勃洛克了！事实上，勃洛克原本构思的正是“源于耶稣生活的剧本”。“剧本”的提纲如下：

“酷暑。肉厚多汁的仙人掌。耷拉着嘴唇的傻瓜西蒙在钓鱼。”

“耶稣进场：非男亦非女。”

“福玛（异教徒！）——在进行检查。”

“不得不深信不疑：受到了强迫，受到了欺骗。”

“把手指放进去，就成了传播者。”

“强迫宗教法庭、罗马教廷、打着嗝儿的牧师——和立宪会议去宣传……”

“伟大诗人”的读者们相信这些荒谬无比的卑劣之言吗？可我却是逐字逐句从中摘录下来的。接着往下读：

“安德烈·别尔沃兹万内。四处走动着，不愿停留在同一个地方。”

“圣徒们为了耶稣而偷樱桃和小麦。”

“母亲对儿子说：‘与康娜·加丽列伊斯卡的婚姻，很不体面。’”

“圣徒贸然出口，耶稣进行阐明。”

“山上举行的布道：群众大会。”

“当局忧心忡忡。耶稣被捕。圣徒们，毫无疑问，已然偷偷溜走……”

该“剧本”提纲的结尾是这样的：

“应当让柳芭读一读勒男的书，并在地图上将他去过的地方标注出来……”

“‘他’这个字，毫无疑问，是以小写字母开头的……”

在这种荒唐的行为（“强迫打着嗝儿的牧师——立宪会议去宣传”）和不正常的亵渎神明的行为中（描述圣徒彼得的这句话——“耷拉着嘴唇的傻瓜西蒙”，到底有何意义）所包含的东西，来源于该时代所盛行的风气。亵渎神灵和咒骂神灵是革命时代的主要特征之一，这一特征早在那股“沙漠之风”轻轻袭来之时便已显露端倪。彼时索洛古勃已写下《我的弥撒》一诗，祷告自己，祷告恶魔：“我的父亲，恶魔！”还把自己假扮成魔鬼的样子。阿赫玛托娃曾在彼得堡的“野狗”剧院里说过这样的话：“在这儿我们都是罪人，都是荡妇。”某日，该剧院上演了一出名为《圣母携婴儿逃往埃及》的“弥撒剧”，库兹明为该剧作词，萨茨谱曲，苏杰伊金设计舞台布景和服装。诗人波杰姆金在剧中扮演驴，把腰弯成直角，拄着两根拐棍向前行走，背上还驮着圣母的扮演者——苏杰伊金的夫人。“野狗”剧院中坐着不少未来的“布尔什维克”:阿列克塞·托尔斯泰——彼时尚年轻,身材高大,肥头大脸,是位举足轻重的贵族、地主,穿着浣熊皮大衣,戴着海狸皮帽或大礼帽,头发像庄稼汉似的剪得短短的;勃洛克——有着一张僵硬的、高深莫测的、俊美的诗人脸庞;还有马雅可夫斯基——穿着黄色的女式短上衣,一双乌黑的眼睛,蟾蜍似的扭曲不平的嘴唇则紧紧抿着,带着些放肆无礼和郁郁寡欢的感觉……此处不得不提一句,库兹明去世时的情景大概是这样的(国家已处于布尔什维克统治之下):他一手握着福音书,一手拿着薄伽丘的《十日谈》。

在布尔什维克统治时期,各种亵渎神明的下流行为层出不同,如同多瓣的鲜花盛开那般,达到了鼎盛时期。早在三十年前就有人从莫斯科给我来信,信中说道:

“站在人潮拥挤的电车车厢内,周围都是些面带笑容的嘴脸,陀思妥耶夫斯基笔下的‘捧持圣象的人民’在欣赏一本名为《无神论者》的杂志里的图片:画中描述的是一群愚昧无知的农妇在‘领圣餐’——吃耶稣的肠子;上帝——唯一真神[1],戴着夹鼻眼镜,愁眉苦脸地在那读着杰米扬·别德内的某本书……”

这或许便是“福音派教徒杰米扬完美无缺的新遗训”,而这位杰米扬多年来一直都是达官显贵及富商巨贾中的一员,也是苏维埃莫斯科政权如畜生般卑躬屈节的走狗中的一员。

咒骂神明的众人中最可恶的当属巴别尔。侨民界的一份社会革命党人的杂志《时日》曾对巴别尔的短篇小说集进行过研究分析,认为“他的创作具备不同的价值”:巴别尔熟知那些有趣的日常生活用语,有时还能毫不牵强地使整篇文章的语言都具备这种风格——比如《萨什卡-基督》。以外,其余作品中既没有描述革命性的日常生活,也不存在任何革命的痕迹,例如《耶稣的罪孽》……“遗憾

①唯一真神,犹太教对雅赫维德称谓。

的是，”该报继续评论道——虽然我并不能完全明白，此处有何遗憾可言，“不能将这部小说中最具典型的地方归结为作者在其中运用了一些极为粗鲁无礼的表达方式。就令人愤慨的语调以及卑劣的内容而言，整篇小说都与反宗教的苏联文学没有任何相同之处：文中的主角——上帝、天使以及把天使压死在床上的旅馆女服务员阿琳娜。上帝派天使下凡做女人的丈夫，以便女人不再受频繁生育之苦……”虽然略失公正，但仍是一种相当严厉的审判，因为这种卑劣的行为中必然存在某种“革命”的印迹。我还回想起了巴别尔当时写的另外一篇小说，该小说以诙谐的口吻谈到了某座天主教教堂中的圣母雕像，然而一思及此，我就立刻竭力不去想它——因为文中用了一些足以把人送上绞刑台的卑鄙下流的话来描写圣母的乳房。当时的巴别尔似乎处在一种完全健康和正常的状态（就正常意义上来理解）。至于精神失常者，我还想到了某位赫列勃尼科夫。

赫列勃尼科夫，原名为维克多，尽管后来又将自己的名改成韦利米尔，革命爆发（二月革命之前）之前我俩偶尔能碰面。这是一个生性阴郁、体型瘦小、沉默寡言的人，总是一副不知是真的喝醉、还是假装喝醉的醉醺醺的模样。如今，不仅俄罗斯的人民会纷纷议论他的才能，就连侨民界也时常会谈及其天赋。这毫无疑问是一种十分愚蠢的行为，然而赫列勃尼科夫依旧具备某种充满野性的艺术才能的基本元素。他以未来主义者和疯子的双重身份闻名于世。不过，他的精神真的到了失常的地步了吗？事实上，他从来都不是一个正常人，但归根到底还是在装疯卖傻，用自己的疯狂进行投机。二十年代，从莫斯科寄来了一大堆有关文学和日常生活的信，其中一封信提到了赫列勃尼科夫。信的内容如下：

赫列勃尼科夫去世之后，莫斯科与他相关的文章铺天盖地，人们发表演讲，把他称作天才。在某次赫列勃尼科夫纪念大会上，他的朋友П.先生朗读了关于他的回忆录。这位П.先生称自己在很早之前便认定赫列勃尼科夫是一位伟人，早就想与他相识，想更深入地了解他伟大的灵魂，希望在物质上给予他帮助："由于不问世事"，赫列勃尼科夫过着一贫如洗的生活。唉，想要亲近他的一切尝试都是徒劳无功的——"赫列勃尼科夫是难以接近的。"瞧，有一回П.先生终于打通了赫列勃尼科夫的电话，"我开始邀请他来我家，赫列勃尼科夫答应前来，只不过要稍晚一点，因为此刻他正迷失在卢比扬卡与尼科尔斯卡雅之间的那座常年积雪的山中。后来我听到敲门声，打开门——是赫列勃尼科夫！第二天，П.先生把赫列勃尼科夫领到自己家里，一进门他就马上把房间里的被子、枕头、床单、床垫从床上搬下来，把它们放在书桌上，然后全身赤裸地爬上去，开始创作自己的小说《命运榜》，而"神秘的数字317"是全书的主要内容。

他邋遢不堪，以至于都快把自己的房间变成了牲畜棚，于是女房东就把他和П.先生统统扫地出门。不过，赫列勃尼科夫还是很走运的——某位对他的小说《命运榜》非常感兴趣的米面店老板收留了他。在这位米面店老板家中暂住两周之后，赫列勃尼科夫便表示，为了完成这部著作他必须去阿斯特拉罕草原居住一段时间。米面店老板提供了车费，赫列勃尼科夫欣喜若狂地飞奔前往火车站。不过，他似乎在车站遇到了小偷。米面店老板不得不再一次慷慨解囊，赫列勃尼科夫才得以最终踏上旅途。不久之后，一个女人从阿斯特拉寄来信，信中恳请П.先生立刻来将赫列勃尼科夫接回去，否则——她在信中写道：赫列勃尼科夫将会就此死去。毫无疑问，П.先生自是搭乘第一班火车赶往阿斯特拉罕。半夜时分抵达目的地，找到赫列勃尼科夫后便立刻把他送出城，到了草原后他才开口说话，称自己已经成功地和所有的317位主席取得了联系，这对全世界而言都具有非凡的意义，还朝П.先生的头上打了一拳，致其昏倒在地。苏醒之后，П.先生步履艰难地回到了城里。经过漫长的找寻，直到深夜才在城里的某家咖啡馆里找到了赫列勃尼科夫。看到П.先生后，赫列勃尼科夫立刻挥舞着拳头朝他飞扑过去，还喊道："恶棍！你竟胆敢起死回生！你应该去死！我已经用全世界的无线电同所有主席取得了联系，他们还推选我为地球的主席！""自此之后，我们的关系也就恶化了，与他就此分道扬镳。"П.先生说。然而赫列勃尼科夫并非傻瓜：回到莫斯科后，很快又找到了新的金主——知名面包商菲利波夫。菲利波夫出钱对其进行资助，满足其所有的任性要求。按照П.先生说法，那时赫列勃尼科夫住在特维尔街的一家豪华旅馆内，还在门外贴上五彩缤纷的自制挂图，挂图上画着爪形太阳，底下是一行题词：

"地球主席。白天接待时间——十二点至十二点半。"

这是一种拙劣无比的狂人把戏。后来，这位狂人为了迎合布尔什维克还大发起诗兴——作起了一些合乎情理又有利可图的歪诗：

老爷让我无以为生！
难受极了，难受极了！
我们备受折磨！
贵族身份的老妪，
佩戴星章的老叟，
该让这群老爷们脱得一丝不挂，
像驱赶牲口般把他们驱逐出去，
什么乌克兰品种的牲口，
肥胖的，头发斑白的，
年轻的，骨瘦如柴的，
该把他们统统剥光！
无论是显赫的畜群，

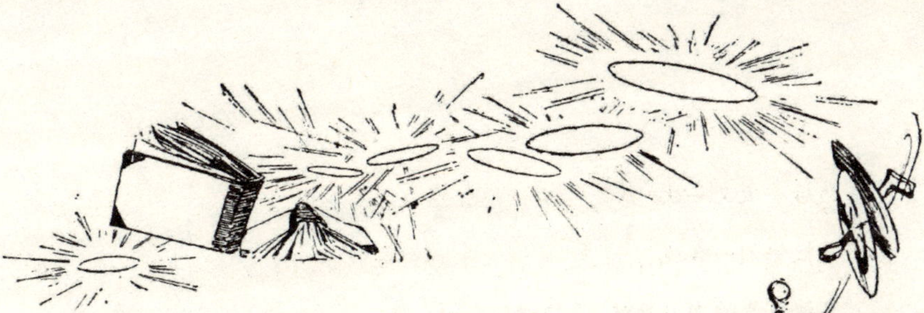

抑或是显赫的贵族，

都该把他们驱逐出去，

一丝不挂！

让鞭子在空中呼啸，

让雷声在星空中隆隆作响！

何处有宽恕？何处有宽恕？

与公牛为伍，

驱赶佩戴星章的老头们，

裸身赤足，

牧人们

该扳动扳机行走。

难受极了！难受极了！

我们要死了，我们要死了！

接下来还有一首代表洗衣女的诗：

假如是我

就会把所有的老爷

拴在同一条绳上

牵进屠宰场。

然后一次又一次

抚摸他们的喉咙，

我把自己的内衣搓洗，再搓洗！

然后把老爷们

砍杀，再砍杀！

一摊鲜血，

在眼前盘旋！

勃洛克的长诗《十二个》中也有这样的句子：

我要把时光

来消磨，来消磨……

我要把脑袋

来挠一挠，挠一挠……

我要把你身上的肉

来割一割，割一割！

与赫列勃尼科夫的诗有异曲同工之妙吧？所有关于革命和革命“口号”的内容都是如此千篇一律，几近庸俗：主要内容——砍杀教士，砍杀老爷！像这样写诗的还有雷列耶夫[①]：

① 孔德拉季·费奥多洛维奇·雷列耶夫（1795-1826）：俄国诗人、出版商、十二月党人领袖，在1825年的十二月党人起义中曾试图推翻沙俄政权。

第一刀——砍向地主贵族,砍向达官显贵

第二刀——砍向教士,砍向信徒!

此处需要指出的是:在第一次革命期间以及第二次革命前夕,政治家们的演说以及诗人对革命的召唤中充满了多少"崇高的文体"啊!例如,莫斯科的一位诗人谢尔盖·索科洛夫理所当然地不满足于像"鹰"[①]这样的鸟,而把自己称为克列切托夫(隼)[②],还把自己的出版社命名为"秃鹫",他的诗是这样写的:

站起来!去惩罚祖国的敌人,

犹如拿着锋利的镰刀去收割麦穗!

前进!前往充满喧嚣和叫喊的地方,

去那红旗飘扬的地方!

当鲜血的热潮,

滋润着广阔的田野,

复兴中的祖国,

在绿色的处女地里抽穗!

此类诗歌中出现血和处女地这样的词语是不可避免的。还有一个实例,即马克西米利安·沃洛申的诗歌:

致俄罗斯人民:我是令人生畏的复仇天使!

---

①索科洛夫(Соколов)的词根是鹰(сокол)。

②克列切托夫的(Кречетовый)的词根是隼(кречет)。

我在黑色的伤口里，在被开垦的处女地里，

播下种子！忍辱负重的日子已经过去！

我的声音——就是警钟！

我的战旗——如同鲜血！

然而在革命时期，“崇高的文体”就变成了最低俗的一种文体。就以我从《复仇者之歌》中摘录的诗句为例吧，拥护布尔什维克的诗人用里拉[①]弹奏出来的已然是些粗蛮无礼的音乐：

我们从古老的克里姆林宫

摘下了皇冠！

在那低矮的栅栏后面，

用火焰做成的桨划船！

低矮的栅栏——这岂不是怪事！之后还有这样的句子：

万事皆成定局，

我们厚颜无耻地坐着，

脚架着脚！

耶稣——被钉在十字架上，而瓦拉瓦

被搀扶着——沿着特维尔大街走着！

---

① 里拉是一种弦乐器，常为乌克兰、俄罗斯、白俄罗斯的歌者所用，也是诗歌、诗才、诗兴的象征。

1917年四月初[1]，也就是列宁来彼得堡的那段日子，我最后一次去彼得堡——这是我人生的最后一次彼得堡之行！顺便说一句，当时我是去看芬兰画展的开幕式。开幕式上聚集了以临时政府的部长们、著名的杜马代表们为首的"整个彼得堡"社交圈的重要人物，人们在那里向芬兰人发表了歇斯底里又卑躬屈膝的演说。随后我又受邀参加了为芬兰人举办的宴会。天啊，我在彼得堡看到的这一切，与人们在宴会上表现出的那种荷马式的丑陋结合得多么好、多么意味深长啊！宴会上，所有"彼得堡的精英分子"济济一堂，有著名艺术家、演员、作家、社会活动家、部长、译员，还有一个位高权重的外国代表——法兰西大使。但是，马雅可夫斯基的风头却盖过了所有人。我和高尔基以及芬兰艺术家加连一起共进晚餐。马雅可夫斯基突然走了过来，在我们中间插入一张椅子，之后便就着我们的盘子和酒杯开始大吃大喝起来。加连瞪大了眼睛看着他——似乎是在看一匹被人牵进了宴会厅来的马(打个比方，如果有人把马牵进宴会厅来的话)。高尔基放声大笑，我则把身子挪开了些。

"您很恨我吗?"马雅可夫斯基快活地问我。

我回答说没有，并称："跟您在一起我感到荣幸之至!"他张开槽形大嘴，还想再说些什么，此时当年临时政府的外交部部长米留科夫站起身来准备作官方致辞，马雅可夫斯基急忙朝他飞奔过去，跑到桌子中间，霍地跳到椅子上，扯着嗓门喊着一些下流的话，米留科夫被这一幕吓得目瞪口呆。片刻之后，他恢复了镇定，又重新举杯致辞："先生们!"但是马雅可夫斯基又变本加厉地大喊大叫起来，疯狂程度更甚之前。米留科夫感到莫名其妙，双手一摊，坐了下来。此时法国大使站了起来。显而易见，他深信这个俄罗斯流氓在自己面前会退缩。这怎么可能？转瞬之间，他的声音就湮没在马雅可夫斯基更为嘹亮的嚎叫之中。不仅如

① 蒲宁于1917年4月2日抵达彼得堡。

此，大厅突然陷入了一场野蛮而又毫无意义的暴乱之中：马雅可夫斯基的战友们也开始大喊大叫起来，用皮鞋敲击地板，用拳头捶打桌子，开始放声大笑，号啕大哭，尖声叫喊，像猪一样哼哼叫唤。某位长得像刮光胡子的海象的芬兰艺术家突然大喊一声，这个真正意义上的悲剧式的哀嚎声盖过了大厅里的所有声音。他已经喝得酩酊大醉，脸色惨白得如同死人。很显然，这种无比下流的行为深深震撼了他的心灵，于是他用尽全力、眼含热泪地喊出了他唯一熟悉的那个俄罗斯词语：

"太多了！太多了！太多了！"

在漫漫旅途中，奥德修斯[①]遇见了一位曾打算吃掉他的独眼穴居人波吕斐摩斯。早在中学时代，拥有先见之明的人就已经给马雅可夫斯基起了个绰号——波吕斐摩斯式的白痴。马雅可夫斯基和其他同伴都是贪吃无比、强壮有力的独目人。有的时候，马雅可夫斯基分子们似乎只是些庸俗的丑角。无怪乎马雅可夫斯基会称自己为未来主义者，即未来的人。他已然觉察到，波吕斐摩斯式的未来毫无疑问是属于他——马雅可夫斯基的，马雅可夫斯基分子们很快就要让其他政论家们永远闭上嘴，而且届时要比他本人在为芬兰艺术家举办的宴会上的所作所为更加出色……

"太多了！"是啊，命运赐予了我们太多"伟大的、历史性的"事件。我出生得太晚。如果我能早些出生，那么我的回忆录将会是另一番光景，也就不会拥有与以下的人和事件息息相关的经历了：1905年，紧接着是第一次世界大战，随后是1917年事件及其后续事件，还有列宁、斯大林、希特勒……又怎能不羡慕我们的祖先诺亚呢！他所经历的仅仅是一次洪水罢了。那只方舟多么坚固、舒适又温暖啊，储存的食物又是多么丰盛啊：整整七份干净的食物，以及两份虽不干净但

① 奥德修斯——古希腊史诗《奥德赛》的主人公。

却依旧非常美味的食物。和平与幸福的使者——衔着橄榄枝的鸽子并没有欺骗他，当然这里并非指的是现代意义中的鸽子(毕加索的《同志》)。他在阿拉拉特安全着陆，美美地饱餐一顿，又睡了一个安稳踏实的觉，沐浴在灿烂的阳光里，呼吸着原生态的、来自新世界春天的纯净空气，在这个消灭了一切陈腐的丑恶之物的世界里——全然不是我们如今的这个又重新回归陈腐的世界！的确，诺亚和自己的儿子含[1]有过一段并不十分光彩的过去。是啊，不然他怎么会是含呢？最主要的是：那个时候全世界只有这个独一无二的含。而如今呢？

依旧是1917年，我于那年的春天见到了克罗波特金[2]公爵。

克罗波特金出身于显贵的俄罗斯贵族，年轻时便是亚历山大二世皇帝的亲信之一，后来又逃亡至英国，在英国一直居住至俄罗斯二月革命爆发，即1917年的春天。我在莫斯科与他相识，那次会面让我深受感动和惊讶：这位在欧洲赫赫有名的人——著名的无政府主义理论家、《一个革命家的札记》的作者、著名地理学家、旅行家、东西伯利亚和极地地区的研究人员，竟原来是个小老头。他的两颊晕染着玫瑰色的红晕，头上还残留像绒毛一般轻盈的白发，言谈举止中带着一种生机勃勃的、无比迷人的、可爱的、如同婴儿般天真的东西。还有一双生动又明亮的眼睛，目光善良且充满了信任，上流社会式的谈吐敏捷而又温和——这种出现在人类孩童时期的东西让我深受感动……

当年，他备受众人的尊敬和百般照顾。他虽是一位革命家，但性情却十分温和，数年之后重返故土的怀抱，为那场最终“将俄罗斯从沙皇制度下解救而出”的

① 诺亚在五百岁的时候生了三个儿子，分别叫闪、含和雅弗。

② 彼得·阿列克谢耶维奇·克罗波特金(1842—1921)：公爵、俄国革命家、无政府主义理论家、地理学家和地质学家。

二月革命而感到骄傲万分。克罗波特金公爵的住所位于莫斯科贵族区里最好的街道上——是某位老爷的府邸(我已经记不清这位老爷的名字了)。同年年底,克罗波特金在此举办了一次“讨论关于成立联邦制拥护者同盟的相关问题”的会议。这一年年末俄罗斯到底发生了哪些事件呢?俄罗斯知识分子还要聚集在这栋流血的、疯狂的房子里,建立什么“联盟”——当时整个俄罗斯就已经变成了一幢流血的、充斥着疯狂的屋子。

然而,“联盟”算什么!看看接下来的事件:

1918年3月,克罗波特金被布尔什维克赶出别墅,这栋别墅被政府征作他用。公爵顺从地搬进了另一间公寓,并开始试图与列宁进行会面。克罗波特金抱着无比天真的愿望——试图迫使列宁为当时俄罗斯境内上演的种种骇人听闻的恐怖事件而忏悔。两人的会面如期举行。不知为何,克罗波特金和列宁的亲信之一——邦奇·布鲁耶维奇“关系友好”,于是这次会面的地点被安排在克林姆林宫。实在无法理解:克罗波特金如何能跟这种恶棍交好——要知道,这个恶棍的卑鄙程度即便在布尔什维克中也算得上是佼佼者!然而,事实便是如此。除此之外:他还试图将列宁拉到“人道主义的道路”上来。尝试未果后,便对列宁“感到失望无比”,谈及与列宁的这次会面,他双手一摊,说道:

“我明白了,无论是在哪方面,想要说服他完全是徒劳之举!为了尚未发生在他身上的事就屠杀了两千五百人,为此我指责了他。不过,似乎这些并未对他产生任何影响……”

后来,布尔什维克又将这位拥护无政府主义的公爵从公寓赶了出来。“原来”,是需要他从莫斯科迁出,搬到德米特罗夫县去。任何一位无政府主义者都无法想象得出,那种如同洞穴人般的生活是多么的艰苦啊。克罗波特金在那里度过了自己的余生,期间饱受折磨:忍受饥饿的痛苦,忍受坏血病的痛苦,忍受寒冷的痛苦，还为年迈的公爵夫人受到的折磨感到痛苦——无能为力地为了一块发霉的面包而不断地操心和烦恼……年迈的、不幸的、瘦小的公爵曾幻想过给自己弄一双毡靴。但他的梦想最终也没有实现——为了拿到购买这双毡靴的票据，他白白浪费了好几个月的时间！晚上，在松明的光亮下，他写完了自己的遗著——《论道德》……

还能想象得出比这更恐怖的事吗？这位亚历山大曾经的亲信几乎把自己全部生命都白白浪费在革命梦想上，浪费在无政府主义的南柯一梦中，这样的事情也发生在我们身上——我们这群完全没有学会如何去恬不知耻地对他人阿谀奉承的人身上！他在饥寒交迫中走到了生命的尽头，在冒着烟的松明下、在最终实现的革命里、在论述人类道德的手稿中，结束了自己的生命。

我的生平

应《二十世纪俄罗斯文学》之邀，为其提供有关我生平和文学创作的资料，在此无法事无巨细地一一记录——只能简短地介绍一二。

我出生于1870年10月10日。父亲是阿列克谢·尼古拉耶维奇，母亲是柳德米拉·亚历山大罗夫娜（出嫁之前姓丘巴罗夫）。

关于蒲宁家族，我略知一二。两位杰出的诗人诞生于该家族——上世纪初闻名遐迩的女诗人安·彼·蒲宁娜[①]，以及诗人瓦·安·茹科夫斯基(即阿·伊·蒲宁的非婚生子)。我们家族与基列耶夫斯基、格罗特、尤什科夫、沃耶伊科夫、布尔加科夫和索伊莫诺夫六大家族均有姻亲关系。顺便提一下，《贵族徽章图册》一书中对蒲宁家族的起源有所记载："蒲宁家族的先祖是波兰知名活动家西梅翁·本科夫斯基，十五世纪脱离波兰转而归顺瓦西里·瓦西里耶维奇大公麾下。其曾孙亚历山大·拉夫连季耶夫·蒲宁效忠弗拉基米尔，并阵亡于喀山。御前大臣科兹玛·列昂季耶夫·蒲宁因军功累累和骁勇善战而获封领地。蒲宁家族的许多成员也曾担任过军政长官或其他官职，拥有一些村庄。沃罗涅日贵族代表会议关于将蒲宁家族列入古代贵族并将其编入贵族家谱的第六卷的文件，均可证明上述内容的真实性……"

可我对丘巴罗夫家族的情况(同样也是古代贵族世家)几乎一无所知。我只知道丘巴罗夫家族是科斯特罗马、莫斯科、奥廖尔、坦波夫四省的贵族，我的曾外祖父和外祖父在奥廖尔县和特鲁布切夫县均有领地。或许，丘巴罗夫家族的后裔们也未必就比我更了解他们自己的族史：对于记录家族血缘关系文件的保存，我们的贵族历来都是一副漠不关心的态度，往往总是草率处理。几乎从少年时代起，我便是一个"自由思想者"，丝毫未将自己的贵族血统放在心上，倘若彻底失去与之相关的一切，我也毫不在意。因而，我在青年时代写的哀歌以及之后创作的"贵族式的挽歌"都是极具诗意的，但这类悲情哀歌的数量远比我的某些评论家所说的要少得多——这些人甚至还在一些几乎没有我的个人生活和个人情感痕迹的作品中去寻找蛛丝马迹，总而言之，他们强加了不少东西在我的身上。

我的曾祖父家财万贯。传至祖父，虽在奥廖尔省(叶列茨县)、坦波夫省、

① 安娜·彼得罗夫娜·蒲宁娜(1774-1829)：俄国女诗人，其作品深受俄国上流社会人士的喜爱。杰尔查文、卡拉姆辛、克雷洛夫等名家都对其称赞有加。

沃罗涅日省均有地产，但似乎已是为数不多。祖父的兄弟们侵吞了他的地产。祖父的精神有些失常，是个“疯疯癫癫”的人。祖父死后所留遗产寥寥可数，而我的父亲更是毫不珍惜这些仅剩的遗产——总是漫不经心，总是挥霍无度。父亲曾以当时所谓的“志愿兵”的身份参加了克里米亚战役①，后为了便于我的两位哥哥尤利和叶甫盖尼接受教育，于七十年代迁居沃罗涅日市——这两件事是我们家道中落的重要原因。我出生于沃罗涅日，在那儿度过了生命里最初的三年时光（虽然这段遥远的记忆只在我的脑海中留下了一个模糊的印象，但我仍能回忆起某些事来）。然而，我并没有在城市里长大。父亲耽于玩乐，总是沉溺在俱乐部和酗酒赌博中无法自拔，于是三年半之后，我们不得不迁回叶列茨县，住进布特尔卡的田庄。就在这儿，在这片万籁俱寂的茫茫田野之间，在这片每逢夏季就会长到我家门槛边的庄稼之间，在这片漫山遍野的冬雪之间，我度过了自己的童年，一个伤感而又特别的诗意童年。

父亲身强力壮，健康程度非寻常人可比，直至去世前仍然精神矍铄。唯有在困境中，父亲才会感到灰心丧气，但这种沮丧的情绪很快就会烟消云散；虽然性格急躁，但极少动怒（动怒的时间比沮丧的时间还短）。三十岁之前，即参加克里米亚战役前，他是个滴酒不沾的人。后来他染上了酒瘾，有时甚至喝到烂醉如泥，不过丝毫没有酒鬼身上的那些典型特征；有时又一连好几年滴酒不沾（而我恰好出生在这一幸福而又清醒的间隙中），也没有再染上其他不良嗜好。父亲受教育的时间并不长（曾就读于奥廖尔中学），无法忍受课堂教育，但却十分喜爱看书，凡是手头有的书总能看得津津有味。具备活跃的形象思维，无法忍受逻辑学，讲起话来总是精力充沛、绘声绘色；容易冲动，做事果断，为人坦率，慷慨大度——没有任何事情能够阻挡得住他。他是那么得自然而又天真烂漫，举手投

① 克里米亚战役（1853–1856）：因俄国与土耳其争夺近东统治权而爆发的一次战争。

足之间无不彰显着自己的贵族出身，很难想象得出他在什么样的社交圈里会感到手足无措。甚至连他的农奴都这样评价道："世上再没有比他更朴实、更善良的人了。"母亲的陪嫁也被他挥霍一空，其中一部分甚至被他赠送给了别人——他总是仗义疏财。这个心地善良、幽默风趣、天资聪颖的人在八十岁那年寿终正寝，平静而又安详地离开了人世——这在很大程度上得益于他经常外出狩猎，经常在户外活动。

母亲和父亲是截然不同的两类人——除了拥有同样健康的身体和善良的本性之外。母亲也很长寿，虽然她一生坎坷，生命的最后二十年内饱受气喘病的折磨，而且出于狂热的宗教信仰，在长达二十五年的时间里始终恪守斋戒，直至去世。外祖父也是个好酒贪杯之人，只是用另一种更为文明的方式——如果可以这样形容的话；外祖父也曾在军中服过役，出过国，在华沙小住过，总而言之，他在地主中属于出类拔萃的人物。与我的父亲阿列克谢·尼古拉耶维奇所受的教育相比，母亲柳德米拉·亚历山大罗夫娜所受的教育更为精细。母亲生性温柔，然而在某些情况下，她也会展现出坚韧不拔的意志来；她富有自我牺牲精神，总是忧心忡忡，极其多愁善感，容易伤心落泪。对于家庭，对于子女，她始终秉承着忠贞不渝的态度。她共育有九个子女，其中五个子女的早逝令她肝肠寸断——与家人离别对她而言是一件无法忍受的事。在我尚且年幼的那段日子里，我的兄长们都不在母亲身边，父亲也常常去坦波夫的领地打猎，不能时时与母亲相伴，况且当时我们全家又过着捉襟见肘的日子——因而让她伤心流泪的原因可真不少。

父亲总是一副神采奕奕的模样，他的乐天性格以及其他性格特征，直至我年岁渐长之后才开始对我产生影响，开始均衡母亲遗传给我的种种性格。我再次重申一遍，父亲与我们相伴的日子甚少。我们的"家奴"只有寥寥数人，那时与邻居、亲戚们也往来无几，我既没有年龄相仿的玩伴——妹妹玛莎还只是个婴儿，没有任何玩具和消遣，对玩乐也没有任何兴趣——童年时期的我是个具备非同寻常的感知能力的孩子。我至今仍记得，周围的万事万物都让我感到兴趣盎然：陌生的面孔，新发生的事情，回荡在田野中的歌声，朝圣者的故事，田庄后面神秘的山谷，某个逃兵的传说（担惊受怕、饥肠辘辘地藏身于我家的庄稼地，还差点儿因此而丧命），那只总是飞到我们栅栏上来的乌鸦（母亲说这只乌鸦早在伊凡雷帝年间便已存活于世了——让我大感震惊），还有映照在西窗上的晚霞（窗户面向樱桃园而开）……母亲和女仆们都喜爱讲故事，我从她们那儿听过不少故事和歌谣，我曾听她们讲过《小红花》和《三个长老》的故事——后来我在书上读到了这两则故事。她们为我开启了通往认知语言的大门，让我认识了最为丰富的俄语，因受地理和历史条件的影响，这种语言中融入了大量的方言俚语——几乎涵盖了罗斯[1]的每个角落。

七岁之后，田野和农舍就成了我生活的一部分，随后农民和我的家庭老师也融入到了我的生活中。上中学前，但凡课余有闲暇时光，我几乎都会去布特尔卡附近的几个小村庄，在我们家过去的农奴和独院小地主家中消磨闲暇时光。即便之后上了中学，每逢假日依旧会去那儿玩耍。朋友们一来，我常常会整日整日地和他们一起在野外放牧……我的老师是个十足的怪人，本是首席贵族[2]的儿子，曾就读于拉扎列夫东方语言学院，还在奥斯塔什科夫、坦波夫、基尔萨诺夫教过书，后却因酗酒断绝了一切家族往来和社交往来，最终沦为一个在各地村庄和庄园之间游荡的漂泊者。他对我们一家人，尤其是对我产生了诸多好感——委实出乎众人意料之外。他的依恋之情，他的讲不完的故事（他游历四方，博览群

---

①俄罗斯的古称。

② 首席贵族是由旧俄时期省、县贵族会议推选而出。

书，还掌握了三门语言，是个见多识广的人物），激起了我对他强烈的爱意。眨眼之间，他便教会了我如何阅读（当时读的是荷马的《奥德赛》），激发了我的想象力，有时给我描述奥斯塔什科夫森林——经常有熊出没其间，有时给我讲堂吉诃德的故事——让我疯狂地迷恋上了骑士精神！他对人类和生活总有自己的一套独特见解，虽然我常常对此一知半解，但他的话语仍唤起了我对人类和生活的思考。他会演奏小提琴，会画水彩画，于是我也时常整日整日地同他一起弯腰作画，还因吮吸画笔上的水彩而让自己感到恶心不已。至今都无法忘怀第一盒水彩颜料带给我的那种无法言喻的幸福感：很长一段时间内，我都幻想自己能成为一名画家，终日如痴如醉地仔细观察着天空、大地和光线。他还会作诗——针砭时弊的讽刺性音节诗，于是我也跟着写起诗来，然而并非是涉及时政要事的讽刺诗，而是描写月夜山谷中的精灵的诗。彼时我才八岁，但我至今仍对那个山谷记忆犹新，仿佛昨日才亲眼看到一般。总而言之，那时我的想象力无比丰富，许多臆想之物都是那么栩栩如生、准确无误。

我的家庭教师在授课方面表现得却不尽如人意——毫无章法可言，想到什么就教什么。不知为何，所有的语言中他尤为注重拉丁文的教学，因此我时常需要死记硬背拉丁文的文法，那段日子对我而言简直是度日如年。

上中学前两年（我十一岁上的中学），我又对使徒行传产生了浓厚的兴趣，开始斋戒、做祷告……起初这份激情充满了柔情蜜意，之后却随着幼妹娜佳的夭折而变得苦涩不堪，让我在无尽的哀思中度过了整个冬季，让我日夜不停地思考一个问题——人在九泉之下会是怎样一幅光景。春天治愈了我心中的创伤。然而这股激情并未就此彻底散去，每当校领导带领我们中学生前往叶列茨的教堂做彻夜弥撒时，我总会沉浸在深深的哀痛之中，而这哀痛中却总会夹杂着一丝喜悦之意——虽然就总体而言，我并不喜欢在教堂做礼拜（如今，虽然我并不信奉任何形式的宗教，但却爱上了出现在古俄罗斯教堂中的各式各样的宗教礼拜：异教的——即天主教的，伊斯兰教的，佛教的）。

叶列茨的中学和那里的生活留给我的绝非是什么快乐的回忆，所有人都心知肚明——俄罗斯的中学，尤其是县立中学是什么样的，俄罗斯的县城又是怎样一幅光景！远离自由自在的生活，远离母亲无微不至的照顾，转而开始了县城的生活，不得不面对严苛得近乎荒唐的中学校规，还要被迫寄居在小市民和商人的家中，过起沉闷而又无趣的日子——和从前相比简直是天壤之别！起初我在班里名列前茅，几乎对所有的课程都得心应手，后来成绩却每况愈下。究其原因，主要是因为自己还未适应新的生活，我开始生病，变得消瘦而又憔悴，变得无比的神经质；而更糟糕的是我还坠入了情网，如同后来青年时期的爱情，那时的我爱得如此纯粹而炽烈，这份爱情里没有掺杂一丝龌龊的念头。最终的结局是——我辍学回家。

童年时期的我并不热衷于读书，读的书也不多，然而凡是家中有的书我几乎都读过——当然，其中并不包括那些已被偶尔来我家做客的父亲的旧仆（同时也是友人）和食客们用作卷烟纸的书籍。直至今日，我依然记得当初阅读这些书籍时的心情，我读过的书有：格尔别利[①]的《英国诗人》《鲁滨逊漂流记》、一卷破破烂烂的、大约是1878年出版的《绘图述评》、一本图文并茂、作者不详的书——书名叫《大地和人类》……这些书籍唤醒了我内心深处的情感，这种情感的实质至今仍鲜明地存活在我的心中，只是难以用言语将之表达出来罢了。而重要的是，每当阅读的时候，感觉自己仿佛能够置身于书中，可以看见其中描述的一切情景，后来甚至还能极其敏锐地看见所读之物——这赐予了我无上的快乐。

---

① 尼古拉·瓦西里耶维奇·格尔别利（1827–1883）：俄国诗人、翻译家、图书编目学家、文学研究家。

那个年纪的中学生应该读的书有好些都不得我心。(中学生涯的最初几年里,最能让我感受到诗意、最能让我为之激动的书,至今能想起的就只有安徒生的《钟》。)我几乎从未在中学期间写过诗,对别人所写之诗却是爱不释手;那时我几乎能过目成诵,只需浏览一遍,就能将整整一页的六音步扬抑抑格的诗歌倒背如流。(总而言之,我的记忆力超群,凡是感兴趣的东西,都能牢牢记住;反之则不然——早在少年时代,我曾尝试用果戈理的方式锻炼自己的观察力,发现自己并不适合这种强迫式的记忆法。)

辍学之后我住进了叶列茨县奥泽尔基村的庄园(这是过世的外祖母丘巴罗娃留给我们的遗产),在那儿度过了四年的光阴,期间我博览群书、笔耕不辍。家中的生活让我迅速恢复了健康,一下子变得壮实、变得成熟起来,欣喜地感觉到青春的活力和力量在体内不断地膨胀。期间恰逢大学毕业的长兄尤利被押送回乡施行三年监管(此前尤利因受政治案件的牵连而服刑一年)[①],在他的指导下我学完了中学全部的课程,尤利还教我外语,给我讲授心理学、哲学、社会学和自然科学的基础知识。除此之外,我俩还会滔滔不绝地谈论起文学。至今仍记得,那时一切事物都令我神往:人、自然、外祖母的那座镶嵌有彩色玻璃窗的古色古香的大宅、邻居的庄园、狩猎、书籍——单单是它们的外表几乎就能给予我生理上的快感,当然还有每一朵鲜花,每一缕气息……

少年时期,写作于我而言简直易如反掌,因为我要么模仿这位作家,要么模仿那位作家——模仿得最多的对象是莱蒙托夫,有时也会模仿普希金,甚至还模仿他的字体。后来渴望在作品中表达自己的心声,多半是关于爱情的,此时才能真正领悟到——写作绝非易事。那个时候我几乎是逢书必看:新旧杂志,莱蒙托

---

① 蒲宁的长兄尤利在校期间和革命民粹主义者来往,1881年因参加地下活动小组而被学校开除,1884年被捕入狱,服役一年后被押送回乡进行监管三年。

夫、茹科夫斯基、席勒、韦涅维季诺夫[1]、屠格涅夫、麦考莱[2]、莎士比亚、别林斯基等人的作品。后来真正爱上了普希金，与此同时还迷恋上了纳德松[3]——虽然对他的迷恋并没有持续很长时间。事实上，纳德松的死亡是促成这种迷恋的主要原因。总而言之，自童年时代起，乃至之后相当长的一段时间内，作家在我眼里总是高人一等。(我的家庭教师曾与果戈理有过一面之缘，他给我讲述的关于这位大作家的故事让我大为震惊，我还记得那时自己刚刚读完《可怕的复仇》[4]——这部小说中的韵律总能让我心潮澎湃，不能自已。)而我似乎从未想过将来会比普希金和莱蒙托夫稍逊一筹，那是因为莱蒙托夫的庄园克罗波托夫就在我家附近——仅相距二十五俄里，而且几乎所有的大作家都诞生于这一带，并非是我自命不凡，而只是出于一种直觉——自己将来不会碌碌无为，而是会跻身于这些大作家的行列。然而这并没有让我丧失对作家的狂热激情，即便是对纳扎罗夫之辈也同样迷恋不已。有一回，奥泽尔基的酒馆老板告诉我，叶列茨出了一个“文人”。于是我立刻前往叶列茨，在集市上的一家小饭馆里结识了这位纳扎罗夫，当时我感到欣喜若狂。这位纳扎罗夫出生于小市民阶级，后自学成才，成了诗人。当时的新生代作家中最受我喜爱的是迦尔洵[5](他的自杀极大地震撼了我的心灵)。我还喜欢埃尔杰利[6]，虽然那时仍感觉他过于咬文嚼字，辞藻过于华丽，

---

①德米特里·弗拉基米罗维奇·韦涅维季诺夫(1805–1827)：俄国诗人、评论家。

②托马斯·麦考利(1800–1859)：英国历史学家、政论家、政治活动家、文学批评家。

③谢苗·雅科夫列维奇·纳德松(1862–1887)：俄国诗人，思想激进，作品多为愤世嫉俗之作。

④《可怕的复仇》是果戈理的小说集《狄康卡近乡夜话》第三卷中的一篇小说。

⑤弗谢沃洛德·米哈伊洛维奇·迦尔洵(1855–1888)：俄国作家。代表作有《四天》、《胆小鬼》等。擅长短篇小说，作品受到列夫·托尔斯泰和屠格涅夫等作家的极高推崇。1888年，因精神病复发，跳楼身亡。

⑥亚历山大·伊万诺维奇·埃尔杰利(1855–1908)：俄国作家，代表作为《加尔杰宁一家、家仆、追随者和仇敌》(1889，两卷本)。1896年退出文坛。

总是模仿屠格涅夫的写作风格，且在标点符号的使用上矫揉造作得令人感到不快，过多使用省略号。在我看来，就连契诃夫的作品(那时我还未曾读过他的幽默短篇小说)，有些地方也不尽如人意——写得草率而又空洞……

1887年4月，我将自己的诗歌[①]寄给彼得堡的一份名为《祖国》的周刊，该周刊在五月的一期上发表了我的作品。难以忘怀拿到这期杂志的那个清晨：我从邮局返回奥泽尔基村，穿过森林的途中，时不时地扯下一株株沾满露水的铃兰花，一遍又一遍吟诵着自己的诗作。那年夏天，我创作了无数的作品，读了无数本书。为了不受外界干扰而安心读书写作，为了能够"观察神秘的黑夜生活"，接连两个月我都处在"白天睡觉、晚间活动"的生活作息下。

1888年9月，《周报》上刊登了我的数篇诗作(该报刊的出版人是巴·亚·盖杰布罗夫[②])——这份报纸常常发表谢德林、格列布·乌斯宾斯基[③]、列夫·托尔斯泰、波隆斯基[④]的作品。盖杰布罗夫对我极为器重，不允许我在其他刊物上投稿，将我置于他的铁腕领导之下。

与此同时，我家的经济状况因受父亲的牵连而再次恶化。长兄尤利迁居哈尔科夫。1889年春我前往哈尔科夫，并加入了当时所谓的最为狂热的"激进分子"的圈子，在那儿生活了一段时间后，便去了克里米亚。童年时曾听父亲谈起过克里米亚，因而在年幼的我的眼中，它是世界上最富诗意的一片净土。等真正踏上这片梦中之地时才骤然发现，一昼夜需步行四十俄里，途中还得饱经风吹日

---

① 此处指的是《乡村乞丐》，即蒲宁发表的第一首诗，刊登在1887年5月17日发行的《祖国》周刊的第20期上。

② 巴维尔·亚历山大罗维奇·盖杰布罗夫(1841-1893)：俄国政论家、民主主义者、记者、出版家，后成为自由民粹派分子。担任过《周报》的出版人、编辑和社论撰稿人。

③ 格列布·伊万诺维奇·乌斯宾斯基(1843-1902)：俄国作家，富有民主主义思想，代表作为《遗失街风习》、《破产》等。

④ 雅科夫·彼得罗维奇·波隆斯基(1819-1898)：俄国诗人、文艺理论家。

晒、忍饥挨饿，因年轻和饥饿而体重骤减——真是妙极了。从那年秋天起，我便开始为《奥廖尔消息报》工作，期间总会时不时地擅离职守，或是去奥泽尔基，或是去哈尔科夫，然后时不时又重回报社工作。对于上司的安排总是言听计从——做过校对员、翻译和戏剧评论员。万幸的是，这些工作都不曾对我纠缠不休；而不幸的是，我又再一次坠入情网，这段爱情[1]持续了很长一段时间，让我为之失魂落魄了好一阵子。

两年之后我迁居波尔塔瓦，长兄尤利则在波尔塔瓦的省地方自治会统计局担任局长一职，直到此时我才得以回到更为正常的生活轨道上，回到更为正规的文学和教育工作的轨道上。我在波尔塔瓦的地方自治管理局担任图书管理员一职，后又当过统计员，也为多家报社撰写关于地方自治事务的稿件；我的工作既轻松又自由，因此有闲暇时间来勤学苦读，进行大量写作，还能周游小俄罗斯[2]，此后又迷恋上了托尔斯泰的学说，开始在波尔塔瓦近郊以及苏姆斯基县寻访“同道友人”，学习箍桶的手艺，推销“经纪人”出版社的书籍。我跟着亚·亚·沃尔肯什泰因[3]前去拜访了托尔斯泰，托尔斯泰本人的自我剖析深深震撼了我的心灵，他还劝我彻底放弃过平民化生活的想法。(与此同时，身为艺术家的托尔斯泰同样让我感到狂喜。福楼拜也让我倾慕不已，《伊戈尔远征记》让我读到欲罢不能，最为雄壮而激昂的小俄罗斯的“杜梅”[4]让我如痴如醉，还有密茨凯维奇[5]的某些作品也备受我的喜爱——尤其是他的克里米亚十四行诗、抒情叙事诗以及《塔杜

①此处指的是蒲宁与帕先科(莉卡的原型)之间的爱情。

②即乌克兰。

③亚历山大·亚历山德罗维奇·沃尔肯什泰因(1852–1925)：波尔塔瓦地方自治执行机关的一名医生。托尔斯泰主义者，协助托尔斯泰采办用于赈济灾民的粮食。

④杜梅指的是乌克兰民间说唱文学的叙事抒情体裁。

⑤亚当·密茨凯维奇(1798–1855)：波兰伟大的爱国诗人、民族解放运动革命家，常年流亡在外，侨居异乡，为祖国的独立和人民的自由而奋斗终身。

施先生》中的某些篇章。为了欣赏密茨凯维奇的作品,我甚至学了波兰语。)

我在《奥廖尔消息报》的工作期间偶尔还会写些文章,刊登在《北方消息报》、《观察家报》以及其他一些画报上,还出版了生平第一本诗集——虽说文笔还很稚嫩,也丝毫不懂得掩藏自己的心声。《艺人》杂志上刊登了第一篇评论性文章,该文的作者莫名其妙地指责我摹仿费特[①],劝我还是改写散文为好。其余文章对我却是赞赏有加。迁居波尔塔瓦之后,我才开始较为认真地对待小说的创作,第一篇短篇小说(无题)寄给了当时由克里文科[②]和米哈伊洛夫斯基[③]主办的杂志——《俄罗斯财富》。米哈伊洛夫斯基写信对我说,将来我会成为一名"大作家"。短篇小说刊登在1894年4月出版的那期杂志上,某人还将之冠以《乡村草图》这个名字。与此同时,还受到了阿·米·热姆丘日尼科夫无微不至的关怀——不仅与我通信,还将我引荐给《欧洲通报》杂志。斯塔秀列维奇[④]为人过于严厉,偶尔甚至有失偏颇,(举个例子,虽是不值一提的小事,但却颇具典型。我在一首诗中写道:"黑麦在灌浆,在开花。"斯塔秀列维奇却颇感讶异:"黑麦在给谁灌浆?"于是大笔一挥,将"灌浆[⑤]"改成反身动词,加上了后缀"с я"。热姆丘日尼科夫竭力为我进行辩护。

1895年1月,我辞去工作,只身来到陌生的城市——彼得堡,在那里见到了

① 阿法纳西·阿法纳西耶维奇·费特(1820-1892):俄国诗人,诗中带有俄罗斯古典浪漫主义的风格。

② 谢尔盖·尼古拉耶维奇·克里文科(1847-1906):俄国政论家,《俄罗斯财富》、《祖国纪事》的编辑之一。

③ 尼古拉·康斯坦丁诺维奇·米哈伊洛夫斯基(1842-1904):俄国社会家、文学评论家、政论家、民粹主义者,《俄罗斯财富》、《祖国纪事》的编辑之一。

④ 米哈伊尔·马特维耶维奇·斯塔秀列维奇(1826-1911):俄国历史学家、新闻工作者、社会活动家,同时也是《欧洲通报》的第一任编辑出版者。

⑤ 蒲宁写的是"Ржи наливают и цветут",斯塔秀列维奇将其改为"наливаются",破坏了诗的节奏感。

几位作家，其中就有米哈伊洛夫斯基和克里文科。克里文科犹如父亲般慈祥和真挚。同年，我与契诃夫、巴尔蒙特、埃尔杰利、勃留索夫相识于莫斯科，彼时勃留索夫还只是个大学生。之后又和科涅夫斯基[1]和杜勃罗留波夫[2]匆匆见过一面，这两人不仅近乎病态，还深受所读之物的影响，因此脑中和心中想的都是些杂乱无章的玩意儿，如同两个病恹恹的大男孩。我还见识过一位诗人，此人因他写的一本献给"本人和埃及艳后克列奥帕特拉"的诗集而在莫斯科名声大噪。这位诗人之所以备受瞩目还有另外一个原因：据说他总是头戴毛皮高帽，身披斗篷[3]，内着一套内衣裤，将脚扣绑在手指上，并对诗歌的形式进行了革新。遗憾的是，他最先摈弃了"大无畏的精神"，放弃了对"艺术珍品的重新评估"，因而未能在"俄罗斯新派文学"的历史中留下浓重的一笔——虽然长期以来很多人都认为"盖住你那苍白的双足吧"之类的话是出自这位诗人之口。

1895年10月，由奥·尼·波波娃出版的《新言论》杂志上刊登我的短篇小说《走向海角天涯》，克里文科与《俄罗斯财富》分道扬镳后，担任《新言论》的主编。小说获得了一致好评（在当时的文坛具有举足轻重地位的斯卡比切夫斯基[4]对这篇文章的评价尤为高）。次年秋天，我欣然接受了波波娃的建议——出版我的短篇小说集。小说集于1897年1月问世，大获好评。此时我却突然离开彼得堡，沉寂了很长一段时间，也有好几年未曾发表过任何作品。两年来我漂泊不定、四海为家，过着丰富多彩的生活，时而住在奥廖尔，时而周游小俄罗斯，还去了趟克

①伊万·伊万诺维奇·科涅夫斯基（1877-1901）：俄国诗人、文学批评家。

②尼古拉·亚历山德罗维奇·杜勃罗留波夫（1836-1861）：十九世纪俄国著名的文学批评家、政论家、革命民主主义者。

③此处指的是高加索地区用薄毡和山羊毛制成的一种斗篷。

④亚历山大·米哈伊洛维奇·斯卡比切夫斯基（1838-1911）：俄国文学批评家、文学史家。

里米亚，莫斯科也去过几回，与新生代以及老一辈的作家的会面愈发频繁，还拜访了托尔斯泰常常光临的“经纪人”出版社……我能感觉到自己的成长，兼之内心世界也发生了翻天覆地的变化，因此毫不留情地撕毁了当时写的为数不多的几篇散文；从诗歌中挑选出几首将之发表——都是些侧重描绘自然风光而非一味袒露心声的诗歌；翻译了不少作品——借我之笔转达别人的东西总会更容易些。

自此以后，我才真正地步入了较为成熟的人生阶段，此阶段无论是从内在还是从表象而言都是错综复杂的，时至今日仍让我感到万分亲切，但想要对其进行详细说明却是一项十分耗时的艰巨任务。因此，我只能略为匆促地结束这份原本就十分简短的自传笔记。

1898年，我娶了著名革命家、希腊籍侨民尼·彼·察克尼的女儿安·尼·察克尼为妻，婚后在敖德萨生活了一年半（在那儿我与南俄青年画家小组成员来往密切）。后来我们夫妇劳燕分飞，而我漂泊不定的生活终于又恢复了一些规律——虽然就某种程度而言，这种居无定所的生活已不再妨碍我正常写作：在两大首都[①]或是乡下过冬，偶尔出国散心，春天则去俄罗斯的南部，夏天主要在乡下度过。顺便说一句，这个时期我成为了著名文学小组“星期三”的直接参与者之一，该小组的灵魂人物是尼·特·捷列绍夫[②]，小组的常客有高尔基、安德烈耶夫、库普林等作家。那场从我们头顶席卷而过的革命风暴[③]让这个小组土崩瓦解，以致很长一段时间都无法举行任何活动。1907年，我与薇·尼·穆罗姆采娃喜结连理，自此之后，我的创作欲望和周游各地的欲望变得愈发强烈了。我所出版的三分

---

①此处指的是彼得堡和莫斯科。

②尼古拉·德米特里耶维奇·捷列绍夫（1867–1957）：俄苏时期作家，高尔基的挚友。

③此处指的是1905–1907年的俄国第一次资产阶级民主革命。

之二的作品都是在此后的八年中创作而出的。这些年来，我云游四方，见闻颇广。我们常年在乡下避暑，其余时间几乎都是在异乡度过的。我曾不止一次去过土耳其，漫步于小亚细亚沿海一带，游览过希腊，从埃及一直深入至努比亚[①]，在叙利亚和巴勒斯坦的大地上尽情漫游，走访过奥兰[②]、阿尔及尔[③]、君士坦丁堡、突尼斯[④]以及撒哈拉沙漠的边缘地带，横渡印度洋至锡兰岛[⑤]，几乎周游了欧洲列国——尤其是西西里岛和意大利（最近三年我和妻子都是在意大利的卡普里岛上过冬的），此外还游览了罗马尼亚和塞尔维亚的数个城市。无论身在何处，都能用巴拉丁斯基[⑥]的诗句来表达我的心声——"故乡的草原啊，我的初恋啊，我向你们走来，"紧接着又是"周游各地，观赏风土人情……"

至于我这些年的文学创作之路及其发展历程是众所周知的。我的译著《海华沙之歌》于1898年末问世，这又给了某些评论家们畅所欲言的机会：如同往日一般，仅凭个人的判断和喜好（或是需求）就迫不及待地发表自己的看法。评论家们总是人云亦云，盲目从众，还将我归入田园诗人和"袖手旁观者"的行列。1900年，蝎子出版社[⑦]出版了我的第一本诗集，然而不久之后我便和这家出版社分道扬镳，只因我丝毫没有兴趣去跟自己的新同事们一起扮演寻找金羊毛的勇士、恶魔或是术士的角色，也不想用华丽的辞藻去胡说乱道一通，尽管某些评论

---

① 努比亚是埃及尼罗河第一瀑布阿斯旺与苏丹第四瀑布库赖迈之间的地区的称呼。

② 奥兰位于阿尔及利亚，是一座海港城市。

③ 阿尔及尔是阿尔及利亚的首都，位于北部。

④ 突尼斯位于非洲大陆的最北部，濒临地中海，与意大利的西西里岛仅隔着突尼斯海峡。

⑤ 锡兰岛位于南亚次大陆南端印度洋上，隔保克海峡与印度半岛相望。

⑥ 叶甫盖尼·阿勃拉莫维奇·巴拉丁斯基（1800-1844）：俄国诗人，善于心理描写，诗歌富有哲理性，具备哀婉的基调。

⑦"蝎子出版社"是俄罗斯的一家出版社，负责人是象征派创始人勃留索夫，专门出版西欧现代派以及俄国象征派的作品。

家认为我“迷恋颓废派”，并不厌其烦地援引我的十四行诗《阿尔卑斯山中》的诗句，事实上这首诗毫无标新立异之处，与普希金的那首十四行诗如出一辙，普希金曾在诗中写道：“听愚蠢之徒的审判。”与此同时，另外一些评论家们对我的译著却是赞不绝口，赞赏我恪守了某种“遗风”和“传统”，尽管对才气、独立、智慧和品位的喜爱全然不属于遵循传统的范畴之内。1902年知识出版社出版了我的第一卷文集，自此之后我几乎一直都是与该出版社关系最亲密的撰稿人，直至其停止运营。继上述三本书出版之后，我又有哪些作品问世，此处已无需赘言。众所周知，我不止一次获得过由科学院颁发的普希金奖，早在1909年就被科学院选为荣誉院士，1912年被选为俄罗斯文学爱好者协会[1]荣誉会员，现在我是该协会的临时会长，诸如此类的事迹便不一一详述。在此补充一点，今年马尔克斯出版社[2]将出版我的文集，其中将收录所有我认为较为值得发表的作品，并作为由我编辑的《田地》杂志的副刊。

总而言之，我的生活道路颇不寻常；长期以来，人们对我的人生历程以及我本人一直存在着相当错误的看法。就以我文学创作活动最初的十年为例：撰文评论我第一批作品的评论家中，大多数人都迫不及待地想要将我限定在某个框架下，竭力想要一劳永逸地判明我的才气究竟有几何（全然不顾他们早已被迫一再地改变自己的决断），甚至还想要判断出我的天性。最后得出的结论是：像我这般性情平和的作家，恐怕很难再找出第二人（称我为“吟唱秋日、感伤和贵族之家的歌者”等等），也再没有比我更一成不变、更心平气和的人了。然而事实恰恰

①俄罗斯文学爱好者协会（1811–1930）：是莫斯科大学的学术团体，协会旨在“促进俄罗斯文学作为教育传播的主要手段”。托尔斯泰、屠格涅夫、陀思妥耶夫斯基等均在该协会的会议上发表过演说。

②俄罗斯出版社，其创始人为阿道夫·费奥多罗维奇·马尔克斯（1839–1904），创办了《田地》周刊，其副刊为俄国以及外籍作家的文集。

相反，当时的我完全不是什么性情平和之人，性格也远没有成型。我是一个矛盾的混合体，忧伤、快乐、个人感情以及对生活的极大兴趣同时出现在我身上。总而言之，现实生活比当时出版的为数不多的作品所表现出来的东西要复杂百倍，紧张百倍。一段时间之后，曾赐予我各类雅号的一些评论家(如我在上文中提及的)改变了自己的初衷，对我的态度也变得与之前截然不同：先是称我为“颓废主义者”，后又将我归入“帕尔纳斯派诗人”①和“冷漠大师”的行列。而其余评论家们依旧不改初衷，称我为“秋日的歌者”，认为我“温文尔雅，才华横溢，字字珠玑，热爱大自然，热爱人类……身上散发着某种屠格涅夫以及契诃夫式的气质(虽说我与契诃夫没有丝毫相似之处)”，不过，那个时期的文学界本来就是一个众说纷纭、嘈杂不已的地方。

人们对我文学活动的第二个十年依旧记忆犹新。众所周知，人们对我的态度改变了，也更加关注我了。此处需指出的一点是——遗憾的类似事件在俄罗斯文学界早已屡见不鲜，即某些人对我的《乡村》、《夜语》和《苏霍多尔》的评价。这三部小说问世之初，人们便对其议论纷纷，除了对我的艺术性的褒奖之词外，各种奇谈怪论也纷至沓来！某些人还信口雌黄，甚至凭空捏造我为地主(事实上，有生以来我从未当过地主)，说我这个地主因革命而胆战心惊，指责我的出身——仿佛我是俄罗斯文学史上首位、也是唯一的一位“贵族”，还断言——对于乡村而言我纯粹就是个“外来的知识分子”，还不合时宜地把我的“印度之行”也牵扯进去——虽然旅行对于我来说是百利而无一害的，因为莎士比亚说过一句很有道理的话：“深居简出的智者，离愚昧仅一步之遥。”那些墨守成规、曲意迎合传统、对生活一无所知的人们谈起我描写俄罗斯人民的作品时，总会胡诌一番

① 帕尔纳斯派是法国的一个流派，反对浪漫派，极为重视诗歌的客观化、科学化以及形式。

——“然而事实并非如此”，但又拿不出任何证据，只能说些“才华的火花”、“振奋人心的”细节之类的话来敷衍塞责，然后再引用几句陀思妥耶夫斯基、丘特切夫[①]或是格列布·乌斯宾斯基和契诃夫的话，虽然我从未否认过这些“火花”，虽然我谈论的是典型的共性而非典型的细节，虽然陀思妥耶夫斯基和丘特切夫于我而言并非不可或缺之人，虽然人们也抨击乌斯宾斯基是“性烈如火、愁眉苦脸的悲观主义者”、“对人民一无所知”，虽然人们以契诃夫作为参照物来指责我时说的那些话，与他们以契诃夫的前辈为例来指责契诃夫时所说的话如出一辙。毫无疑问，所有的一切都是合乎常理的。喜剧《聪明误》[②]的命运人尽皆知。《死魂灵》和《钦差大臣》也招来了一片谩骂声，人们异口同声道：“这是诽谤，这是造谣！”据阿·费·科尼证实，冈察洛夫“不得不聆听他人的议论，说他根本不理解也不了解俄罗斯人民”。陀思妥耶夫斯基的《罪与罚》（不是在其他刊物上，而是在《同时代人》[③]杂志上）被斥责为是“对青年一代的污蔑”、“满纸胡言”、“无耻捏造”、“微不足道的劣作”……而如今文坛的环境每况愈下：俄国文坛已经发展到了撒谎成性的地步，评论界更是堕落到无可救药，一道巨大的鸿沟横跨在民众和城市之间，现如今的城市知识分子只能通过书本才能了解贵族，在马车夫和扫院工的身上寻找庄稼汉的身影，至于士兵——这些知识分子们只知道一句话：“是，大人。”他

① 费奥多尔·伊万诺维奇·丘特切夫（1803–1873）：十九世纪俄国诗人、皇家科学院通讯院士，擅长抒情风景诗。

② 《聪明误》是俄国作家亚历山大·谢尔盖耶维奇·格里鲍耶陀夫（1795–1829）的代表作，别林斯基称赞《聪明误》是一个天才人物最崇高的创作。由于出刊检查，格里鲍耶陀夫在世期间，该部喜剧只获准发表部分内容，手抄本被查禁，作者去世四年之后才得以出版，但仍被删减了许多内容。完整版于1864年出版。

③ 1836年，《同时代人》杂志（一译《现代人》杂志）成立于彼得堡，创始人为普希金，1846年由涅克拉索夫担任主编，别林斯基为其思想领导者。《罪与罚》于1866年出版，当时涅克拉索夫仍为该杂志负责人。

们不懂得如何跟人民交谈。那些描绘过用金箔包裹而成的罗斯的艺术家们，手捧古书，编造着闻所未闻、过于俄罗斯化的语言——这些晦涩拗口的语言让人感到十分不舒服，这些人只管肆无忌惮地胡言乱语，品位日益低下……被奉承为经典作家和无所不知的文学导师。尽管如此，我一直在思考这个问题：历史还将重演吗？这样的闹剧还将进行到何时？人们大声叫骂着"这是诽谤，这是造谣"——可我们往往对这类叫骂不以为意，几年之后，当初被视为"造谣"的作品如今却变成了"经典之作"，并为文学教师们所用，这难道不让人感到心寒吗？

尽管如此，对于严肃认真的评论，即便在当时我也不会有任何抱怨之词。

一九一五年四月十日于莫斯科

我是如何写作的

我是如何写作的？年轻时期的我做事总是三心二意。写作是我的夙愿，与此同时我又向往着世俗生活，因此写作无法时时让我感到心满意足。年轻的时候提笔写文章，每每总是匆匆而就，偶然才会迸发出灵感。评论家们认为我似乎能很好地润色每一个句子，但即便是在他们所说的那个时期里，我也是这样写作的。

遣词造句！我从未这样做过。更何况什么叫"遣词造句"？要知道对于作家而言，形式和内容是息息相关、密切相连的，而形式恰恰正是诞生于内容之中。

后来，我的工作渐渐步入正轨，变得更有规律、更加舒缓。我习惯于只在安静的环境中工作——为此过着离群索居的生活，与外界隔绝往来，或是住在乡下，或是像晚些时候那样，到意大利的卡普里岛上去生活。每每提笔，总会沉醉于写作之中，直写到欲罢不能。一旦坐在书桌前开始创作，就意味着不写完是不会起身的。顺便说一句，我从来不会在晚上进行创作，现在也是如此。总而言之，焦躁不安的时候我也不会工作……

写作的欲望是如何产生的？……通常是在不经意间就突然冒了出来。每当我的情绪有所波动，每当心中涌起某种忧伤或是快乐的感觉，而这样的感觉往往又与浮现在我眼前的景象——即某个人物形象以及某种人类的感情息息相关，此时我总会文思泉涌，浑身充满了创作的激情……这是最初的阶段。有时，我会久久地沉浸在这最初的阶段中；有时，则会立刻坐下来写文章——倘若我正身处乡间，独自一人，四周鸦雀无声，所有一切都处在工作的轨道上。然而这并不是说，但凡我一拿起笔就已经预先知道通篇文章的概况，知道自己该写什么。这样的情况屈指可数。当我开始写作的时候，脑海中往往还没有现成的情节，甚至连情节最终的宗旨都还没有完全弄明白。提笔写作时脑海中只有某种最基本的构思，犹如晨曦般微微照亮了天空。在这最初的阶段里，左右我思绪的并非是现成的思路，而只是文章整体最基本的构思，只是作品的音符——如果可以这样表达的话。我常常不知道自己会如何结束这篇文章：临近结尾之时，会发现结尾和自己最初的构思，甚至与写作过程中设想的结局是完全不同的。再次重申一遍，在创作伊始，能够掌握的就只有整篇文章最主要的某种基调……

的确，文章的第一句话起着至关重要的作用。它首先决定了作品的篇幅以及作品整体的基调。文章的开头在其他方面同样举足轻重。倘若一开始设定的基调就不对，那么之后难免会变得混乱不堪，因此只能或是暂且将之搁在一旁，或是干脆弃之如敝屣……

创作的时候，我从来不受外界的干扰，总是遵从“自己内心的声音”。只有当某种东西在我心里生根发芽时，我才会产生写作的欲望，否则我绝不会拿起笔来。我从来不会也不能摹仿他人的风格。我不能也不愿在某种“精神”状态下写作。总而言之，在创作过程中我从来不会给自己设定任何外在的任务……写诗的时候，也不曾迫使自己刻意去扭曲诗歌，往里加些“新花样”。顺便说一句，我的诗歌和散文之间不存在任何界线。无论是诗歌还是散文，都有着相同的韵律……唯一的区别仅仅在于紧张度的强弱罢了。

我不受“外界”的影响还有另外一层原因。在他人作品的影响下，我无法产生任何写作的欲望。别人写的优秀作品总能激发写作愿望——这一点是毋庸置疑的。我和某位作家在这方面的习惯是截然不同的，这位作家说，每当他兴致索然之时，就会从书架上拿克鲁格洛夫或者兹拉托弗拉茨基的作品来看。“写得糟糕透顶，我都想自己来写了！……”我再次重申一遍，促使作家进行创作的初始感觉是如何产生的——这是一个令人难以捕捉的奥秘。这种感觉席卷我身心的时候，我或是漫步在田野里，或是徘徊在街头，或是飘荡在海上，或是静坐在家中，这种感觉与我产生的某种顿悟或是遇到的某个人息息相关，有时这种感觉也会出现在看书的过程中。以何种形式出现呢？以某种单独的文字的形式出现，往往只是最普通的一个字，或是某个人的名字，刹那间就能唤醒内心深处的感觉，从而产生了写作的欲望。于是你的耳边就会响起呼唤声，这个声音便成就了整篇文章……

一九二九年

诺贝尔奖日

1933年11月9日，正值深秋，风和日丽，日子过得平淡而安谧。我在古老而淳朴的普罗旺斯省的格拉斯小城里，深居简出已达整整十个年头……

这样的天气总让我无心写作。可我仍会像往常那样，一清早便在书桌前坐下。吃过早饭后，依旧坐回那儿。然而当我看了一眼窗外，发现大雨将至，便再也静不下心来写作了。今天电影院有日场——我要去看电影。

我从“观景殿”所在的山上走下来，往城里走去。途中，眺望着远处的美人蕉，眺望着在这种天气下若隐若现的大海，眺望着云雾缭绕的埃斯特列利山脉，此时我的脑海中忽然闪现过一个念头：

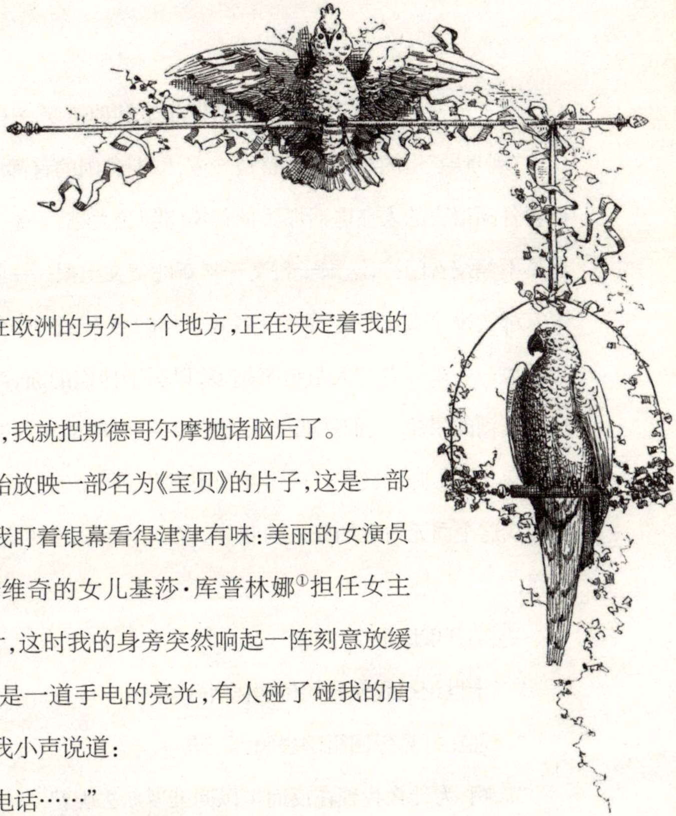

“或许，此时此刻，在欧洲的另外一个地方，正在决定着我的命运……”

可是一走进电影院，我就把斯德哥尔摩抛诸脑后了。

幕间休息后，便开始放映一部名为《宝贝》的片子，这是一部略带胡闹性质的喜剧，我盯着银幕看得津津有味：美丽的女演员——亚历山大·伊万诺维奇的女儿基莎·库普林娜[1]担任女主角。放映厅里漆黑一片，这时我的身旁突然响起一阵刻意放缓的脚步声，随之而来的是一道手电的亮光，有人碰了碰我的肩膀，郑重而又激动地对我小声说道：

“斯德哥尔摩打来电话……”

这个电话马上为我原本的生活画上了句号。

我飞快地往家里赶去，但内心却十分平静，只是遗憾未能看完电影，没来得及欣赏完基莎接下去的表演，而对于电话里的消息，则是抱着一种冷淡的怀疑态度。但是，眼前的情景又让我不得不相信这个事实：远远的我就看见那幢孤零零地坐落在荒芜的油橄榄园中的房子（这些橄榄树已经把格拉斯的山坡都覆盖住了），往常这个时候，我们的房子只是静静地矗立在那里，隐藏在半明半暗的灯火中，而此时它却灯火通明，从上到下都被照得通亮。因为某种忧伤的情绪，我的

---

① 基莎·亚·库普林娜（1908–1980）：电影明星、话剧演员，是著名作家库普林和他的第二任妻子海因里茨的女儿，著有《我的父亲——库普林》一书。

心一下子揪在了一起……我的生活发生了某种转变……

“观景殿”里的铃声响了整整一夜，欧洲各国的首都的人们几乎都打来电话，操着各国语言的人在电话那头扯着嗓门朝我大喊，可是声音依旧显得很遥远；邮递员不停按着门铃，送来一封又一封新的贺文电报——除了俄罗斯，几乎所有的国家都发来了贺电！还要经受各式各样的客人、摄影记者和新闻记者发动的首轮攻势……来访者的人数越来越多，以至于他们的面容在我眼前全部混杂成了一片模糊的景象，人们从四面八方伸出手，激动地和我握手，语速极快地说着同样的话。摄影师的镁光灯闪得我两眼发花，他们纷纷给我拍照，以便全世界都能看到我这个面无血色的狂人的照片。新闻记者则像审犯人似的争先恐后地向我发问：

“您离开俄国很久了吗？”

“二十世纪初我便开始侨居国外了。”

“您现在打算想回祖国去吗？”

“天啊，为什么我现在反而可以回俄罗斯去呢？”

“自诺贝尔奖成立以来，您是第一位获奖的俄国作家，对吗？”

“是的。”

“曾经要把这个奖项颁给列夫·托尔斯泰，但是他拒绝了，是这样子的吗？”

“不是的。诺贝尔奖从来不会预先授予某人奖项，一直以来整个颁布的过程都是在绝对保密的情况下进行的。”

“您和瑞典科学院有联系吗？在那里有没有熟人？”

“没有熟人，也从未联系过。”

“您是因为哪一部文学作品而获此殊荣的呢？”

“我想是我全部的作品。”

"您预料到自己会得奖吗?"

"我知道自己早被列入候选人之列,我已经不止一次被提名为候选人。我读过许多来自像伯克、奥斯特林、阿格雷尔这样著名的斯堪的纳维亚批评家的评论,他们对我的作品都称赞有加。我听说他们也参与了瑞典科学院的工作,我想他们也是赞成授予我这个奖项的。当然,对于是否能获奖我并没有任何把握。"

"诺贝尔奖的颁奖仪式通常会在何时举行?"

"每年都会在固定的日子里进行:12月10日。"

"这样说来,您需要在这个日期之前抵达斯德哥尔摩?"

"甚至有可能还要提前些,因为我希望能更早地享受这次长途旅行。要知道,我们侨民并没有什么权利可言,想要出国获得签证是件极其繁琐困难的事,因此我已有十三年未曾离开法国国境了,期间只去过一次英国[①]。对于一个曾经能自由自在地周游全世界的人来说,这是人生的最大憾事。"

"您曾去过斯堪的纳维亚的国家吗?"

"没有,从未去过。我再重申一下,我曾有过许多次远行,但都是去东方和南方,北方想留着以后再去……"

就这样,一股意料不到的急流朝我席卷而来,很快我的世界就进入了一个近乎疯狂的状态:从早到晚,没有一分钟的时间是可以自由支配的,也没法享受一刻安静的时光。除了历届诺贝尔奖得主通常会遭遇的所有事情之外,还因我自身处境的特殊性,即来自于一个奇怪的国度——俄罗斯,而这个国家的子民如今还散居在世界的各个角落,因此我还遭遇了世界上任何一个诺贝尔奖得主所未曾经历过的事:斯德哥尔摩的这一决定对整个俄罗斯而言,都是一种莫大的耻辱,在所有情感层面上都对其造成了莫大的伤害,于是就变成了一桩名副其实的

① 1925年蒲宁曾受邀访问英国。

国际事端……

12月3日至4日的晚间，我已远离巴黎。乘坐的是北方特快的头等单人包厢——我已经有多少年未曾体会过这种感觉了！还没到半夜，我们的火车就已经进入德国境内了。我一直站在车厢的通过台上——这节车厢是列车的最后一节。某种东西从车厢下喷薄而出，蒙着一层惨白的月光，而后急速向后退去，那是一种类似于俄罗斯的东西：平坦的原野上凄凉地覆盖着层层积雪，树木也被披上了斑驳的雪衣……

翌日清晨火车抵达汉诺威。我睁开眼睛，掀开窗帘——车窗已被冰霜冻住了。铁轨也结了冰。月台上来来往往的人们都戴着皮帽，穿着皮大衣——我已然多年未曾见过这样的情景了，但这一切依旧鲜活地珍藏于我的心中，从未忘怀过！

傍晚时分，“古斯塔夫五世”号渡轮载着我们的列车，缓缓驶向瑞典海岸。采访的人群又蜂拥而至，镁光灯又开始闪烁起来……到了瑞典，我的车厢被一大群摄影师和新闻记者围得水泄不通……深夜时分，总算只剩下了我一人。窗外的世界黑白交替——延绵不断的大片黑森林半掩在厚厚的皑皑白雪之中。所有这一切，包括暖气烧得热腾腾的包厢，和我曾经在尼古拉耶夫铁路线上度过的那些夜晚几乎如出一辙……

每年12月10日晚5点整，获奖者的颁奖典礼准时拉开帷幕。

这天一大早便有人来敲我卧室的门，前一天便得到嘱咐必须在八点半之前把我叫醒。听到敲门声我很快就从床上坐了起来，立刻想起今天是什么日子——最重要的日子。钟上的指针指向八点，北国的天空透出了第一抹晨曦，从房间的窗户往外看，能看见滨河街上的路灯依旧亮着。在我眼前矗立着斯德哥尔摩城市的一部分，还有这座城市所有的塔楼、教堂和宫殿，从某种程度上而言这些建筑和彼得堡的建筑风格十分相似，此时早霞如同仙境一般美丽，而这样的美景也只有在日落和黎明时分才能欣赏到。不过今天我理应早早地就开始全新的生活——12月10日是阿尔弗雷德·诺贝尔的祭日。因而，我应该一早就戴上大礼帽，前往郊外的墓地，在他的墓前以及不久前刚过世的他的侄子伊曼努尔·诺贝尔的墓前献上花圈。昨晚我又到深夜三点才上床睡觉，因此现在穿衣服时都觉得自己摇摇晃晃得站立不稳。幸而咖啡滚烫又浓郁，天气也开始变得晴朗和寒冷起来，思及今晚将要出席的这个非比寻常的颁奖典礼，我的精神又为之一振……

参加典礼的正式请帖几天前就已经分送给获奖者了。瑞典式的典礼都讲究精准性，这份请帖（是用法文书写的）也是如此：

“诸位获奖者，请于1933年12月10日下午4点50分之前抵达音乐厅领取诺贝尔奖。国王陛下将在王室成员及宫廷大臣的陪同下，于下午五点整莅临音乐厅，出席颁奖典礼，并亲自为获奖者颁发相应奖金。五点过后音乐厅的大门即刻关闭，典礼正式开始。”

应邀出席任何瑞典典礼，无论是比规定的时间晚一分钟，还是比之早到两分钟，均是不能容忍的。因此，我几乎从下午三点便开始换装，生怕发生什么意外事件而耽误了时间：要是燕尾服衬衣的领扣突然不知所踪，那可如何是好？要知道，世界上所有的领扣都喜欢在类似的情况下不告而别。

下午四点半我们准时出发。

当晚城市中的灯火格外明亮——既是为了祝贺获奖者，也是为了迎接即将来临的圣诞节和新年。每年的颁奖典礼都是在宏伟的“音乐厅”进行的，前往目的地的路上车辆川流不息,一辆紧接着一辆,车辆排成的长龙几乎看不见尽头。我们的司机——一个头戴毛茸茸皮帽的年轻大个子,在车流中费力地穿梭着,然而成效却不大。最后多亏了一名警察施以援手:他看见获奖者的车队(在这种情况下,获奖者的车子一辆紧接着一辆行驶而来),便拦下了其余的汽车,让我们优先通过。

我们这些获奖者和出席典礼的其余人一起走进"音乐厅",但进入前厅后就立刻把我们和人群分开,领着我们走一条特别通道。因而在获奖者登台之前,举行典礼的大厅内进行了哪些活动,身在后台的我们不得而知,我也只是在过后从他人的口中才知晓当日盛况的。

正厅高大巍峨,令人叹为观止。当天举行典礼的正厅用鲜花装饰了起来,宾客济济一堂:数百名穿着晚礼服,佩戴着珍珠和钻石的女士们;数百名穿着燕尾服,挂着星章、勋章、各色绶带以及其余一切隆重奖章的男士们。四点五十分,瑞典内阁全体成员、外交使团、瑞典科学院、诺贝尔奖金评委会成员以及全体受邀嘉宾均已入席就座,全场人员保持肃静。五点整,承宣官们在舞台上吹响号角,以此宣告国王的驾到。从高处传来阵阵悠扬的国歌声,号角声随之被其取代,国王在王储及王室其余成员的陪同下步入正厅。紧随其后的是随从和宫廷大臣。

而此时此刻,我们四位获奖者还坐在一个通往舞台后门的小厅里。

终于轮到我们登场了。舞台上又重新响起了号角声,瑞典科学院的院士们将我们一一引领出场,这几位院士之后还将介绍我们并且宣读相关的受奖稿。我被安排作为第一个发言人在颁奖仪式结束后进行演讲,因而按照礼节,此刻我在瑞典科学院常务秘书佩尔·哈尔斯特伦的带领下,最后一个登台。一走上舞台,眼前富丽堂皇的正厅和济济一堂的观礼者让我叹为观止。当获奖者登台向众人鞠躬致谢时，不仅大厅中所有的观礼者，就连国王本人以及全体宫廷大臣都会站起身来，这个场景深深震撼了我的心灵。

舞台也非常之大，饰有许多粉红色的袖珍鲜花。舞台右侧摆放着科学院院士的座椅。第一排左侧的四把座椅是获奖者的席位。舞台的上方静静地悬挂着一面巨幅瑞典国旗，庄严肃穆地挂在墙壁上。按照惯例，通常会用获奖者们所属国的国旗来装饰舞台，然而，身为侨民的我，又应当选用什么旗帜呢？悬挂苏联国旗是绝无可能的。因为我的缘故，典礼的组织者最终决定只在舞台上悬挂一面国旗——瑞典国旗。这真是个绝无仅有的好主意！

诺贝尔基金主席宣布典礼正式开幕。他分别向国王和获奖者们表示敬意，然后请报告人发表演讲。第一位发言人的整篇报告都是在怀念阿尔弗勒德·诺贝尔——今年是他诞辰一百周年。随后报告人依次宣读获奖者的授奖词，每宣读完一份授奖词，便邀请相应的获奖者走下舞台，国王亲自授予他们诺贝尔奖证书以及装有一大枚金质奖章的盒子，奖章的一面印着阿尔弗勒德·诺贝尔的头像，另一面则刻着获奖者的名字。期间乐队演奏贝多芬和格里格的音乐。

格里格是我最喜爱的作曲家之一。在佩尔·哈尔斯特伦宣读我的授奖词之前，我怀着无比愉悦的心情聆听了格里格的音乐。

临近最后时刻，我不禁心潮澎湃起来。哈尔斯特伦的演讲不仅辞藻优美，且真挚感人。读完之后，他亲切有礼地用法语对我说：

“伊万·阿列克谢耶维奇·蒲宁，请您走下台，从陛下手中接过瑞典科学院授予您的1933年度诺贝尔文学奖。”

随后全场一片肃静，我缓步穿过舞台，慢慢走下台阶朝国王走去，此时国王也起身相迎。整个大厅的人都站了起来，人们屏住呼吸，以便听清国王对我说了什么，而我又是如何回答的。他向我表示了祝贺，并通过我向整个俄罗斯文学界致敬，特别亲切地和我紧紧握手。我向他深鞠一躬，用法语回答道：

“恳请国王陛下接受我诚挚而深厚的感激之情。”

我的话湮没在全场雷动的掌声中。

颁奖典礼翌日，国王将在宫殿中设下午宴款待诸位获奖者。12月10日晚上的颁奖典礼一结束，获奖者就要前去出席由诺贝尔奖金评委会举办的宴会。

宴会由王储主持。

我们抵达宴会厅时，科学院全体院士、王室全体成员、宫廷大臣、外交使团、斯德哥尔摩文艺界成员以及其他受邀人员已经在那里等候了。

首先走向餐桌的是王储和我的妻子，之后她和王储一同坐在宴席正中央的座位上。

我的身旁坐着的是英格丽德公主——她现在是丹麦的女王；对面坐着国王的弟弟欧根亲王（顺便说一句，他是瑞典知名画家）。

王储率先致祝酒辞。他讲得非常精彩，对阿尔弗勒德·诺贝尔进行了一番追忆。

随后获奖者依次进行发言。

王储站在自己的座位上发表了演讲。而我们则需登上位于宴会厅中央的专门的演讲台。巨大的宴会厅建造得美轮美奂、古色古香，充满了瑞典的古典风格。

无线电接收机把我们的演说从讲台传至欧洲各个角落。

我将当时的法文演讲稿逐字翻译，内容如下：

王储殿下，女士们，先生们：

11月9日，在遥远而古老的普罗旺斯的乡间寒舍里，我接到了来自瑞典科学院的电话通知。如果我说(人们在类似的情况下都会这么说),这件事带给了我人生中最强烈的情感冲击,那我就是在说假话。一位伟大的哲学家曾公允地说过,哪怕是最强烈的快乐感,在相同程度的悲痛感面前都会显得微不足道。我不想为今天这个节日添上任何不愉快的色彩,我将永远铭记这个日子。纵然如此,我还是想说,过去十五年里我所承受的悲痛远远超过了快乐。这种悲痛并非只是我个人的——完全不是!然而我还是能够肯定地说,我在自己的作家生涯里获得的所有快乐中,这个现代科技的小奇迹,这个从斯德哥尔摩打到格拉斯的长途电话,让我获得了最大的满足感。由诸位的伟大同胞阿尔弗勒德·诺贝尔创立的文学奖是对作家劳动成果最高的褒奖!几乎每个人、每位作家都有虚荣心,能获得经由如此权威且公正的机构评判而出的殊荣,我感到无比自豪。然而11月9日那天,我是否只想到了自己?不,要是这样的话那就太自私了。蜂拥而至的第一波祝贺和贺电让我情绪激昂,心情平复后,夜深人静独自静坐之时,我不禁思考起瑞典科学院这一举动的深刻含义。把奖项颁发给一名流亡者,这对诺贝尔奖来说是史无前例的。我是谁?只是一个蒙受法国殷勤接待的流亡者。对于法国,我终生心怀感激。院士先生们,暂且不去谈我个人和我的作品,请允许我告诉你们,你们的一言一行是多么值得喝彩。世界上就应当存在完全独立自主的领域。毋庸置疑,围坐在这张桌子四周的是代表着各种不同观点、哲学信仰和宗教信仰的人。然而,一种坚不可摧的东西将我们紧紧团结在一起:那就是思想和良知上的自由,那是文明对我们的恩赐。这种自由对于作家而言更是不可或缺的——它是作家的信条和公理。诸位院士先生,你们的姿态再次证明:对自由的热爱是名副其实的瑞典国义。

在结束这次简短的演讲前,我还想再说几句肺腑之言。我对你们的王室、你们的国家、你们的人民、你们的文学有如此之高的评价,并非仅仅始于今日。对文学和艺术的热爱是瑞典王室由来已久的传统，也是贵国这个高尚民族的传统。由光荣的战士所建立的瑞典王朝是世界上最光荣的王朝之一。国王陛下，统领这个骑士民族的国王骑士，请允许一位蒙受瑞典科学院厚待的外籍自由作家向他表示最诚挚的敬意。

拉赫玛尼诺夫[①]

我和拉赫玛尼诺夫是在雅尔塔相识的，那天我们彻夜促膝长谈。这样的场景只会出现在赫尔岑和屠格涅夫年轻时的那段充满浪漫主义情怀的岁月中，那时的人们可以彻夜不眠地谈论美，谈论永恒，谈论高雅的艺术。此后，在他最后一次赴美之前，我们还会时不时地见上几面，虽然依旧相谈胜欢，但总也比不上初次相识的那一回——那次我们在海边几乎聊了整整一夜，他拥

① 谢尔盖·瓦西里耶维奇·拉赫玛尼诺夫(1873-1943)：著名古典音乐作曲家、钢琴家、指挥家。

抱了我，并说：“我们将是彼此一生的挚友！”我们的生活轨迹大不相同，命运总是让我们天各一方，偶尔的相逢也总是短暂无比，更何况我的这位高贵朋友的性格还十分拘谨。初次相识时的我们还很年轻，根本不知矜持为何物，我们是在雅尔塔最高级的宾馆“俄罗斯饭店”举办的晚宴上相识的（我已经记不清当初为何要举办这次晚宴了），酒席期间笑语宴宴、气氛融洽，我和他一见如故，仅仅交谈了一两句话就有相见恨晚之感。我们坐在一起用餐，喝着阿布芬久尔索香槟酒①，后来我们走上凉台，继续谈论俄罗斯散文和诗歌的衰落，不知不觉之中又走下阶梯，来到宾馆的院子里，接着又走上堤岸，朝防波堤走去。当时已是深夜，四周空无一人，我们在粗缆绳上坐下，闻着缆绳上的焦油味，呼吸着黑海海水散发出的那种特有的清新气味。我们越聊越投机，越聊越兴奋，后来还谈到了普希金、莱蒙托夫、丘特切夫、费特、迈科夫②等诗人，谈到他们的作品带给我们的那种奇妙的美的体验。这时候他激动地、缓缓地朗诵起迈科夫的一首诗来——或许他当时已经为这首诗谱曲了，或许只是憧憬能为它谱曲而已：

我在岩洞里望穿秋水，只盼你能如约而至。

却空等至夕阳西沉，夜幕初垂；

白杨已睡意蒙眬，摇头晃脑般沉入梦乡，

慈鸟亦默不作声，不再去嗔怨伊人无信：

一切均是枉然！

明月高升，银光粼粼，又渐渐暗淡失色；

① 阿布芬久尔索香是苏联一个以酿造香槟酒和葡萄酒而闻名的城镇。

② 阿波隆·尼古拉耶维奇·迈科夫（1821-1897）：俄罗斯诗人，主要作品有《诗集》、《罗马素描》等。

晨光微曦；刻法罗斯[①]的情人，

手倚着红色的大门，用曙光遍染黎明的天空，

将发辫上一颗颗金色的珍珠和蛋白石，

撒向山谷和森林……

① 刻法罗斯是希腊神话中伟大的猎人，黎明女神厄俄斯是他的情人，厄俄斯是一名手指玫红、衣着藏红的美女，能用曙光遍染黎明的天空。刻法罗斯一直深爱着自己的妻子，后妻子被其误认为是猎物而错杀致死。

列宾

我遇见过的画家有瓦斯涅佐夫兄弟[①]、涅斯捷罗夫[②]、列宾……涅斯捷罗夫见我身形瘦削，便想用往常画圣徒的方式，以我为主人公作一幅圣像画。我受宠若惊，但仍婉言谢绝——并不是所有人都愿意看到自己被画成圣徒的模样

① 其中，长兄是维克托·米哈伊洛维奇·瓦斯涅佐夫(1848-1926)：俄罗斯巡回展览画派画家，代表作有《血战之后》、《三勇士》等；幼弟为阿波利奈里·米哈伊诺维奇·瓦斯涅佐夫(1856-1933)：画家、考古学家，擅长风景画。

② 米哈伊尔·瓦西里耶维奇·涅斯捷罗夫(1862-1942)：俄苏著名画家、美术教育家。擅长肖像画与宗教题材画，早年加入巡回展览画派。

啊。我也曾荣幸地得到过列宾的青睐——有一次，我正和自己的画家朋友尼鲁斯[①]在彼得堡小聚，列宾写信来邀请我去他在芬兰的乡间别墅做客，让他替我作一幅肖像画。他在信中写道："我的画家朋友们告诉我一个好消息，我们的大画家尼鲁斯来了——唉，我真希望能像他一样，拥有如此高超的色彩驾驭力！——听说，您这位大作家也和他在一起，我一直盼望着为您画一幅肖像呢！亲爱的，请来我家做客吧，我们商量下细节，然后着手为您画肖像。"我难掩兴奋之情，收到信后就急忙赶到他家：要知道，能让列宾为自己画肖像，这是何等荣幸的一件事啊！我到了他那里，清晨美极了，明媚的太阳、刺骨的寒意、别墅的小院，所有的一切在我眼中都是如此美妙和谐。此时的列宾正痴迷于素食和清新的空气，屋外是深积的皑皑白雪，而屋内的窗户却都敞开着；列宾脚踏毡靴，身着皮袄，头戴皮帽，一见面就和我亲吻拥抱，随后把我领进他的画室，画室和院子里一样，冷得仿佛空气都快凝固了。列宾对我说："每天早晨，我就在这儿为您作画，之后与您共进早餐，亲爱的，我们将遵循上帝的旨意吃素[②]！是的，吃素！您将发现，这会净化我们的肉体，洗涤我们的心灵，不久之后您连这可恶的烟都能戒掉

---

① 彼得·亚历山德罗维奇·尼鲁斯（1869–1943）：俄国画家、作家。

② 据《圣经·旧约·创世纪》记载，上帝创造了人并且对人说："看哪，我将遍地上一切结种子的菜蔬，和一切树上所结的果子，全赐给你们作食物。至于地上的走兽，和空中的飞鸟，并各种爬在地上有生命的物，我将青草赐给它们做食物……"

了。”我深深地鞠了一躬，表达自己诚挚的谢意，一再表示明天必定会来，但是现在必须立刻赶往火车站，彼得堡那儿还有重要的事等着我回去处理。我和主人吻别，匆忙赶赴火车站。一到车站，先是冲进小卖部要了瓶伏特加，又拿出烟来深吸了几口，然后才跳上火车。第二天从彼得堡给列宾发了一封电报：亲爱的伊利亚·叶菲莫维奇，莫斯科那儿还有事，需要我过去一趟，我很遗憾但又无能为力，只能前往，这就要坐着首班车离开……

杰罗姆·杰罗姆①

哪一个俄罗斯人没听过他的大名，没拜读过他的大作呢？但我并不认为有多少人会向熟人炫耀自己认识他。或许，会有那么两三个与众不同之人——这其中就有我。

1926年以前我可从未到过英国。然而，这一年伦敦的P.E.N俱乐部邀请我去那儿小住几日，为此将举办一场文学晚宴，还要向我引荐英国的作家们和某些社会名流。旅行的签证手续和费用问题均由俱乐部一方解决——于是

① 杰罗姆(1859-1927)：英国作家，代表作有《扁舟三人》《三个骑自行车的人》等。

我就来到了伦敦。

人们带我拜访了各式各样迥然不同的家庭，每到一个地方我都必须忍受那些杰罗姆曾在自己的作品描述过的痛苦。那些午宴需要耗费多少精力啊，席间一会儿被如同地狱之火般熊熊燃烧的壁炉灼烤着，一会儿又要忍受极地般的

严寒！

临行前一晚，我受邀至某人家中做客，那里宾客如云。宴会很热闹也很愉快，只不过屋里实在太拥挤了，开始变得热起来，可爱的女主人见状当即打开了所有的窗户，全然不顾雪会从窗外往里飘。我开玩笑般地大声惊叫，急忙冲向楼梯到楼上去避难，上一层楼的房间里同样熙熙攘攘地挤满了客人，逃跑途中我听到背后传来愉快的叫声：杰罗姆·杰罗姆来了。

杰罗姆慢慢地登上楼梯，房间里的人们已经恭敬地让出了一条道，他缓缓走了进来，一面向熟人们问好，一面用疑惑的目光扫视着房间。原来，他来这儿唯一的目的就是与我结识，人们便把他领到我跟前。他用非常老派的、平民式的方式向我伸出一只宽大而又厚实的手，小小的蓝色眼睛里闪烁着富有生命力的欢快的火花，然后仔仔细细地打量着我的脸。

“太高兴了，真是太高兴了，”他说道，“我现在的生活作息就像个婴儿，晚上从不出门，十点就上床睡觉啦！您看，终于决定做出小小的让步，打破一下自己的老习惯，来这里待一会儿，看看您是怎样一位人物，还要来握一握您的手……”

这是一位结实的、非常健壮而又敦实的老人，有着一张红润宽阔又刮得干干净净的脸，穿着宽大的黑色长襟常礼服和浆硬了的翻领衬衫，衬衫上十分朴素地系着一条扎有蝴蝶结的窄领带——打扮得像是一位名副其实的老派商人或者牧师。

几分钟后他果真就走了，在我心中留下了深刻的印象——留下的不是一位幽默家的形象，也不是一位享有世界声誉的大作家的形象，而是一个美好的、愉悦的永恒形象。

托尔斯泰

年幼时，我便对托尔斯泰钦慕不已。

孩提时代的我就已经对他有了某些“概念”，然而所有的认知并非通过阅读他的著作获得的，而是从家人们的谈话中得到的。顺便说一个我们邻居们的故事，我记得父亲常常笑着讲起那两个地主是如何阅读《战争与和平》的：一个只读《战争》，一个只读《和平》，换而言之，一个会跳过所有关于战争的章节，只读跟和平相关的部分，而另一个则恰恰相反。少年时代的我对托尔斯泰产生了一种非同寻常的情感。父亲曾这样说过：

“我对他知之甚少，只在塞瓦斯托波

尔战役期间碰过面，城市被围攻的那段日子里，我们还曾一起打过牌……”

我听后惊讶不已，目瞪口呆地望着父亲：竟然见过活生生的托尔斯泰！这一幕至今仍记忆犹新。

自此之后，作家在我心中占据了一席特殊的位置，我对这个职业产生了一种难以言说的感情，至今仍无法言明这是怎样的一种感觉。倘若人们问我是如何、何时、为何成为一名作家的，或是从何时起以及如何成长为如今的自己，我同样无法给出答案。当我下定决心成为一名作家后（不知为何自己就做出了这样的决定），我的人生仿佛开启了新的篇章，开始独自尽情地畅游在作家和诗人的世界里。我已然记不清自己是从何时开始阅读托尔斯泰的著作，是如何从其他书籍中将它们挑选出来的。当人们的眼前陡然出现一件美好而又珍贵的事物时，总会不由自主地发出惊叹之声。而我第一次翻阅托尔斯泰作品的时候，却没有生出这样的感受。我在童年、少年以及青年时代遇到的美好之物，似乎从未在我的心海里激起过惊涛骇浪，从未让我产生过陌生之感。恰恰相反，这一美好之物让我有似曾相识的感觉，仿佛我们相识已久，我企盼着有朝一日能与之相见。

之后很长一段时间内，我迷恋上了托尔斯泰，沉浸在自己幻想出来的形象中无法自拔，也被想要见一见他本人这一愿望折磨得疲惫不堪。那时的我该如何实现这个梦寐以求的愿望呢？到亚斯纳亚波利亚纳去？可又不能贸然前往，用什么作为借口呢？某个晴朗的夏日，我实在按捺不住内心的冲动，套上马鞍，骑上我的那匹“吉尔吉斯”骏马，朝着亚斯纳亚波利亚纳方向的城市——叶夫列莫夫飞驰而去。疾驰了不到一百俄里，便到了目的地，可我却胆怯起来，这个严肃的问题需要经过深思熟虑才能做出最终的决定。我在叶夫列莫夫留宿了一晚，因情绪激动而无法入睡，一会儿决定去一会儿又想要退缩，被自己反反复复的决定折磨得疲惫不堪，最终一夜未眠。独自在城里徘徊了一整夜，直到筋疲力尽。

黎明时走进一座城市公园，一看见长椅，便躺上去沉沉睡去。醒来后感觉神清气爽，思索片刻后，便骑着马飞奔回家。家中的佣人喊道：

"哎，小少爷，小少爷，您神不知鬼不觉地骑着吉尔吉斯跑了一整晚！您在追谁啊？"

自此之后的数年内，我又徒劳无功地"追逐"着托尔斯泰。

青年时期的我有一个梦想，幻想着自己生活在大自然中，过着纯净、健康而又充满善意的生活，自食其力，粗茶淡饭，布衣旧衫，过着简简单单的日子。不但要和那些贫穷的、受压迫的人们建立起兄弟般的友情，还要同植物界和动物界友爱共处。最重要的是，出于对艺术家托尔斯泰的迷恋，我成为了一名托尔斯泰主义者，暗地里还抱着几丝希望，似乎这个身份能赋予我某种合法权利——能与他会面，甚至有可能被列入他最亲近之人的行列。我追随托尔斯泰的"艰难之旅"就此拉开了帷幕。

彼时我住在波尔塔瓦，不知为何那儿出现了不少托尔斯泰主义者，很快我便同他们亲近起来。总而言之，这些托尔斯泰主义者们让人难以忍受，但我还是忍耐了下来。最先与之结交的是一个叫克洛普斯基的人，当时此人在几个社交圈子里都颇为出名，甚至还成为了当年名动一时的中篇小说——卡罗宁笔下的《生活的教师》中的主人公。他身材颀长，体型消瘦，脚踏一双长筒靴，身穿一件男式短上衣，脸盘很窄，面色发灰，上面镶嵌着一双碧绿色的眼睛。这是一个狡猾的无耻之徒，是个油头滑脑之辈，是个喜欢胡诌乱扯、讲起话来口若悬河之人，总是见人便教导，逢人便训诫，还喜欢用些出人意料的狂妄行径和粗鲁举动来让人感到震惊。总而言之，得益于这些形形色色的手段，当他在城市间游荡的期间，总能吃饱喝足、尽情享乐。波尔塔瓦的托尔斯泰主义者中还有一位名叫亚历山大·亚历山德罗维奇·沃尔肯什泰因的医生，从出身和气质来看，这完全是一位贵族老爷，与《安娜·卡列尼娜》中的斯蒂瓦·奥布朗斯基有某些相似之处。瞧，克洛普斯基到波尔塔瓦后的第一件事就是去找沃尔肯什泰因，随后很快便通过后者进入了波尔塔瓦的沙龙。沃尔肯什泰因完全是出于“思想”目的才把克洛普斯基介绍进自己的社交圈的——纯粹是把他当成说教者，或是个能供大家消遣的有趣之人。举个例子，克洛普斯基曾在沙龙上说过这样的话：

“是的，是的，我要看看您在那儿是如何生活的：您撒谎，还吃糖果，您那教堂里的神像早该在空中爆炸了，您就祈祷吧！整个世界充斥着荒谬之事和丑恶之物，何时才能彻底结束这一切呢？比方说，瞧，我从哈尔科夫坐车到这里。迎面走来一人——不知为何大家都称他为乘务员，对我说：‘您的车票。’我就问他：‘这是什么意思，什么车票？’他回答道：‘就是您坐车用的车票。’我再次用自己的一套对他说：‘劳驾，我不是坐着车票来的，而是沿着铁轨坐车而来。’他又说道：‘那就是说，您没有车票。’‘当然没有。’我回答道。‘在这种情况下，我们就得让您在下一站下车。’‘很好，这是您的分内之事，而我的事情就是坐车。’到了下一站，乘务员果真对我说：‘请您下车。’‘可是为什么要下车啊，我在这儿挺好的。’‘那就是说，您不愿下车。’‘当然不愿意。’‘那么我们只能领您下车了。’‘把我领下车？可我是不会挪动半分的。’‘那我们就把您拖出去，抬出去。’‘那又怎么样，你们抬吧，这是你们的事。’瞧，他们真的来拖我。真是妙极了，当着所有受人敬重的观众的面，两个身材高大的混蛋过来用手架着我走，这两个力大无穷的乡巴佬完全可以去乡下耕地……”

颇有名气的克洛普斯基就是这种人。其余人虽名气不大，但也很优秀。其中有一对在波尔塔瓦郊区务农的兄弟，虽然外表谦恭，实则非常无趣、笨拙且自命不凡。然后是某个叫列昂尼杰夫的小个子年轻人，身体孱弱，外貌十分俊美，原是贵族子弟军官学校的学生，农活曾让他备受煎熬，曾对自己撒过谎，也对别人撒过谎，并声称自己为此感到非常幸福。还有一个身材庞大的犹太人，长得像个经验老到的俄国庄稼汉，后来成为了家喻户晓的捷涅罗莫。他自命不凡、傲慢不逊，总是以居高临下的姿态对待普通人，同时也是一名高傲自大的演说家、诡辩者。他是一名箍桶匠人，我就在他手下工作。无论是在“学习”中，还是在日常劳作中，他都称得上是我的导师：我是他的学徒，向他学习如何箍桶。为何要学这门手艺呢？此中缘由依旧与托尔斯泰有关——我暗自希望这门手艺能够成为连接我与托尔斯泰的纽带，让我有朝一日能有幸与他见面，并成为他的亲信之一。幸运之神最终降临到了我的身上，我的愿望不久就要实现了，这完全出乎我的意料。很快，这些兄弟们就把我视作自己人，连沃尔肯什泰因（此时是1893年底）本人也邀请我一同出行，先是去哈尔科夫省见见“兄弟们”，再去著名的托尔斯泰主义者——希尔科夫公爵管辖的希尔科夫村见见庄稼汉，最后去莫斯科拜访托尔斯泰本人。

一路上困难重重，艰苦不堪。我们坐的是三等车厢，中途还需要转站。大伙儿都想体验一下平民百姓的车厢，吃“非杀生的东西”（鬼知道这都是些什么玩意儿）。然而沃尔肯什泰因时常忍耐不住，突然间就跑到小卖部，在那儿贪婪地、一口接着一口地喝起了伏特加，两三杯酒下肚后，又狼吞虎咽地吃起滚烫的肉馅包子来，之后还无比严肃地对我说：

“我又一次放纵了自己的欲望，为此我感到痛苦万分。不管怎样，我都一直在和自己作斗争，我深知是我在支配着肉馅包子，它们并没有掌握主控权。我不是它们的奴隶，我想吃就吃，不想吃就不吃……”

之所以觉得坐车是一种煎熬，其实问题主要在于自己——迫不及待地想快点抵达莫斯科，这让我的内心备受折磨。要知道，我们还必须乘坐劣等车，除此之外还得和希尔科夫村的“兄弟们”共同生活一段时间，与他们建立良好的私人关系，并在“美好”生活的道路上“巩固”彼此之间的感情。我们是这样做的：在希尔科夫村的庄稼汉家中住了三四天。相处了一段时间后，我便恨透了这群家境殷实、外表光鲜亮丽、笃信宗教的庄稼汉：每天在他们的茅屋里过夜，吃马铃薯馅儿的馅饼，唱他们的圣歌，听他们描述自己是如何坚持不懈地同“牧师以及首领们”进行激烈斗争的，听他们咬文嚼字地讨论《圣经》是灵魂真正的全部力量这个话题。1月1日，我们终于继续前行了。记得那天早晨醒来，我是如此地高兴，以至于把条条框框都抛诸脑后，贸贸然地说了一句：“新年快乐，亚历山大·亚历山德罗维奇！”为此我遭到了他最为严厉的叱责：“新年是什么意思？你知不知道自己在说些什么陈旧的、毫无意义的话？”不过当时我也顾不得这些了。我边听边思索道：“很好，很好，一切都是无稽之谈。明天晚上我们将抵达莫斯科，后天我就能见到托尔斯泰了……”而一切就如此顺理成章地发生了。

沃尔肯什泰因的所作所为却让我气愤不已：抵达莫斯科宾馆后，当时便要去拜访托尔斯泰，但他却拒绝带我一同前往。他对我说：“不行，不行，必须提前通知列夫·尼古拉耶维奇，我要去通报。”说完便跑了出去。一直到很晚方才回来，却闭口不提拜访之事，只是漫不经心地朝我大喊一声：“我像喝了琼浆玉液一般，喝醉了！”根据他身上散发的味道不难判断出，喝过琼浆玉液之后他还喝了布尔汞红葡萄酒。然后，他又开始极力证明自己不是布尔贡红葡萄酒的奴隶，而是其主人。但有一点是好的，至少他通报了托尔斯泰——虽然我对此并未寄予厚望。这是一个非常可爱的黑发年轻人，身材略微发福，举止十分轻浮，带着些许阴柔之气。第二天晚上，我欣喜若狂，终于到哈莫夫尼基去了……

该如何描述之后发生的一切呢？

那是一个月光明朗、寒意逼人的夜晚。我飞奔至托尔斯泰的家，跑得气喘吁吁，站定后才稍稍缓过气来。四周一片荒凉，万籁俱寂，洒满月光的胡同阒无一人。我站在大门前，边上的小门敞开着，院中积雪皑皑。往深处走去，左边是一间小木屋，几扇窗户里透着微红的亮光。再往左看，小木屋的后方有座花园，花园上空繁星闪烁，静静地散发着五彩斑斓的光芒，犹如神话中美妙的冬日世界。此时，我仿佛置身于童话世界里，周围的一切都是那么的神奇。多么别具一格的花园啊！多么非同寻常的房子啊！而那些闪着红光的窗户又是多么神秘莫测而又意义非凡啊！要知道，坐在窗户后面的——是他，托尔斯泰！四周万籁无声，连心跳声都听得一清二楚，既是因为喜悦，也是因为脑海中闪过的某些可怕的念头——是不是看一眼这个房子就离开才是自己最好的选择？最终，我还是不顾一切地冲进了院子里，站在屋前的台阶上，按响了门铃。门被打开了，出现在我眼前的是一个穿着并不十分精良的燕尾服的仆人，还有明亮、温暖、舒适的门廊，以及挂满皮袄的衣架，一件陈旧的短皮袄在其中尤为显眼。我的正前方是一座陡峭的、铺着红色呢绒毯的楼梯。视线稍稍向右挪去，楼梯下方是一扇紧闭的门，门后传来阵阵吉他声和年轻人欢快的嗓音，这样的声音与这栋非同寻常的房子极为不相称。

“您贵姓?”

“蒲宁。”

“叫什么?”

“蒲宁。”

“好。”

仆人随即跑上楼去，出乎意料的是，他很快又出现了，一手扶着栏杆、侧着身子连蹦带跳地跑了回来：

“请您到楼上大厅稍等片刻……”

进了大厅，我便更加惊讶了，因为刚一踏进门，大厅深处左边的一扇小门便打开了，门后突然露出两只脚（因为这扇小门和走廊之间有两三级台阶），带着一股子笨拙的灵巧劲儿，一个高个男子走了进来——这是一个稍微有点罗圈腿的白胡子男人，穿着灰色的单面呢绒面料的男式短上衣，上衣十分宽松肥大，好似穿了一个大口袋在身上，裤子也是松松垮垮，更像是条灯笼裤，脚上穿着的是一双圆头皮鞋。他动作敏捷，步伐轻盈，消瘦不堪，目光锐利，紧皱着眉头朝我径直走来，很快就走到了我跟前（我注意到他走路的时候膝盖会稍稍打弯），他朝我伸出手来，更确切地说，是手掌向上，大手一挥，一把抓住我的手，轻轻地握了握，然后出人意料地露出了一个迷人而又亲切的笑容，笑容中还掺杂着几许哀伤甚至怜悯之意。他的眼睛并不大，眼神既不可怕也不锐利，只是像野兽那般敏锐无比。灰色的头发稀疏而又柔软，发梢微微卷曲着，像农民那样梳成中分，一对大大的耳朵高高耸起，弯弯的眉毛凸出的部分遮到了眼睛上，胡子干燥、柔软、稀疏而又参差不齐，透过胡子隐约可见凸起的下颚……

“蒲宁？我和您父亲在克里米亚见过面？您在莫斯科也住了很久？找我有何贵干？是位年轻的作家？继续写吧，写吧，如果十分渴望写作的话；只是要铭记一点，永远都不要把写作当成是生活的目的……请坐，说说您自己吧……”

托尔斯泰语速很快，如同进门时那般风风火火，他很快就表现出一副完全没有留意到我的窘迫的样子，迫不及待地想要让我摆脱窘境，让我不那么张皇失措。他还说了些什么呢？方方面面都问得清清楚楚：

“还是单身汉？结婚了？只能和自己的妻子生活在一起，永远都不能背弃她……您想要过粗茶淡饭、自力更生的的日子？这很好，只是千万别强迫自己，不要徒有其表，任何形式的生活都能造就好人……”

我们在一张小桌子旁坐下。一盏老式的陶瓷灯高高耸立在旁，柔和的灯光从玫瑰色的灯罩下散发而出，他的脸被陶瓷灯遮挡住，在淡淡的阴影下若隐若

现，我只能看清他那灰色上衣柔软的面料以及如蒲扇般的大手，我情不自禁地想要贴近这只手，如同儿子般充满激情和柔情地去靠近它。年迈的托尔斯泰讲话时有点儿像低音乐器在演奏音乐，他的发音因微微凸起的下颚而显得有些特别……突然传来一阵绸缎衣服摩擦发出的沙沙声，我定睛一看，瞬间浑身战栗，站了起来：从客厅从容不迫地走来一位身材高大、衣着华美的太太，黑色的丝绸连衣裙闪闪发光，盘好的黑发秀美万分，一双黑色的眼睛顾盼神飞。

“列昂，”她说道，“你忘了还有人在等着……”

于是他也站起身来，带着歉意的甚至些许负罪感的微笑，抬了抬眉毛，用他那双不大的眼睛直视我的脸庞，眼神中依旧流露出某种隐隐的忧郁。他又一次抓住了我的手，说道：

“好吧，再见，再见，愿上帝保佑您，若是再来莫斯科，就来看看我吧……不要对生活过于奢望，当下才是最幸福的时刻……生活中没有幸福，只有幸福的闪光——珍惜它们吧，用它们来生活吧……”

于是我走了，飞奔而回，已然忘乎所以，度过了一个彻底疯狂的夜晚，他不断地出现在我的梦中，无比鲜活地出现在一片疯狂的混乱之中，我整个人被席卷入这场梦境，醒来之时还在嘟哝着、说着胡话，如今回想起来都觉得可怕……

回到波尔塔瓦后，我给他写过信，也收到了几封言语亲切的回信。他在其中一封回信中再一次提醒我，让我不必如此执着于成为托尔斯泰主义者，可我却无法让自己平静下来。我已不再从事箍桶匠的工作，转而非法销售起图书来。因未曾获得经营许可，只能在集市和交易会上买卖图书，还因此锒铛入狱，后恰逢新皇登基的诏书公告于世，我被赦免了，但这却让当时的我感到很难过。随后又开了一间书铺，作为《经纪人》在波尔塔瓦的分社，但是书铺的账目却被我弄得混乱不堪，出于惭愧和无能有时真想悬梁自尽。之后这间书铺便关门大吉了，我也搬到了莫斯科。在莫斯科期间，我依旧试图说服自己——我还是《经纪人》领导者的兄弟，是他们的志同道合者，也是常常聚集在出版社中互相教诲如何过"善意"生活的那群人的兄弟，是他们的同道友人。我在那儿也跟托尔斯泰碰过几次面。他时常会去那儿，更确切地说，是每天晚上都跑到那里去(因为他总是步伐轻盈、健步如飞，让人吃惊不已)，连短皮袄也不脱，在那儿坐上一两个小时。兄弟们围坐在四周，时而严肃地向他提些问题："列夫·尼古拉耶维奇，打个比方，如果一只老虎袭击我，我该怎么做呢?"在这种情况下，他只会腼腆地微笑着，回答道：

"哪有什么老虎，哪儿来的老虎？我一辈子都没遇见过一只老虎……"

还记得有一次，我想说些好听的话，甚至带着谄媚的口气说道：

"现如今，戒酒协会如雨后春笋般涌现而出。"

他皱了皱眉，问道：

"什么协会?"

"戒酒协会……"

"也就是说，人们为了戒掉伏特加而聚集到了一起？简直就是胡说八道。为了戒酒，那就没有必要聚集起来。既然大伙齐聚一堂，那就应该喝酒。这都是胡诌，都是谎言，用假象来蒙蔽事实……"

后来，我又去托尔斯泰家拜访过他。人们领着我穿过大厅，就在这个大厅，在那盏迷人的玫瑰色的陶瓷灯旁，我和他进行了第一次谈话。随后走进一扇小门，沿着门后的台阶穿过狭窄的走廊，我怯生生地敲了敲右边的门。

“请进。”一个苍老而又低沉的声音回答道。

我推门而入，映入眼帘的是一间又矮又小的房间，一盏老式的双头烛台上的铁质护板挡住了烛光，让整个房间变得昏暗无比。桌子旁摆放着皮沙发，桌上放着的就是那盏烛台，最后我的视线落在了他的身上——他正手捧一本书阅读着。我一进门，他很快就站了起来，表现得有点儿不好意思，甚至让人觉得他可能会局促不安地把书扔到沙发的角落里去。不过我的洞察力很强，一下子便看清他在读什么书——他在重新阅读(显而易见，这已不是他第一次在读这本书了，因为我们这类世俗之人都是这样做的)自己刚刚出版的作品《老板与伙计》。我对这本书赞赏不已，当着他的面情不自禁地发出欣喜若狂的惊叹声。而他却羞红了脸，连连挥着手说：

“哎呀，您别说了！写得糟透了，根本不值一提，连走到街上我都会觉得害臊!”

那天晚上，他那消瘦的脸庞满是阴郁、严肃之色，宛若青铜浇筑的雕塑一般。这段日子，他悲痛万分——不久前，七岁的儿子万尼亚去世了。说完《老板与伙计》之后，托尔斯泰就谈起了去世的儿子：

“是啊，是个可爱的好孩子，然而他却死了——这意味着什么？没有死亡，他没有死，只要我们爱着他，他就还活着!”

很快我们就出来了，往《经纪人》出版社走去。这是三月天的一个晚上，夜色昏暗，春风拂面，将路边的灯火吹得飘忽不定。我们斜穿过白雪皑皑的处女地，他纵身跃过水渠，飞快地走着，我差点就跟不上他的步伐。他又开始用严厉、尖锐的声音断断续续地说道：

“没有死亡，没有死亡！”

大约过了十年，我跟他又再次相遇。那是一个天寒地冻的晚上，灯光正从商店那结满冰霜、闪闪发亮的窗户里透出，我漫步在阿尔巴特街头，走着走着便与他不期而遇。他以自己特有的一颠一纵、极富弹性的步态朝我迎面走来。我停下脚步并摘下帽子。他也停了下来，并马上认出了我：

“啊哈，是您啊！您好啊，请把帽子戴上，快戴上……嗯，您过得怎么样？在做什么？住在哪里？您怎么啦？”

他那张年迈的脸庞是如此得僵硬、发青，完全是一副十分不幸的模样。头上裹着一个用浅蓝色北极狐毛编织而成的东西，像是老太婆用的包头巾。而从北极狐毛手套中伸出的那只大手也完全被冻僵了。交谈完之后，他充满柔情地紧握我的手，又用那种哀伤的眼神直视我的眼睛，皱着眉头说道：

“就这样吧，基督保佑您，基督保佑您，再见……”

一九二七年

（俄文版根据1950年巴黎版）

夏里亚宾[①]

莫斯科一度盛传过这样的说法——夏里亚宾和作家们交好，只不过是为了故意为难与自己争名夺利的索比诺夫[②]。传闻中还提到说，夏里亚宾并非是出于对文学的喜爱而同作家们亲近的，他只是想为自己赢得“大歌唱家”的美名，想被世人公推为“走在时代前沿、有先进思想的人”——就让那些无论何时、无论何

① 费奥多尔·伊万诺维奇·夏里亚宾(1873–1938)：俄国男低音歌唱家、世界低音之王。主演过电影《可怕的沙皇伊凡》和《堂吉诃德》等。

② 列·维·索比诺夫(1872–1934)：苏联时期著名抒情男高音、演员。

地，只要一听到男高音就会发狂的观众们，继续为索比诺夫疯狂吧！然而我却认为，夏里亚宾并非只是出于一己私欲才同我们来往。我依旧记得，当初他是多么渴望结识契诃夫，不止一次向我提起过这个愿望。最后我忍不住问他：

“为什么一直没见成呢?”

“契诃夫足不出户，总也找不到机会与他结识。”夏里亚宾说。

“你呀，哪需要等什么机会！叫上一辆马车，直接去拜访他！”

“可我不想让他觉得我是个不请自到的无礼之人！另外，在他面前我会手足无措，羞怯得像个实实在在的大傻瓜。要是你能引荐我去的话……”

我马上着手安排此事，而事实也证明他并没有说半句假话：他走到契诃夫面前，脸都红到了耳根，说话也变得含糊不清起来……离开之时则欣喜若狂，对我说：

“你无法想象此刻的我是多么幸福——终于认识了契诃夫，我已经被他迷得神魂颠倒了！这是一位怎样的大人物，怎样的大作家啊！从此以后其他人在我眼里都不过是一群骆驼罢了。”

“谢谢。”我笑着说。

他一路哈哈大笑，丝毫不掩饰内心的喜悦。

有一张照片非常出名，之所以有名是因为它曾作为明信片被发行了几十万份——这是一张安德烈耶夫、高尔基、夏里亚宾、斯基塔列茨、奇里科夫[1]、捷列邵夫和我的合照。某日，我们一行人在莫斯科一家叫“阿尔卑斯玫瑰”的德国饭店用餐，我们吃了很久，席间氛围融洽，大家兴致很高，突然就决定去照一张相。起初我和斯基塔列茨还为此拌了几句嘴。我说：

---

① 叶甫根尼·尼古拉耶维奇·奇里科夫(1864–1932)：俄国作家、《知识》文集的撰稿人之一，代表作有《农民们》、《塔尔哈诺夫的一生》等。

"又是照相！总是老一套！就像狗到了发情期，整天只知道找母狗交配。"

这几句话惹怒了斯基塔列茨。他用粗噶做作的男低音问道：

"为什么说像发情，而且还是像公狗一样发情？我可不认为自己是条狗，至于别人怎么想他们自己我就不得而知了。"

"还能如何称呼这种行径？"我说，"今天我们好比过节一样，在这大吃大喝。借用一下您的话，'人民饿得浮肿。'俄罗斯快要灭亡了，国家面临着'全面崩塌'，'底层是黑暗的政权，上层是政权的黑暗'，在俄罗斯上空'翱翔着一只犹如黑色闪电般的海燕，昭示着暴风雨的来临'，然而在莫斯科和彼得堡又是怎样一番情景？歌舞升平，每时每刻都像在过节似的，轰动全国的大事接连发生：新的一期《知识》[①]文集出版，汉姆生[②]的新剧本问世，艺术剧院和大剧院进行首演，高等女校的学员看见斯坦尼斯拉夫斯基[③]和卡恰洛夫[④]时激动地昏倒在地，讲究的马车一辆接一辆地驶向亚尔以及斯特列利纳大酒店……"

立场不同的交流极有可能演变成一场争吵，此时大伙不约而同地笑了起来。夏里亚宾大声说：

"好极了，说得对！老兄们，还是去吧，让我们把这次人来疯变成一段流芳百世的佳话！我们的确应该经常照相，总要为后代留下些东西作为纪念嘛。否则歌唱家唱啊唱啊，唱了一辈子，两腿一蹬，就过世了。"

"是啊，作家写啊写啊，写了一辈子，两眼一翻，就咽气了。"高尔基附和道。

"比如我，"安德烈耶夫面露哀色道，"会是我们中第一个去见上帝的人。"

---

①《知识》文集是由高尔基主持编写的，自1904年出版起，共发行了四十集。作家有高尔基、库普林、绥拉菲莫维奇、蒲宁等现实主义民主作家。

② 汉姆生(1859–1952)：挪威作家。

③ 斯坦尼斯拉夫斯基(1863–1938)：俄国演员、导演、戏剧教育家、理论家。

④ 瓦西里·伊万诺维奇·卡恰洛夫(1875–1948)：著名演员、苏联人民艺术家称号获得者。

他经常这么自我调侃，大家总能被他逗乐。最后，事实却果真如此。

人们都认为夏里亚宾是个具有左派思想的人，相当激进。当他在台上演唱《马赛曲》或是《跳蚤之歌》时，观众们总是听得热血沸腾，因为这些歌曲充斥着革命思想、撒旦精神，以及对国王的嘲弄：

总前有一位国王，

他养了一只跳蚤……

突然之间发生了什么事？撒旦竟然向国王下跪了——消息传遍了整个俄罗斯：夏里亚宾拜倒在了沙皇的脚下！对于夏里亚宾的议论和愤慨铺天盖地席卷而来。为了这桩丑闻，夏里亚宾后来为自己作了多少次的辩白啊！

"我如何能不下跪？"他说，"皇家歌剧院合唱团正在举行纪念演出，合唱团希望借此次沙皇出席观剧的机会，向他下跪，面求加薪。他们真的下跪请愿了。而作为合唱团一员的我又怎能置身事外？事出突然且大大出乎我的意料，还没等我反应过来一切便已成定局：合唱团的成员们就像被镰刀收割过的庄稼，齐齐倒在舞台上，人们跪在舞台上，把手伸向沙皇的包厢！此时我还能怎么办？难道像电线杆似的杵在舞台中间吗？那样才是真正的丢人哪！"

我最后一次在俄罗斯见到他是在1917年的4月初，正是列宁攻占彼得堡的那段时间。那时我也在彼得堡，高尔基邀请我和夏里亚宾参加在米哈伊洛夫大剧院举行的一次隆重聚会，高尔基要在会上为某某"自由科学学院"[①]的成立发表演说。我至今不明白，也不记得当初为什么会邀请我和夏里亚宾去参加这个里

① 俄文版编辑认为是"发展与普及自由科学自由协会"，高尔基为该协会理事会成员。

里外外都透着荒诞气息的聚会。

高尔基的演讲篇幅冗长、辞藻华丽，演说最后他宣布道：

“同志们，夏里亚宾和蒲宁也在座！让我们欢迎他俩的到来！”

人群中爆发出疯狂的掌声和跺脚声，高呼我们的名字。我和夏里亚宾躲到后台，突然有人跟着追了上来，说大家希望夏里亚宾上台演唱一曲。看来这次夏里亚宾又要“重蹈覆辙”，被迫“下跪”了。但是夏里亚宾却斩钉截铁地回绝了来人：

“我不是消防员，不可能一声令下就必须马上爬上屋顶。你就这么跟大家解释吧。”

此人走后，夏里亚宾对我双手一摊，说：

“你瞧这事儿：一会不让你唱，一会又逼着你唱——恐怕这事他们一辈子都会记着，会把我挂到吊灯灯杆上去，真见鬼。反正我是不唱。”

最终他也没上台演唱。在布尔什维克掌权时期他已经没有当初的胆量了。不过最终他还是想方设法地离开了俄国。

1937年6月，我最后一次听他唱歌。当时他在巴黎举行音乐会，有时独唱，有时和阿丰斯基乐团一起合唱。如今回想起来，那个时候他应该就已经身患重病了。虽然他在演出前常会感到紧张和激动，但这次却异乎寻常，十分焦躁不安。此事不足为奇——我曾见过叶尔莫洛娃在上台前紧张地浑身发抖并连连在胸前画十字；我曾在后台亲眼看到连斯基[1]和罗西[2]在演出完毕后回到自己的化妆间，立马就倒下不省人事。在某种程度上，夏里亚宾的情况与之类似，只不过

① 亚历山大·巴甫洛维奇·连斯基(1847-1908)：俄国演员、导演。塑造过的经典舞台形象有《哈姆雷特》中的同名主人公，《智慧的痛苦》中的恰茨基、法穆索夫等。

② 指的是意大利著名演员罗西。

观众们从未亲眼见过罢了。但最后一场音乐会的观众们却见证了这一切，整场演出都是靠着他出色的肢体语言和抑扬顿挫的语调在支撑。他从后台让人送来一张纸条，邀请我去他那儿。我动身前往。他站在那里，脸色苍白，冷汗涔涔，微微颤抖的手中夹着一根烟卷，一见面就问我（换作从前他是不会这样做的）：

“我唱得怎么样？”

“那还用说，自然是好极了。”我回答，接着又调侃道，“好到我在台下不由自主地跟着你唱了起来，打扰到了听众，都已经引起公愤了。”

“谢谢你，亲爱的朋友，跟着我一起唱吧。”他淡淡一笑说，“你知道吗，我现在的身体状况很差，最近要去奥地利，去那里的山里静养。老伙计，这是我的头等大事啊。你今年夏天准备去哪儿？”

我又同他开起了玩笑：

“去哪儿都可以，就是不去山里。我一直都待在山里：有时在蒙马特，有时在蒙帕纳斯。”

他又冲我笑笑，但显得心不在焉。

他为什么要开这最后一场音乐会呢？也许是感觉到自己大限将至，想同舞台告别，他所作的一切并非只是为了钱——他虽然爱财，几乎从未举办过免费的慈善音乐会，还总爱说：

“只有鸟儿的歌声才是免费的。”

我最后一次见夏里亚宾是在他去世前的一个半月——当时我和阿尔达诺夫[①]相伴前去探望病中的他。他虽然病得很重，但并不显得虚弱无力，浑身上下

---

①马克·亚历山德罗维奇·阿尔达诺夫（1889-1957）：俄国作家、比较文学家，曾为化学工程师。

还焕发着一股活力和演员的神采。他坐在餐厅角落的沙发椅上，紧靠着一盏带有鹅黄色灯罩的落地灯。他穿着一件宽大的黑色丝绸袍子，脚上趿着一双红色便鞋，把头发梳成高耸的鸡冠状，整个人像一头庞大雄壮的狮子，却已垂垂老矣。我从未见他有过如此高贵的仪容，浑身上下都散发着贵族的气息。他究竟有怎样的血统？是和罗蒙诺索夫、瓦斯涅佐夫兄弟一样流淌着独特的北俄血脉吗？他年轻时的外貌十分普通，但随着年龄的增长，其容貌也在不停地发生着变化。

托尔斯泰第一次听到他的歌声，是这样评价的：

“不行，他唱歌嗓门太大。”

到现在还有不少自诩聪明的人坚信托尔斯泰压根就不懂得欣赏艺术，说“他骂莎士比亚，骂贝多芬”。先暂且不管这些人的看法。到底应该如何解释托尔斯泰对夏里亚宾的这个评价呢？难道夏里亚宾的嗓音和天赋丝毫无法打动他吗？这是子虚乌有之事。托尔斯泰只是不提那些优点，单单指出他认为的不足之处罢了。而夏里亚宾身上的的确确一直存在着托尔斯泰所说的这个问题，彼时他才二十五岁，中气十足，还无法准确恰当地运气，往往会用力过猛。夏里亚宾身上有不少“勇士精神”，那既是他与身俱来的，也是后天从舞台表演中汲取而来的——这从年少时便成为了他生活的全部。在世界的任何一个角落——歌剧舞台也罢，音乐会也罢，著名海滩浴场也罢，奢华餐厅也罢，百万富翁的沙龙也罢，观众们总能被他瞬间点燃起热情，人们激动的心情总是久久不能平复。尝过成功滋味的人是很难把握分寸的啊！契诃夫曾幽默地说：

“声誉就好比海水——你喝得越多，就越容易感到口渴。”

夏里亚宾就好比喝过了这海水，无法解渴却也无法放弃。怎么能批评他爱炫耀自己的力量、勇敢和民族天性呢？这和质疑他如何从"从默默无闻到家喻户晓"是一个道理。他曾把他父亲的相片拿给我看，说：

"看我摊上了什么样的父亲。打我从不手下留情！"

照片上是一名五十多岁的男子，打扮得相当体面，穿着一件浆过的翻领衬衫，系着一条黑色的领带，外面套着一件浣熊皮衣。我心生疑惑：这样的人会打人吗？为什么这些所谓的"天赋异禀之人"在童年和少年时期都会遭受"家暴"呢？"高尔基、夏里亚宾都来自于底层人民……"他们真的是从"底层"一步步爬上来的吗？夏里亚宾的父亲穿着浆洗过的衬衫和浣熊皮大衣，在县国土管理局工作，我还从未见过这样的"底层人民"！我想，夏里亚宾的回忆录中对于童年和少年时期的描述多少有些夸大其词，那个时期的朋友和伙伴们也被过度美化了——比如有一个铁匠曾和他谈起过唱歌这件事，他描述得是如此之动人：

"唱吧，费佳——你会感受到无穷的快乐！歌就像是小鸟，放飞它，它就能翱翔天际！"

夏里亚宾的命运颇具传奇色彩——既能和铁匠交好，又能和大公、王储们像朋友一样聚餐，交友跨度可真不小。他的一生无比幸运，处处顺风顺水：上帝赐予了他"尘世间一切美好的事物"。也给过他无比强壮的身体，这个肉体在尘世间漂泊整整四十年且尝尽世间种种诱惑后，才开始垮下来。

有一次我在敖德萨与巴蒂斯蒂尼[①]毗邻而居：当时他正在敖德萨举行巡演，虽然已是七十四岁高龄[②]，但他声音和面庞都显得十分年轻，透着一股青春盎然之气，让当地的听众都颇感震惊。他是如何常葆青春的呢？奥秘之一在于他很

① 马蒂阿·巴蒂斯蒂尼(1856-1928)：意大利男中音歌唱家、美声乐派代表人物。

② 此处作者记忆有误，当时巴蒂斯蒂尼并非七十四岁。

会保养:每次演出结束后总会立刻回家,喝上一杯加矿泉水的热牛奶,然后躺下睡觉。而夏里亚宾呢?我记得与他见面多半是在餐厅里。我已然回忆不起和他初次相遇的时间和地点了。但我记得我们相互改称"你"是在某一天的夜里,在伊韦尔小教堂对面的那幢大厦里的莫斯科大饭店。大厦里不仅有饭馆,还有旅馆,我到莫斯科的时候偶尔会下榻于此,在这住上很长一段时间。饭馆年复一年地扩建,逐渐发展成了一家豪华大餐厅,饭馆这个词也早已不适合用来形容它了,我在楼上旅馆居住的那段日子见证了它的变迁:那个时候,餐厅扩建了,还新增好几个大厅,室内装修得富丽堂皇。如今,大厅专门用来举行豪华的宴会,供那些最欧化的莫斯科商界名流在此彻夜狂欢、饮酒作乐。我记得当晚宴会上最受瞩目的当属莫斯科的法国人西乌,还有他的女伴和朋友们,而我也恰好受邀在列。西乌桌上的香槟堆积如山、酒流成河,他还时不时地给那不勒斯乐队一百元卢布做小费,乐队的成员们穿着红色上衣,在被枝形吊灯照得雪亮的舞台上奏乐、演唱。这时大厅门口突然出现了夏里亚宾高大的身影,顶着一头金黄的头发,用那所谓的"鹰一样"的眼睛打量了一下乐队,然后突然一挥手,随着乐队的演奏就唱了起来。不得不说,这一举动让那不勒斯乐队和宴会上的人们兴奋到了极点,简直如蒙"圣"恩!那晚我们一直畅饮至天明方才走出餐厅,在通往旅馆的电梯前道别时,夏里亚宾突然用他那伏尔加河流域一带的男高音对我说:

"瓦钮沙[1],我想你喝得太醉啦,我要用肩膀把你扛到客房去,因为电梯已经关了。"

"你别忘了,我住的可是五楼啊,而且我的分量也不轻。"我说道。

"没关系,亲爱的,无论如何都要把你扛回屋!"他回答道。

不管我如何挣扎,他还是把我扛上了楼。到了房间后,又上演了一出"逞英

①"瓦钮沙"是伊万的俗称小名,"万尼亚"是伊万的爱称。此处指蒲宁。

雄”的戏码——吩咐人送来一瓶价值一百卢布的“百年”波尔多红葡萄酒(结果那酒尝起来就像马林果汁一样)。

无需夸大其词,也无需轻描淡写:那个时候他确实把身体透支得太厉害了。说起话来总是滔滔不绝,不给对方任何开口的机会。从不知疲倦为何物,可以跟你天南海北地聊,每件事都能被他描述得栩栩如生,让人宛若身临其境。爱说俏皮话,还都是些最能让人捧腹的话。香烟一根接着一根地抽,总是用“逞能”来发泄自己的激情。有一次,我们坐着一辆讲究的马车从布拉格餐厅赶往斯特列利纳饭店,马车飞驰在莫斯科冬日夜晚的街头:外头天寒地冻,马车行驶的速度又极快,他却挺直了身体坐着,还敞开皮大衣的衣襟,高声谈论、放声大笑,抽烟抽得火星随风胡乱飞舞。我忍不住大声提醒:

“怎么这么不爱惜自己!别说话了,拉上衣服,扔掉香烟!”

“你是个聪明人,万尼亚,但却总爱瞎操心:伙计,我的血管不同于其他人,是俄罗斯式的,什么都扛得住。”他轻声细语地对我说。

“我可真受够了你和你的俄罗斯!”我说道。

“呦,你看看,又要骂我了。我怕挨骂,骂人的话能把人送进坟墓。总是一见面就跟我打招呼,‘你好啊,好样的年轻人。’这是为什么呢,万尼亚?”

“为了让你别再穿着紧腰细褶的长外套、漆皮筒靴、火红色丝绸偏领衬衫和深红色腰带四处出风头,为了让你别再学着高尔基、安德烈耶夫、斯基塔列茨那样,把自己打扮成民粹派,别再和他们勾肩搭背地摆出一副沉思状照相——可别忘了,你是什么人,他们是什么人。”

“我跟他们有什么区别?”

“比如说,高尔基和安德烈耶夫都是很有才华的人,但他们写的文章却只不过是些‘读物’而已，往往还是通俗读物，你的歌声可不是那样的‘作品’。

“万尼亚，喝醉酒的人总是爱说奉承话啊。”

“你说得没错，不过还是闭上嘴巴，掩好大衣吧。”我笑着说道。

“好吧，就依你……”

他掩好大衣，突然扯开嗓子大喊一声，“查理有仇敌！”把马惊了一下，更加拼命地拉着马车往前跑。

莫斯科当时有个叫“星期三”的文学组织，成员们每周都会在家境优越、热情好客的作家捷列邵夫家聚首。我们在那儿朗读各自的作品，品评彼此的文章，并且一起用餐。夏里亚宾是我们的常客，也在那儿听我们朗读作品，却总是耐不下性子听。有时干脆坐在钢琴前，边弹边唱起来——或唱俄罗斯民歌，或唱法国小调，从《跳蚤之歌》唱到《马赛曲》再唱到《木夯歌》——总能“牵绊住人们的灵魂”，让人听得入神。

某次他又来参加“星期三”聚会，一进门就说：

“伙计们，我想唱歌！”

打电话给拉赫玛尼诺夫，也是这么跟他说的：

“我想唱歌都想疯了！你赶快叫辆马车到我这来。我们要唱整个通宵。”

当然，这其中难免掺杂着表演的成分。不过还是可以想象得出当晚的盛况——那可是夏里亚宾和拉赫玛尼诺夫的联袂演出啊。那天晚上夏里亚宾说了几句很公允的话：

“对你们而言这里并不是大剧院。其实，我不该在大剧院那种地方唱歌，而应该在这样的晚会上，同谢廖沙[①]一块儿唱。”

有一次他来我在卡普里岛下榻的酒店“克维西桑”做客，那次也是这么唱的。我和妻子已经在那里连续住了三个冬天了。我们设宴招待他，还邀请了高尔基和卡普里岛的俄国侨民。饭后夏里亚宾提议让他来唱歌助兴，我们又度过了无比美妙的一晚。餐厅和酒店的客人们以及很多当地居民闻讯后蜂拥而来，用狂热崇拜的眼神看着夏里亚宾，屏气凝神，仔细聆听着他的歌声……后来我在巴黎跟他一起吃早饭时，他还回忆起当年的那个夜晚，问道：

“你还记得我在卡普里岛唱歌的那个夜晚吗？”

说罢摇动留声机，放上自己早年灌制的唱片，边听边热泪盈眶地喃喃道：

“唱得还不错！愿上帝把这种才能赐予每个人！”

一九三八年

---

①这是拉赫玛尼诺夫的小名。

殿下

\>

我在整理文件时找到了一个上面写着“彼得·亚历山德罗夫”的纸袋。

纸袋中放着一捆彼得·亚历山德罗夫写给我的信函，一部短篇小说集《孤独》的手稿（“彼得·亚历山德罗夫，《梦》，巴黎，1921年”），还有一份巴黎社会主义报刊“纪念日”的剪报——阿尔达诺夫为纪念其逝世而写的一篇文章。他晚年侨居国外，56岁那年溘然长逝，死于急性肺结核。

这是一个与众不同的人。

阿尔达诺夫称他为“心地无比善良、精神无比高尚”的人。他的身上还具备了一些别的特质，也是其如此与众不同的原因所在。即便是普通人，同样会对这些特质而感到震惊。他的身上流淌着沙皇血统，却为自己取了一个如此谦逊的笔名——彼得·亚历山德罗夫，而他在生活中的大名却要响亮得多——彼得·亚历山德罗维奇·奥尔登堡斯基公爵。他出身于欧洲最古老的家族之一——奥尔登堡斯基公爵家族和罗曼诺夫家族联姻的最后一支俄罗斯旁系——圣保罗·彼得罗维奇皇帝的曾孙和亚历山大三世的女儿(奥丽加·亚历山大罗夫娜)组建而成的家族。

初次相识，他就让我感到惊讶不已。这已经是好几年前发生在巴黎的事了。那天我去全俄地方和城市自治会联合委员会办点事。接待室里熙熙攘攘挤满了人，人群后方有个上了年纪的人正孤零零地站在门旁，他身材颀长，骨瘦如柴，像一个穿着便服的军人。他是如此的引人注目——即便从他身边匆匆走过，我仍旧能在一大群人中注意到他。他正站在那里耐心地等待着什么，显得安静而又谦逊，与此同时又是那么的自在、轻松、直率，不禁让我联想到："这是位退役的将军……"我瞥了他一眼，不禁感慨万千，如今只有当我看到某一类特定的人群时才会产生这样的情绪——那些曾经拥有过荣华富贵以及权势的达官显贵，如今却变成了穷困失势的年迈之人。他的脸刮洗得很干净(是那种军人式的整洁)，穿着非常朴素，廉价的衣服也同样是干净、整洁的：一件已经分不清楚颜色的轻薄的防水大衣，棉质的领子，一双做工粗糙的英式军用皮鞋……他的身材和消瘦的体型都让我吃惊不已——这是一种与众不同的、古老时代的、中世纪骑士式的消瘦，甚至带着一丝博物馆般陈旧的味道；一颗光秃秃的小脑袋，健壮的身体已有了明显的衰退征兆；一张瘦骨嶙峋的脸，微微泛红的皮肤似乎已被阳光轻度灼伤，显得单薄又干瘪；修剪过的小胡子呈红黄色，扬起的三角眉下(更确切地说是在眉毛痕迹的下方)是一双失了光彩的眼睛，显得那么哀伤，那么安静，那么严肃。而之后发生的一切更是让我惊诧万分——一个熟人走到我的跟前，不知为何笑着对我说：

“殿下想认识您，希望您允许他作自我介绍。”

我以为这是句玩笑话，殿下和陛下还需要征得同意才能作自我介绍？这真是闻所未闻！

“是哪位殿下？”

“彼得·亚历山德罗维奇·奥尔登堡斯基公爵。难道您还没看见？站在门边的那位就是。”

“可是为什么‘要征得我的允许才作自我介绍’呢？”

“您要知道，他可是一个与众不同的人……”

后来我才得知，他写的关于普通百姓生活的短篇小说借鉴了托尔斯泰的民间故事的精髓。我们相识后不久他就带着那本书来找我，他去全俄地方和城市自治会联合委员会也是为了它，还自费在那里的印刷厂进行了出版：三个篇幅不大的短篇小说，以“梦”作为小说集的总标题。阿尔达诺夫在提到这几篇小说时作出了如下的评价：“中世纪的编年史用可怕的文字来描述奥尔登堡斯基家族的流血事件……奥尔登堡斯基家族中的埃吉利马尔因其凶残的个性而臭名昭著……而这位埃吉利马尔的后裔和保罗·彼得罗维奇皇帝的曾孙却写出了一系列描写工人和农民生活的小说，甚至在去世前不久还希望加入人民社会主义政党！俄罗斯的公爵们却是完全不同的。确实也存在这样一类人，他们在1917那一年变成了慷慨激昂的共和主义者，佩戴起缀有红色绦带的领章——就连已故的罗江科[1]都会为这一切而感到惊讶万分。奥尔登堡斯基公爵并没有佩戴这种

① 罗江科(1859-1924)：十月党首领之一、大地主，曾任1917年国家杜马临时委员会主席。

红色绦带。他与尼古拉二世是竹马之交，自1881年3月1日亚历山大二世遇刺身亡的那天起，两人就建立起了深厚的友谊——未必能找得到另外一个人，能像奥尔登堡斯基那样无私地爱着尼古拉二世。但在他看来，尼古拉二世的政策是极为不明智的，甚至还曾试图说服他改变自己的治国之道。奥尔登堡斯基公爵对自己的说服力缺乏信心，因而希望尼古拉二世能够和托尔斯泰亲近亲近。单凭这一点就足以让我们对奥尔登堡斯基的思维方式和精神面貌有所了解了。他的身上没有'红色亲王'的痕迹，也没有历届皇朝所特有的菲利普·埃加利特[1]式的东西。他身世显贵，名利地位本唾手可得，但他却从不追名逐利，也不会去那样做……"

他的短篇小说很有意思，当然也只是就展现其精神面貌这一方面而言。他在小说中描写了人民"金子般"的心，他们受革命的蒙蔽，盲目狂热地为耶稣献身，笃信耶稣关于人类的兄弟之爱的遗训(即"从一切苦难中挽救世界的唯一救星")，随后又幡然醒悟，看破一切。他的语言富有激情，文章充满抒情色彩，但是缺乏技巧，文笔略显幼稚。其实他自己也明白这一点，当我们相遇并成为朋友后，他总是怀着一颗无比谦卑的心，不止一次无比动情地说：

"请原谅我，愿上帝保佑，我老是拿自己写的东西来给你添麻烦。我知道自己的行为很莽撞：文笔幼稚，如同小孩子的涂鸦之作……但是，要知道，这如今是我生活的全部了。但我写作的频率并不高，每次也只写一点点而已，更多的只是向往写作，只是有写作的念头罢了。我日日夜夜地幻想着，终究是希望有一天，自己能写出一点有用的东西来……"

对于一个拥有沙皇血统的公爵来说，能写出《孤独》这样的作品实属不易，值

① 菲利普·埃加利特(1747-1793)：原名路易斯·菲利普·约瑟夫，奥尔良大公，法国大革命时期放弃封号，投票赞成处死国王。

得为之惊叹。文中有这样的句子：

“九月末，风和日丽，四周都是碧绿的绿茵地带，黄色的麦茬，黑色的初耕地；银色的蛛丝在风中安静地飞舞着，还没来得及飞过阔叶林就已慢慢发黑变暗了；远方，在一片片森林之间，是座座白色的教堂。我骑着马。两只猎犬（白色的是条公犬，红色的是条母犬）紧随着马的步伐，四处搜寻着猎物。卡巴尔达人轻轻晃动着身体，脚步轻盈地踏在平坦的绿茵地上。我逐渐陷入了一种半睡半醒的状态。缰绳从手中脱落，平放着，从马脖子上低低地垂下来；我没有重拾起缰绳，此时的我正全身心地沉醉在冬眠中，害怕稍一活动，就会破坏这种悠然自得的感觉。

“从马腿下突然窜出一只灰兔，马被惊得哆嗦了一下，我不由自主地抓紧了缰绳。‘追上它！逮住它！’我拼命地喊道，策马紧跟猎犬。公犬抓住灰兔，将它撞倒在绿茵地上……

“骑马走在村镇的大道上。猎犬伸着舌头，气喘吁吁地跟在马的身后。纵狗捕兔的那股狂热劲已经逐渐褪去了。我又想起了那阵席卷全身的甜蜜睡意，竭力想要重新捕捉它，却发现无论如何努力，一切均是徒劳……为何听不见她那悦耳的笑声，看不见她那善良的大眼睛，还有她那温柔的笑容？难道要后会永无期，别离不相见吗？难道要承受这永世的孤寂吗？

“走进村落。脱谷机欢快地嗡嗡作响，链条和地面撞击发出砰砰的响声……我来到离教堂不远的牧场，在被熏黑了的铁匠铺附近停了下来，骑在马上大喊数声：‘谢苗，谢苗。’此时一个身材矮小、体格健壮的庄稼汉从板棚里出来，他走到马的跟前，朝我打着招呼，亲热地由下而上地打量着我，微笑着。

‘你好啊，谢苗。今天晚上来我家做客，陪我聊会天好吗？’我怯生生地问道，几乎带着哀求的语气，唯恐遭到拒绝。‘那好，会去的，谢谢。’他的回答很简洁，一边说着一边拽着用鞍带系在鞍后的那只灰兔……

“村庄后面不远处是我的庄园。一幢带有圆柱和阁楼的白房子被死死地钉在地上，孤零零地矗立在那里。右边是马厩，左边是我居住的一间小厢房。出来迎接我的是一位老工人。下马之后，他就上前拽着马辔，把它牵进马厩。我走进自己的厢房，喝了几杯伏特加，匆匆忙忙地吃了点午饭。在扶手椅中坐下，努力想让自己读一会书，结果却是连一页都没看完……我走到窗前，望着院子，望着那幢被死死钉在地上的房子，又走回到桌边，替自己斟了一杯酒，将杯中的伏特加一饮而尽……”

这些都不是作家的虚构之词。得知这一点后重读它们，很难不让我摇头感叹：多么奇怪的一个人啊！他也曾跟我提起过，自己写的文章里没有丝毫杜撰的成分。写完《孤独》后，他带着一贯的孩童般的淳朴和腼腆，特意来求我帮忙，希望能在我的帮助下找到一家出版社来出版这本书：

“不瞒你说，这赐予了我莫大的快乐。我非常珍惜这份手稿，因为，请不要见笑，书中的一切都是现实的写照——都是我的亲身经历，一段让我痛苦万分的经历……那个时候，我和奥丽雅……奥丽加·亚历山大罗夫娜分手了……”

重读这些句子时，我总会情不自禁地问自己一个问题，一个每每当我回忆起已故之人时就会在脑海中不停萦绕的问题：这位公爵到底是怎样的一个人？他会羞怯地央求铁匠与自己共度良宵，又会带着一股无辜的憨直劲儿，在旁人面前称呼尼古拉二世为科利亚？（某一天晚上我们去一个熟人家里做客，当时来的大部分客人都是老革命家。他听着革命家的慷慨激昂的讨论，无比真诚地感叹道：“啊，你们都是何等可爱、迷人的一群人啊！科利亚从未参加过这样的聚会，这是一件多么让人感到愁闷的憾事啊！如果你们彼此能成为朋友，事情就会往截然不同的方向发展了！”）他究竟是怎样一个人——我以前回答不了这个问题，现在

也是一样。有些人干脆称他为“失常之人”。但是不管怎样，这个“不正常”的人身上拥有某些神圣不可侵犯的、怡然自得的东西……

他寄给我的信也是他本人的另一种写照。在此摘引一些段落：

“……我在巴伊约纳的近郊定居下来，住在自己的小农场里，开始做些农活，养母牛，养鸡，养家兔，在花园和菜园里翻地……每逢周六就会去附近的桑然·德·柳斯的近郊，拜访住在那里的双亲……很久没有动笔写文章了，甚至今年夏天就开始写的那篇小说也无法写完。等我写完，就把它寄给你，希望你能提出最严格的批评……我很想念巴黎的老朋友们……想象着自己还在你巴黎的公寓里，我在那儿是多么怡然自得啊，大家一起聊聊天又是多么愉快啊！我永远也忘不了，你是如何竭尽诚意地对待我……”(1921年)

“……非常感谢你那温柔、善意、亲切的来信！听说你又开始创作了，我打心底替你高兴。你在信中说，巴黎的物价太贵，天气又阴冷，你们打算搬到南方去……到我们这里来吧，这个地方的物价低些，天气也比巴黎暖和些……今年夏天搬去农场之前，我曾先后两次住在桑然·德·柳斯近郊的一家膳宿旅馆里。食宿加在一起只付了二十法郎，写字台是极好的，房间虽称不上豪华，但也干净整洁，让人住着十分舒心。房东是一个母亲和她的两个女儿——不拘虚礼的巴斯克人[1]、著名的捕鲸者的后裔，容易让人对她们产生好感。在那里，我总有一种

①巴斯克人，是居住在西班牙、法国的一个民族。

宾至如归的感觉……”(1921年)

“……天已转凉,如今又到了雨季,大海常常波涛汹涌……我总是闷闷不乐,盼望着春天快点到来,我想它能够带走我的愁闷。今天开始写文章了,但是没能写下去,总也找不到合适的词汇来表达思想,来描绘脑海中的图景……”(1921年)

“……你的信让我喜不自胜。感谢你为我做的一切……我已经开始在写一篇构思好了的小说,但是进展得并不顺利。天气十分恶劣,又是暴风,又是大雨,或许等春天来临,阳光普照大地之时,心情会变得轻松一些,然而现在只感到苦闷和无边的寂寞……如果《北极光》上刊登了我的短篇小说,请你一定要通知我,并告诉我哪里可以买到这本杂志。我急切得盼望能在巴黎和你见面……”(1922年)

实际上,我对他的了解并不多:我们住在不同的地方,见面的次数也很少。在移民之前我甚至从未见过他,对他之前在俄罗斯的生活也知之甚少:战争开始前他是一名陆军少将,指挥过沙皇的步兵……1917年退役,后搬至沃尔涅日省的乡下居住,那儿的庄稼汉——这是一个相当奇怪的故事——还曾提议选举他为立宪会议的候选人……后来恐怖时期降临,他逃亡至法国,此后大部分时间都住在自己的父亲亚历山大·彼得罗维奇·奥尔登堡斯基府邸的附近,也就是巴伊约纳近郊的农场里(值得一提的是,他立下遗嘱将这个农场留给自己的勤务兵。这名勤务兵当年和他一起逃亡离开俄罗斯,像一名仆人、一位朋友那般寸步不离地陪伴着他,直到其生命的最后一刻)……对于他的性格我并非全部了解——天晓得,也许他身上除了我所知道的这些品性之外还有别的品性呢。我只知道他性格中美好的一面:这种“无以伦比的善良”,这种“打着灯笼都找不着”的“高尚的精神情操”,这种罕见的质朴。他待人礼貌,对朋友充满柔情,对于一切能够为人类内心带来和平、爱、光明和快乐的事物，都会满怀激情、坚持不懈地去追求……

起初他住在巴黎，那时我们见面的次数最频繁，后来——正如上文中提到的那样，他搬去巴伊约纳的近郊。让我们都感到惊讶的是，之后他竟突然再次步入了婚姻的殿堂：有一次我在领事馆碰到他（当时法国还未承认布尔什维克党，格列涅尔大街上的领事馆仍在我们侨民的管辖之下），他突然上前无比温柔地拥抱了我，说道："请不要感到奇怪，我给你介绍我的未婚妻……我们正好也来这儿办事，办理一些结婚所需的手续……"然而，这次婚姻生活依旧没有维持很长时间。离婚之后他很快便离开了人世。一年后的春天，我来到万斯（尼斯附近）找别墅，我跟妻子在那儿和他不期而遇：他一个人孤零零地坐在咖啡馆旁的广场上，一看见我们，就惊讶地跳了起来，赶紧朝我们走来：

"天啊，我真是太高兴了！完全没料到能在这见面！"

"你怎么在这儿，在这干嘛呢？"

他挥了挥手，哭了起来：

"你知道吗，我甚至不敢去拥抱你，也不敢亲吻维拉·尼古拉耶夫娜的手，我突然得了肺结核，被送到这里进行治疗，希望南方的天气能对我的病情有所帮助……"

然而南方并没能缓解他的病情。他又搬到巴黎，在那里的疗养院度过了人生的最后一个冬天。疗养院对他的病情也束手无策：快到春天的时候他被转移到了雷维耶尔，不久之后他便过世了——在贫困潦倒、孤独无助中离开了人世……

那年冬天，他最后一次前来拜访我。在信中请求道："我恳求你，只要你有时间，就约我见一面，我有非常重要的事……"不久之后的一个晚上他便来了——

好似一个行将就木之人，整个人气喘吁吁，浑身都被雨淋湿了。他向我说明来意：有人想充当他的监护人，宣称他有精神病(事情的起因是他立下遗嘱要将巴伊约纳近郊的农场赠给自己的勤务兵)，于是他便前来请我到某个地方去写个证明，证明他精神正常，神志清醒……直至今日回想起这件事来，我仍感到十分难过。

“但是，亲爱的，算了吧，我的证明能有什么意义呢?”

“哎，你不知道，意义可大着呢！如果可以的话，请写一份吧!”

当然，我最终还是写了。不久之后他便离开了人世，死亡终于将他从我们的这些证明中解脱了。

他的棺椁就停放在戛纳俄罗斯教堂的地下室里，等待着俄罗斯的召唤，等待着能够长眠于故土中。

一九三一年

库普林[①]

>

这是很久以前的事了——那时我第一次在《俄罗斯财富》月刊上看到库普林的名字，注意到了这个人的存在。当时人们念他的姓氏时总爱把重音放在第一个音节（“库”）上。后来我发现这种读法不知为何伤到了他的自尊心。他总会像野兽一般眯缝起原本就不大的眼睛（他在盛怒时总会习惯性地眯细眼睛），突然怒气冲冲地用他惯用的那种军人式的说法方式，一边把重音

---

① 亚历山大·伊万诺维奇·库普林（1870–1938）：俄国批判现实主义代表人物之一。代表作有《决斗》、《火坑》等。

放在自己姓氏的最后一个音节（“林”）上，一边连珠带炮似地嘀咕着：

“请诸位记住，我是——库普林。奉劝诸位别不穿裤子就往刺猬上坐。”

当初他身上野兽般的习性何其之多——单是其嗅觉就已灵敏得不似常人！更何况他身上还有那么多鞑靼人的天性！关于自己的私生活，他多半会守口如瓶。因此，尽管我们已是相识多年的好友，我对他的过去仍所知甚少。只知道他在莫斯科求过学，起初是在一所中等武备学校，随后又去了亚历山大军校，后来在俄罗斯-奥地利的边境上当过一阵子军官。自此之后他什么事情没尝试过啊！学过牙科，进过一些事务所工作，还在一家工厂上过班，做过土地测量员、演员，小记者……他的父亲是何许人也？似乎是一名军医。因为父亲的缘故亚历山大·伊万诺维奇才得以进入中等武备学校学习。我还知道他的父亲英年早逝，留下遗孀过着一贫如洗的日子，在不得已之下才搬进莫斯科的“孤孀收容所”。他的母亲是一位出身于鞑靼望族的公爵小姐，可以看得出来，库普林很是为自己的鞑靼血统而感到自豪。他甚至一度（在他名声如日中天的那段日子）戴过色彩斑斓的绣花小圆帽，戴着它去做客或是去餐馆，如同大人物一般气派地坐在那儿，神气活现得好似一位真正的可汗，这个时候他总会把眼睛眯得更加细。库普林不分昼夜地和临时的、固定的酒友们出入各种餐馆，报社、杂志和文集的出版商们乘坐着考究的马车竞相去他经常光顾的餐厅找他，低声下气地恳求他收下一千或者两千卢布作为预支稿酬，只求换他一句承诺——在善心大发之时千万不要忘记自己。而这位身材粗壮、脸庞极大的作家只是眯缝着眼睛一言不发，然后冷不丁冒出一句恶狠狠的话，一字一顿地低声说：“马上给我滚出去！”胆小之人就会吓得撒腿就跑，恨不得找个地缝钻进去。即便是在这段最不光彩的时期，他的身上仍然具备许多迥然不同的、带有个人色彩的特质：虽然极度傲慢自大，但又是那么出人意料地谦逊有礼；虽然粗鲁暴躁，但又是那么地善良、大度、腼腆，以至于还常常给人一种可怜兮兮的感觉；他是那么地天真、朴实，虽说有时是故意装出来的；又像孩子那般快活，对一些事物情有独钟，这种专一表现为他始终深爱着狗，爱渔夫，爱杂技，爱杜罗夫[①]，爱波杜勃内[②]，也爱普希金和托尔斯泰，不过关于托尔斯泰，他总是只谈论渥伦斯基的马——那匹"迷人的骏马弗鲁-弗鲁"。还爱吉卜林[③]，近年来评论家们经常把两人放在一起作比较。这样的比较自然是不恰当的，吉卜林在一些作品中表现出了真正的独创性，这是一个伟大的诗人，文笔独树一帜，自成一派，又有谁能跟他相提并论呢？库普林钟情于他是件顺理成章的事。

他的名字第一次出现在《俄罗斯财富》时，我就立刻对他给予了厚望。因此有一回我在敖德萨郊外柳斯特多尔夫镇的作家费奥多罗夫那里做客时，听说作家库普林也来了，就在和我们同住一个别墅的邻居卡雷舍夫那里串门。得知此消息后我非常高兴，立刻和费奥多罗夫一同前去拜访他。当时下着雨，等我们赶到的时候他已经不在了，有人告诉我们："他大概是游泳去了。"我们跑到海边，看见一个个子不高、微微发福、浑身呈粉红色的男人正笨手笨脚地从水中爬出来，他大约三十多岁，栗色的头发剃成平头，用一双狭小的近视眼仔细打量着我们。"是库普林吗？""是我，你们是哪位？"我们向他做了自我介绍，他立刻露出友好的笑容，用他那只小手（契诃夫有一次跟我说起过这只小手，称它为"天才之手"！），有力地和我们握手。我们一见如故，很快就建立起了友谊。当时他是那么快活，

① 谢尔盖·费奥多罗维奇·杜罗夫（1816-1896）：俄国诗人，1849年因进步思想而被判四年苦役，后被充军。

② 伊万·马克西莫维奇·波杜勃内（1871-1949）：俄国运动员、古典式职业摔跤选手，参赛四十年保持全胜纪录。

③ 约瑟夫·鲁德亚德·吉卜林（1865-1936）：英国小说家、诗人，1907年获诺贝尔奖。主要作品有《营房谣》、《生命的阻力》、《丛林之书》等。

那么温厚，对任何问题都欣然作答（只要不涉及他的家庭和童年），说起话来很不连贯，还显得特别着急："我从哪里来？从基辅……在奥地利边境的部队里服过役，后来离开了部队，尽管至今我仍认为军官的称号是最崇高的……之后在波列西耶靠打猎为生——任何人，甚至于连我自己都无法想象，在天亮前捕猎松鸡到底是怎样一回事！后来又为了挣一点小钱，替一家基辅小报写过些乱七八糟的文章。还在贫民窟里住过，周围尽是些最下流的混蛋……我现在在写什么？什么也没写，才思枯竭到什么都想不出来。我已经穷困潦倒啦，你们瞧，我的皮鞋都破成了这样，在敖德萨都没鞋穿出门了……感谢上帝，可爱的卡雷舍夫一家收留了我，要不然我只能去行窃了……"

这是一个美妙、温热的南方的夏天，我们无休无止、漫无目的地走在繁星璀璨的夜空下，坐在悬崖上俯瞰苍白的昏昏欲睡的大海，这期间我一直劝他再写点东西，哪怕只是为了挣些稿费也好。他可怜兮兮地诉苦道："没人会要我的稿子。""可您已经发表过作品了啊！""是啊，可我现在觉得自己只会写些垃圾作品，没人会要。""我和《大千世界》[①]月刊的出版商达维多娃是好朋友，我担保他们会采用您的作品。""非常感谢您的好意，但我能写些什么呢？脑子里一片空白，毫无思路！""打个比方，您了解军人，就写点关于军人的故事吧。比如，一个年轻的士兵在夜间执勤时，苦闷不堪，倍感寂寞，怀念起了乡村……""但我对乡村一无所知啊！""没关系，我熟悉得很，我们一块儿来构思吧……"于是就有了他的《夜岗》，我们把手稿寄给了《大千世界》。后来他又写一部短篇小说，我立刻带着他的新作去敖德萨，交给《敖德萨新闻》，而他却不知为何"怕得要命"，不敢亲自去交稿件。我当场就拿到了预付给他的二十五卢布的稿酬。他站在大街上等我，当我从编辑部跑出来，拿着二十五卢布出现在他眼前时，他高兴得简直都不敢相

① 俄国文学、科学普及刊物，1892年至1906年在彼得堡出版。

信自己的眼睛，马上跑去给自己买了双皮鞋，又雇了辆马车把我送到海滨餐厅“快乐之邦”请我吃烤鲭鱼，喝比萨拉比亚白葡萄酒……此后多少年里，也不知有多少回，每当喝醉酒后他总要冲着我噼里啪啦一顿嚷嚷：

“我可饶不了你，竟敢在我穷困潦倒的时候对我施以援手，竟敢给我这个赤着脚的穷光蛋鞋子穿！”

几十年来，我们之间的友谊是相当奇特的。他时而对我温情脉脉，亲热地称呼我为查理德、阿尔贝特、瓦夏，有时又突然翻脸，甚至在清醒时对我也是凶巴巴的：“我憎恨你写出的东西，你的描写看得我眼花缭乱。我只赏识你出色的文字功底，还有你高明的骑术。你还记得那次我们在克里米亚骑马上山吗？”而喝醉后的情况就更不用说了：尽管体魄强健，但只消一杯伏特加下肚就立刻变得醉醺醺起来，那时他能和周遭任何一个人发生争执。他那带着野性的火爆脾气和他变化无常的情绪一样，总能让人瞠目结舌。越是了解他就越会发现，稍显正常且有规律的生活根本不适合他，也无法指望他能按部就班地从事文学创作工作：他挥霍自己的健康、精力和天赋简直到了让人难以置信的地步，不管在哪里生活，他总是一副对一切都毫不顾忌、满不在乎的姿态……

最初相识的几年里，我们经常在敖德萨见面，在那里我眼见着他一天天沉沦下去，白天不是在港口闲逛，就是在最下等的酒馆里喝酒，晚上则在最可怕的旅馆里过夜，不看任何书报，除了港口的渔民、马戏团的角斗士和小丑外，他对任何人都不感兴趣……这个时候他经常说，自己成为作家纯属偶然，虽然每回跟我见面时总会兴致勃勃、如痴如醉地大谈种种敏锐的艺术观察，还常常流露出某种发自心底的喜好，比如——热衷于挖苦他人。他常常满脸陶醉地说：“随便找个笨蛋——一个自命不凡的庸才，使劲给他戴高帽子，竭尽所能地吹捧他，把他耍弄得晕头转向，还有比这更开心的事情吗？”

后来他的生活发生了翻天覆地的变化：他去了彼得堡，同文学界人士密切来往，又出人意料地娶了达维多娃的女儿为妻（当初是我把他引荐给这家人的），还成了《大千世界》月刊的老板——库普林突然向达维多娃的女儿求婚，这之后没过几天达维多娃就去世了。从此他过起了锦衣玉食的生活，摆起了老爷的派头，越来越以自己人的姿态跻身于上层文学圈中。而最重要的是，他又开始勤奋写作了，每一部新作都为他赢得越来越大的成就奠定了基础。库普林许多最优秀的作品都诞生于这段创作的黄金时期：《盗马贼》《泥潭》《胆小鬼》《生命之河》《冈布里努斯》……《决斗》问世之后，其名声更是达到了巅峰……

十八年前，我们夫妇俩和库普林以及他的第二任妻子同住在巴黎的一幢楼房里，彼此成为近邻。那时他嗜酒成性，有一回医生给他检查身体，做完检查后医生斩钉截铁地对我说："如果他再不戒酒，最多只能活六个月。"但他根本不把医生的话放在心上，而且还又活了十五年，诚如某些人所说的那样："这人各方面都是好的。"然而凡事皆有度，他过人的精力也有用尽的一天。大约三年前，我从南方回来，某日在街头偶遇库普林，不由得大吃一惊：这哪还是当年的库普林啊，简直判若两人！他迈着可怜兮兮的小碎步，慢腾腾地向前挪着脚步，整个人看上去又干瘦又虚弱，仿佛一阵风就可以把他吹倒。他没有一下子就把我认出来，之后马上过来拥抱我，那个拥抱温柔得令人感动，柔和得让人心酸，我的泪水不禁夺眶而出。有一次我收到他寄来的一张明信片，一共就两三行字，字写得很大，歪歪扭扭，还很不合理地漏写了一些字母，像是小孩子的手笔……这就是近两年来我没再和他见面、也没去探望他的原因。愿上帝宽恕我吧，我实在没有勇气去目睹他现在的模样。

去年夏天，我由意大利坐火车途径巴黎的郊外，那天清晨一觉醒来，翻阅起列车员送来的报纸——一条出人意料的消息映入眼帘，我感到惊愕不已：

“亚历山大·伊万诺维奇·库普林返回苏联了……”

对于“重返故土”这件事我并没有产生任何政治上的情绪。他并不是自己动身回去的，而是被人护送回俄罗斯的——他已病入膏肓，虚弱得跟婴儿一般没有任何自理能力了。我只是感到心酸，因为此生已无缘再和他见面了。

每每重新翻阅库普林的作品，总会不由自主地回想起他的辉煌过往，回想起他对声誉的态度。诸如高尔基、安德烈耶夫、夏里亚宾此类人，总会沉醉在自己的名声中无法自拔。不管是在大庭广众之下，在各种群众集会上，还是去别人家做客、相互拜访，抑或是在餐馆的雅室内，这些人无时无刻不在感叹——自己有着多么显赫的名声啊！他们装腔作势，坐姿、谈吐和吸烟的样子都极不自然，无时无刻不在彰显着自己的卓尔不群，刻意强调他们之间的友谊，一定会在谈话中加上：“你，阿列克谢；你，列昂尼德；你，费奥多尔……[①]”而库普林，即便是在其名声并不亚于高尔基和安德烈耶夫的年代里，也依旧宠辱不惊，仿佛这些声誉在他生命中根本不值一提。他淡泊寡欲，毫不在意世俗的荣誉，照旧只和自己的新朋旧友们来往，只和像酒鬼、无业游民马内奇这样的酒肉朋友们交好。荣誉和金钱对他而言，只不过是让他能够随心所欲地生活，能够无所顾忌地做自己想做的事情，能把自己生命之烛的两端同时点燃，能叫嚣着让一切都见鬼去——仅仅是拥有这种自由而已。

有一次，不知出于什么原因我对库普林这样说：“我这个人不爱慕虚荣，但自尊心很强。”

“那我呢？”他立刻问道。习惯性地眯起眼睛，凝视着远方思索了一会。然后又用他军人式的快语说，“嗯，我也是如此。自尊心强到令人发指的地步，因此有时反倒会羞怯得要命。至于爱慕虚荣嘛，我甚至没有资格去谈论。我能成作家

① 分别是高尔基、安德烈耶夫、夏里亚宾的名字，这样的称呼表示关系亲近。

纯属偶然，长期以来为了养家糊口什么工作都干，后来才靠写些小故事为生。这就是我整个文学生涯的写照。”

他一再强调说：“我成为作家纯属偶然。”然而事实并非如此，他在自传体小说《士官生》中的那段自白恰恰就驳斥了上述的说法[①]。实际情况是：退役之后的库普林确实虚度了一阵子光阴，为了养家糊口什么工作都干，但他也替基辅的某家小报社工作，不仅当记者，还写些“小文”。他告诉我，这些“小文”虽然“卖不了几个钱，但极容易脱手”。写文章的时候，“轻吹口哨，奋笔疾书，可以称得上是信手拈来皆文章。”凭借着自己的才气，他轻而易举就能迎合编辑和读者的喜好。带着同样的机灵劲儿继续从事创作，已经不再往基辅小报投稿，而是把精力投入到厚厚的杂志中去了。

之前提到“他凭借着自己的才气”，准确地说，应该是凭借其“八斗之才”。众所周知，他的成长环境是什么样子的，他是在什么地方、怎么样度过自己的青年时代的，在人生旅途中又是和什么样的人结交的。他读过哪些书？何时何地读的这些书？他在给评论家伊兹马伊洛夫的一封带有自传性质的书信中写道：

“退伍之时碰到的最棘手的问题是——当时的我胸无点墨，既无科学知识，也无生活常识。直到现在我仍然求知若渴，带着无法满足的贪婪扑向生活，扑向书本……”

然而他扑向书本（如果真是像他描述的那样“扑了上去”）的时间久吗？无论如何，“直到现在”这四个字是言过其实、不足为信的。他的全部学识、他所受的全部教育都是在仓促间草草而就的，但凭借自己的天赋掌握这些东西是件轻而易举的事，后来的结果——怎么说呢？单就文化修养而言，他的作品只能算是普

---

①库普林在自传性小说《士官生》(1933年)中是这样描述主人公对写作的向往的：“当诗人或者小说家是亚历山德罗夫魂牵梦萦的夙愿。”

通水准。值得一提的是，他毕生酗酒，但在这种状态下竟然还能写作，而且往往还写得条理清晰、生动有力，与他的生活方式及生活中的他（而不是从事文学创作的他）是截然不同的。总而言之，上述种种都令人倍感诧异。

我们都知道他是如何生活的，也知道生活中的他是怎样的一个人。他的生活状态和写作状态之间的反差引人注目。评论家们总是滔滔不绝地谈论库普林作品中非同寻常的"自发性"和"自然性"，以及那种"引人入胜的原始感受"。直到现在，评论他的文章依旧是千篇一律："阻碍库普林成为伟大作家的只是其天赋的自发性，地地道道俄罗斯式的挥霍，过分轻信'直觉'，从而破坏了各方面的完整性和完美性……引用一句象征主义者评价风俗派作家的话——'他没有从音乐学校毕业……'[①]就其本性而言，库普林并不是一个读书破万卷的人，在创作中无法获得源自各种文学题材的灵感……无论是他本人，还是其笔下的主人公们，都不具备双重性……"所有的说法都有待商榷，需要作出补充说明。他身上的确不存在双重性吗？他的确是"自发"地、"自然"地、遵循"本能"地生活着——的的确确对一切都满不在乎，毫不珍惜自己的身体、智慧、心灵和名望，他的做法成为了人们谈资，且在日后很长一段时间内还将饱受非议。然而作为作家的他又是什么样子的呢？不，他是上过"音乐学院"的（至于学校怎么样，则是另一回事了）。他的才华以及创作时的神速，对他的创作远非都是有益处的。

甚至在其创作生涯的中期，他的那些短篇小说中仍不乏这样粗俗的词句，例如："姿色超群的女人。""富丽堂皇的餐厅。""为生存而斗争的铁一般的纪律。""他那几乎如同女子一般温柔的天性，在现实与其强烈而又严峻的各种需求的粗暴碰触下而战栗不已。""尼娜的小脸蛋儿旁垂着一绺绺烟灰色的鬈发，她那婀娜多姿的身影时时刻刻萦绕在他的脑海里……"当然，这些还不怎么要紧。真正糟

①俄罗斯象征主义注重"音乐精神"，这是一个重要的象征主义诗学、美学、哲学的概念。

糕的是，库普林的天赋中还包含着一种非常强大的能力——即善于依样画葫芦，老是重复一些陈词滥调，循规蹈矩地遵循着所谓的**模板**，既表现在小范围内也表现在大范围中，既表现于表面也表现于内在。于是便有了这样的场景：需要写一篇符合基辅小报口味的文章？没问题，五分钟就能搞定，如果有需要，丝毫不忌讳写出类似下面的话来："落日的斜晖映在树梢……"需要给《俄罗斯财富》写篇小说？对此也毫不吝惜笔墨——给你们一篇《莫洛赫》[1]：

"工厂的汽笛长鸣不已，宣告着一个工作日的开始。这种低沉而又嘶哑的声音仿佛从地底下传来，随后又沿着地面扩散到空气中……"

就文学性而言，这样的开场白难道不好吗？文章写得中规中矩，合乎语言规范——包括这两个句子平庸的节律，也未必会比落日及其斜晖那句话的节律逊色。下文中的语句也是如此，均合乎语言**规范**，**但凡那个时代的模式所**需要的东西此处应有尽有，但凡《莫洛赫》中该有的东西此处也一应俱全：工程师鲍勃洛夫是个神经质得近乎病态的知识分子，他有着"如同女子一般温柔的天性"，在为资本主义服务的过程中饱受磨难，甚至落到吗啡中毒的结局。"豺狼"一般的资本主义剥削者克瓦什宁为了将工厂里另一名工人的女儿(也就是鲍勃洛夫的情人、那个"婀娜多姿"的尼娜)占为己有，让其成为自己的情妇，于是不惜强行将她许配给自己手下的另一名职员——一个利欲熏心的钻营之徒。饥寒交迫的工人们在绝望中奋起反抗，发起暴动，工厂失火……

我始终难以忘怀他的很多了不起的长处，这些长处表现在他的作品《盗马贼》《泥潭》《退职家居》《密林深处》《生命之河》《胆小鬼》《雷勃尼科夫上尉》《冈布里努斯》中，还表现在描写巴拉克拉瓦渔民们的一系列精彩的短篇小说

[1] 中篇小说《莫洛赫》发表于1896年。莫洛赫原指古代腓尼基人信奉的太阳、火、战神，以儿童为祭品。小说旨在强调当时俄国社会的残忍和粗暴。

里，甚至是《决斗》或者《火坑》的开篇也均有涉及。然而即便是这些作品，其中也难免有不少让我感到惋惜的不足之处。就以《生命之河》为例，那个在塞尔维亚客栈开枪自杀的大学生的遗书便是如此，他在临终前这样写道："被陈腐的道德观迫害致死的又何止我一人……老一辈的人们都是在笃信上帝、缄口不言的氛围中成长的，他们被迫盲目地去敬重长辈，压制自己的个性，没有任何发言权。就让这个卑劣的年代，让这个充斥着沉默和赤贫的年代，让这种在宗教反动势力无声庇护下的幸福祥和的日子受到诅咒吧！"这难道不是"文学"吗？此后很长一段时间我都没有再去读它，最近我又打算重读他的作品，但立刻就失了兴致：起初只是打开他的书籍随手翻阅，一眼就看到了当年自己用铅笔在书上标注下的记号。下面摘抄一部分我作过标注的句子：

"这是一幅可怕却又引人入胜的图景(关于工厂的画面)。人们犹如一台庞大而又坚固的机器，在这里热火朝天地劳作着。数以千计的人们从天南海北聚集在此，遵循着为生存而斗争的铁一般的纪律，只为推动工业向前迈进一步而贡献出自己的力量、健康、智慧和能量……"(《莫洛赫》)

"两个头发被太阳晒枯了的孩子从炉灶上探出了自己的小脑袋，向下张望着……角落里挂着一幅圣像，

圣像前摆着一张空无一物的桌子；从天花板上垂下一根金属杆子，杆子的末端悬吊着一盏玻璃已被烟熏得发黑的破油灯。大学生在桌旁刚一坐下，就立刻感觉到百无聊赖、心情沉闷，仿佛已经被迫在这里呆了很长很长的时间——身心疲惫，无所事事。”

“喝完茶后，他（庄稼汉）在胸前画了个十字，把茶杯翻转过来倒扣在桌上，小心翼翼地将剩下的一小块糖放回糖盒里去……”

“一只苍蝇撞击着窗玻璃，一个劲儿地发出嗡嗡的叫声，仿佛在令人厌烦地、没完没了地重复着同一个怨诉……”

“这样的生活有何意义？”他（大学生）热泪盈眶地说，“谁需要苟且度日，过这种悲惨的非人生活？泥潭怪诞的噩梦吞噬着这些可爱的、无辜的孩子们的鲜血，他们生病或是死亡又有什么意义呢……”（《泥潭》）

“一个奇怪的声音突然打破了深夜的寂静……它贴着地面在森林中呼啸而过，随后便消失了……”（《密林深处》）

“他睁开双眼，那个奇异的声音变成了滑轨单调的嘎吱声，变成了挂在车辕杆上的铃铛的叮当声；覆盖着皑皑白雪的田野还沉浸在睡梦中，如同往日那样向左右两边伸展开去，值班的驿站车夫那黑黝黝的佝偻的背，如同往日那样矗立在他的眼前，马的臀部依旧有节奏地匀速摆动着，打了结的马尾巴如同往日那样在身后来回晃动……”

“请允许我作自我介绍：本地警察局局长巴维尔·阿菲诺格诺维奇·伊里索夫——一个执法严明的长官。”（《犹太女人》）

说实在的，我很难克制自己不在这些已被世人歌颂过千百遍的段落下面画上记号。孩子们必然会“从炉灶上探出自己的小脑袋，向下张望着”；必然会有那么一块咬剩下来的糖；必然会有那么一只“仿佛在令人厌烦地、没完没了地重复着同一个怨诉”的苍蝇;《泥潭》中的大学生沿用了契诃夫塑造人物的传统;“一个奇怪的声音突然在森林中呼啸而过”套用了屠格涅夫的表达方式;还有托尔斯泰式的雪橇上的假寐(“马的臀部依旧有节奏地匀速摆动着……”);那位执法严明的雷霆之警,其姓氏必然是伊里索夫或者吉阿钦托夫,父称必然是阿菲诺格诺维奇或者阿尔达利昂诺维奇[1];而《小人物》则再一次全盘袭用契诃夫,例如小说中流落到北方某地的一名教师和医生在雪地中的那番对话:

“教师有时候觉得,自从记事以来,他就从未离开过库尔什……只有在被遗忘的童话故事里或是梦境中,他才能得以领略到另外一种生活,那里繁花似锦,有温良恭俭让的人民,有充满智慧的书籍,还有女性温柔的声音和微笑……”

“‘谢尔盖·菲尔塞奇,我总认为如果自己能作出贡献,哪怕只是略尽绵薄之力也是件好事,’教师对医生菲尔塞奇说,‘比如说,望着最为富丽堂皇的建筑、宫殿或者大教堂,我会在心里想:但愿建筑师的名字能够流芳百世,我丝毫不妒忌他,反而为他获得的荣誉而感到高兴。即便是一个毫不起眼的泥水匠,也是怀揣着对工作的热爱而去砌砖头、抹石灰浆的,难道他就不能同样感到幸福和自豪吗?我常常在想,我和你虽只是这世间微不足道的存在,只是小人物而已,但是倘若有一天人类变得自由和美好呢……’”

在他的短篇小说《水仙》中,我画上记号的是描写上流社会沙龙的一个片段,其中提到了某位男爵夫人和她的女友贝西——是啊,这已是不成文的规定了,她必定得叫贝西!那还是一个雷雨交加的夜晚,“在厚浊炽热的空气里,可以嗅到一丝暴风雨将至的味道。”一对恋人在这样的氛围下第一次接吻。将恋人之间的初吻和“快要到来的暴风雨”结合在一起是作家们惯用的场景,已被描写过不下

①伊里索夫有“鸢尾草”的寓意;吉阿钦托夫代表“风信子”;阿菲诺格诺维奇意为“雅典之子”;阿尔达利昂诺维奇则是“希腊阿尔达河之子”的意思。

千百次了……小说《火坑》中我画的句子是:“女演员埃及人式的长长的碧眼中燃起了一簇火花。”她的歌喉深深震撼了妓院姑娘们的心,以至于作者本人都无比郑重地赞叹道:“天才的影响是多么得巨大啊!”

我继续翻阅他的作品,随手拿起一本书,读完第一篇小说后心里就觉得更加不痛快了。这篇小说名为《在铁路会让站上》。内容梗概如下:坐在列车同一节车厢的一对青年男女在旅途中邂逅;女子有着“苗条、婀娜的身姿和一头飘逸的浅灰色秀发”,而她的丈夫则是一个面目可憎的老官吏,被作者描述得极为丑陋不堪:“亚沃尔斯基先生除了谈论自己的显要,以及自己的风湿病、痔疮之外,其余一无所知、一概不谈,在他眼里妻子只不过是自己花钱买来的‘私产’罢了……”这个老头昼夜不分地训斥、埋怨他那可怜的“私产”,见她与年轻男子接近便拈酸吃醋,还对男子恶言相向,这反倒将两个年轻人之间的爱情之火吹得更旺了,最终两人在一个会让站的小站上互诉衷肠,表达了对彼此的爱慕之情,此时一列迎面驶来的火车恰巧停在两人所乘的这列火车旁。互道爱慕之后,他俩决定抛下老头,远走高飞,携手去走余下的人生。这时年轻男子激动地高呼:“是天长地久吗?是白头偕老吗?”而年轻女子则“将脸蛋贴在他的胸前,作为回答……”

后来我又重读了一些已被我淡忘的小说:《孤独》《神圣的爱情》《夜宿》,以及一些军事题材的小说——《夜岗》《行军》《审讯》《婚礼》……前三篇小说较为逊色:情节缺乏说服力,故事安排得也不够巧妙,还摹仿莫泊桑和契诃夫的写作手法,但依旧写得无比流畅、老练、巧妙……“维拉·利沃夫娜突然产生了一种难以遏制的欲望,想要尽可能地依偎在丈夫的怀中,将脸埋在亲人强壮的胸膛前,汲取他的温度来温暖自己……朵朵浮云时不时地遮住皎洁的圆月,陡然间就被晕染上一圈美妙的金色光环……维拉·利沃夫娜生平第一次产生了这样一个可怕的想法——但凡内心敏感、善于深思熟虑的人迟早都会意识到:两个亲近的人之间永久地横跨着一个无法改变又不可逾越的障碍……”这部短篇小说和之前的文章一样，均是些陈词滥调。然而军事题材的小说却给了我完全不同的感观，我越发由衷地发出赞叹：写得真好！虽然依旧写得过于流畅、巧妙和老练，但是所有这一切都已升华为真正娴熟的写作技巧，这已然是另一种尝试了，尤其是《婚礼》这部小说，完全不同于上文提及的那几部作品，不会让人产生这样的想法："呦，这里有多少托尔斯泰和契诃夫的影子啊！"这是一部相当残酷的小说，里面有不少恶意的讽刺，但依旧是一篇上乘之作，写得十分出色。当我畅游在库普林创作巅峰时期的作品海洋中时，当我品读之前提及的《盗马贼》《泥潭》等作品时，我已经无法思考它们本身的不足之处了——虽然它们的确存在很多明显的瑕疵，诸如廉价的思想性，在揭发性和公民高尚性这两方面不落后于当下的时代精神的渴求，以戏剧性的情节和几近残酷的现实主义来哗众取宠的预谋……作品的欠缺之处已被我忽略，而我只是赞赏其中的种种过人之处：行云流水般的文字，笔扫千军般的气势，语言明快，言简意赅，无一赘语……

库普林多年的密友、著名评论家皮利斯基[①]曾写过一篇评论他的文章：

"库普林为人坦率真诚，是个心直口快、胸无城府之人，他的身上有着一股不加掩饰的令人愉悦的热情，总是怀着温暖的善意对待周围的一切……他那双灰蓝色的眼睛时而会发出奇妙的光芒，天才之光仿佛被插上了翅膀，在他的眼中忽隐忽现地颤动着、闪烁着……直到晚年他还渴望能彻底摆脱世间的一切枷锁，渴望像英雄那样勇者不惧，'铁血岁月，雄鹰和巨人'的时代令他向往不已……"

将来，不少人依旧会用这类俗不可耐的话来描述他，会一遍又一遍地谈论——库普林身上有多少这种"原始的、野性的东西"，他有多么热爱自然、骏马、狗、猫、鸟……显而易见，后者真实的成分居多。当我提到作为作家的库普林

① 彼得·马谢维奇·皮利斯基(1876–1942)：苏联文学评论家、记者。

和作为人的库普林之间存在的差异时——几乎所有人对此的看法都是一致的——我全然不是想说,“作为作家的库普林”身上绝对不会表现出“作为人的库普林”身上的那些特质:当然会有所表现,这一点是毋庸置疑的,而且越往后表现得就越多。“库普林总是怀着温暖的善意对待周围的所有生物。”或者如另一位评论家所说的,“库普林为全世界送上祝福。”这些也确有其事。然而还需谨记,这些仅仅发生在库普林生命和创作的后期。

一九三八年

忆普希金[1]

“请您回答:(1)您是如何看待普希金的?(2)您是否模仿过他?(3)一般来说,您在哪些方面受过他的影响?”

总而言之,很久之前我就对这个现象感到奇怪了:为何近几十年来大众对普希金的兴趣如此之大?“新”俄罗斯文学与普希金有何相同之处?能否想象得出某种与新文学截然不同的东西来?普希金就是简约、高尚、自由、健康、智慧、节奏、韵律和审美的化身吗?看到这张调查表上的问题,我至今仍感

① 本文于1926年发表在巴黎出版的《复兴报》上。

到十分愕然。然后人们又抛出一个极具典型的问题:“您是如何看待普希金的?”我在某篇短篇小说里描写过这样的场景——一个中等师范学校的学生问一个庄稼汉:

“喂,请你说一说,你的父老乡亲们是如何看待你的?”

庄稼汉回答说:

“不管怎么样,他们都不敢对我有什么看法。”

瞧,我也可以像这样回答:

“不管怎么样,我都不敢对他有任何看法。”

唯有在叶赛宁主义者和马雅可夫斯基主义者之后,才能回答这个问题:

我许诺你们一个天国……

把白卫军——统统枪毙!

为什么不攻击普希金?

我依旧在那坐着,久久地回忆着,思考着。思考着普希金,思考着昔日普希金的俄罗斯,思考着自己,也思考着自己的过往……

我曾模仿过他吗?然而我们中又有谁没模仿过别人呢?我也不例外,甚至在青年时代的初期还模仿过他的笔迹呢。之后,有意而为之的似乎只有一次。记得某一天晚上,我正在重读(这是第几次了?)《西斯拉夫之歌》,突然一股无以名状的狂喜向我袭来。我熄灭灯火,回忆起一年前在贝尔格莱德的那段日子,回忆起自己是如何在多瑙河上尽情畅游的。于是便构思了诗歌《年轻的国王》:

不是那红色的鸽子在辗转奔波，
夜幕笼罩着黑压压的山岭——
闪电在乌云中来回穿梭，
照亮了篱笆和农舍，
远处雷声隆隆。

“您，国王大人，”
叶连娜对国王说，
而国王却对她视而不见，
自顾自地骑上了马，
试试马肚带束得是否牢固。

“国王大人，
怜惜一下您的王国吧，
别在夜里进入山中：
大人，敌人的营垒近在咫尺。”
国王依旧沉默不语，
又试了试马镫是否牢固。

“您，国王大人，”
叶连娜对国王说，
“请怜惜一下您的年幼的孩子，
怜惜一下您年轻的妻子吧，

就派我的未婚夫替您出征吧!”

国王依旧对她不理不睬,
在黑暗中整理着缰绳,
凝视着山中驰骋的闪电。

叶连娜伤心地痛哭起来
轻声说道:
“国王大人,
请您在寒舍歇一宿吧,
请您屈尊纡贵留宿家中吧,
这是我们莫大的荣幸……
哪怕待到天明也好,
派我的父亲替您出征吧!”

山间隆隆作响,不是炮声连天,
而是雷声在山间回荡,
大雨倾盆,雨水打在水塘中哗啦啦作响
蓝色的闪电在空中闪耀,
长针般的雨滴,烧蓝的黑夜,
湿漉漉的稻草屋顶,
雄鸡在村里引吭高歌——
不知是由于惊吓而在睡意蒙眬中啼叫,

还是为了赞颂这愉悦的良宵……

国王坐在农舍的台阶上……

哎呀，叶连娜长得高挑又美丽！

她勇敢地踏在马粪上，

灵巧地给马添上饲料……

后来还有什么呢？我记得自己已经不再对其进行模仿，而只是产生了某种愿望，某种在我的生活中出现过无数次的强烈愿望：想要创作出普希金式的作品，写出某种美好的、自由的、严整的东西来。这个愿望来自于爱，来自于对他的亲属感，来自于普希金式的愉悦的心境，而这样的东西我们只能偶尔通过上帝的恩赐才能获得。例如，某个阳光明媚的春日，我们来到那不勒斯的近郊。在诗人维吉尔[①]的墓地前，不知为何我突然想起了普希金，他的思潮在我心中澎湃起伏，于是我写出了这样的诗句：

野生的月桂，常春藤，玫瑰，

院中是一群破衣烂衫的孩子们，

杂草遍布的丘陵上，

是一群褐色的山羊。

大海宽广无垠，

①普布留斯·维吉留斯·马罗，通称维吉尔（公元前70年—公元前19年）：古罗马诗人，代表作有《牧歌》、《农事诗》等。

一望无际……

我深信，临死之时你会明白——

你的灵魂——是我的。

诗人知道：春天

将赐予逝世之人，

再次享受愉快的尘世生活的机会，

至于给谁——又有何区别？

月桂的芬芳，尘土的气息，

徐徐的暖风……我感到幸福，

维吉尔，我的灵魂，

不是你的，也不是我的！

又是一个风和日丽的春日，空气中都充满了幸福的气息，我们在西西里岛上漫步……这和普希金又有何关呢？可我却清楚地记得，这一切都与他有着千丝万缕的联系，于是我写了下面的诗：

僻静的山麓中坐落着几座修道院，

那是海盗的遗产，

遗落的修道院空无一人——

那里曾是我灵魂的寄托：

我爱你们，简朴的禅室，

庭院被围在沉重而又光秃的围墙里，

土堤和沟壕上布满了灰白色的霉层，

塔楼下方是茂密的灌木林，

沿岸的斜坡地上，

堆满了浅灰色的光滑石块。

透过橄榄树，依稀可见岩边湛蓝的海水，

带着咸味和清新之意的风迎面吹来，

有力地拍打着橄榄树的枝叶，

随风吹来的还有和兰芹的香气！

啊，庞贝古城，不知何故他又出现在我的身边，我的回忆录中不仅留下的庞贝古城的身影，还有他的音容笑貌：

庞贝古城！曾有多少次，我徘徊在这些小巷之中！

四月天的庞贝古城，你比荒野古墓更加寂寞空虚，

你比博物馆更加死气沉沉，更加干净整洁。

所有一切都成过往云烟，莫不成是我的过错：

何人在何处居住过，何处有窈窕淑女；

在光秃秃的围墙上，没有房顶，没有屋脊，

跳起了环舞，透明的布料在空中飘舞！

我只记得古罗马的遗迹，

在大门口被来来往往的车轮抹去了痕迹，
山谷的雾霭，维苏威火山，花园……
已是春天。好似隐形的蜂房里的蜂蜜，
我在心中贪婪地、愉快地积攒着
旺盛的精力——只因我热爱生活！

在普斯科夫森林的那年夏天，无论白昼还是黑夜，普希金总是与我同在。我夜以继日地创作着诗歌，总感觉自己是在沿着他的足迹前行。在他面前，在所有成就了我的事物面前，我为自己的不体面的行为而感到战战兢兢：

远方漆黑一片，森林郁郁葱葱。
在红色的幻想下，在那松树下，
我站在门槛上，慢慢步入
那被遗忘的、亲爱的世界。
我们是否配得上自己的遗产？
我在那儿已经感到心惊胆战，
猞猁和熊出没的林间小径，
把我们引向神话般的世界。

在一个美妙的夏日，我待在奥尔洛夫庄园的家里，写了一整日的诗。那一天发生的事至今仍然记忆犹新。吃过早餐，我又重新翻阅起《别尔金小说集》来。普希金所写之文字字珠玉，读罢让人心潮澎湃，我马上就想动笔写些古老的、属于普希金那个时代的东西。我再也无法继续读下去了，把书扔到一旁，从窗户跳了出去，在花园的草地上躺了许久许久，在恐惧和愉悦中等待着，等待那紧张的、无序的、荒谬的、充满激情的工作能为我带来某些东西。这份工作占据了我的整个心灵和想象空间。我全身心地沉浸在夏日中，沉浸在那个乡村花园里，沉浸在属于我的祖先以及他们那个久远年代的、属于普希金时代的那个亲爱的世界里，这让我感到无比得幸福……于是便创作出了诗歌《青年时代的祖父》：

在这座有着百年历史的房子里，
留下了我所有的先辈们的印记，
有早晨、太阳、绿草以及花园，
还有露珠和鲜花。
他那生动而又乌黑的双眼，
看向华丽的乡村卧室中的那面镜子，
望着镜中自己的坎肩，和美丽前额，
非常讲究地，带着一种女性的殷勤，
扑上脂粉，喷上香水。
而那扇敞开的窗户下，
散发着灼热的荨麻的气息。
庄严的钟声散发着节日幸福的味道，
让我想起了，在恰当的时刻，
他会来到林荫小径。
田野里热浪滚滚，阵阵轻风从那吹来，
金色的阳光透过枝桠舒展的白桦树，
在地上洒下斑驳的光影。

在长满野玫瑰的树丛中，
在那耀眼光芒的幸福中，
蜜蜂在采集温热的蜂蜜。
黄鹂时而尖声高叫，
时而婉转而歌。
远处，人们从花园后蜂拥而来，
而其中最为漂亮的人无疑是她，
身材匀称，衣着华美，谦恭有礼，
低垂的眼眸闪着火光。

“总而言之，您在哪些方面受过他的影响？”这该如何去考证，该如何回答这个问题呢？他何时进入了我的世界？我何时第一次接触他、爱上他？那么俄罗斯是什么时候闯入我世界中的？我又是从何时起认识并爱上俄罗斯的天空、空气、太阳、亲属以及亲近之人的？要知道，从我出生之日起，他就以某种特殊的形式出现在了我的生活中。他的大名对于尚且年幼的我来说已是如雷贯耳，不是从学校或者老师那儿才知道他的名字：在我生活的那个年代，人们常常谈及他，总是反复读着他的诗歌。我的父母和兄弟们也常常在家中谈论他。母亲的朗读声是我最早的回忆之一，我记得她总会用一种矫揉造作的、娇慵无力而又温柔亲切的声音缓缓地、用古老的朗诵方式读着：“海湾上有棵绿橡树，橡树上有条金链子……”“美人，不要在我面前唱那哀伤的格鲁吉亚歌曲……”一如所有其他的同龄人，对普希金非同寻常的崇拜伴随了母亲的整个青年时代。她们偷偷地在自己珍藏的笔记本里抄录《鲁斯兰和柳德米拉》中的诗句。母亲曾给我背诵过整整好几页的诗文，而她自己也叫柳德米拉（柳德米拉·亚历山大罗夫娜），于是常常把年轻的她——即我想象中年轻的母亲，同普希金笔下的柳德米拉混同起来。母亲的青春，她生活的那个世界，拥有写着普希金诗歌的一本本不可思议的纪念册的庄园，是我童年和少年时期的幻想里最为美妙、最富诗意的回忆，我怎么可能不会崇拜普希金呢？不只是简单地将他视为一位诗人来崇拜，在我心目中，他还是我的家人，是我们的自己人。

“昨天，我跟骠骑兵一起喝了潘趣酒……”她面露温柔却又忧伤的微笑，念道。我便问她：

“妈妈，和哪个骠骑兵一起喝酒呢？伊万·亚历山德罗维奇叔叔从前也是骠骑兵吗?”

“我看见失去芬芳的枯萎的花，被遗忘在书本中……”她朗读道，这让我更加神魂颠倒了：要知道，我曾在安娜·伊万诺娃祖母的纪念册里见过这样的花……

随后便迎来了怡然自得的青年时代，最初的爱情体验，最早的诗歌幻想以及阅读那些令人着迷的巨作时所产生的第一波有意识的喜悦——这些书籍并不是从“大众图书馆”里借来的，而是我在祖传的书架上找到的，这其中最重要的当属《普希金文集》。他伴随了我整个青年时代。时而是他在我身上激起这样或是那样的感情，时而是我坚贞不渝地追随着他的诗歌在我身上产生的情感，他的诗歌对我的影响最为巨大。一个寒冷的清晨，我愉快地从睡梦中醒来，当我恰好在他的诗中看到这样的句子——“严寒和太阳，奇妙的日子……”此时我怎能不一遍又一遍地重复这诗句呢？瞧，我正准备去狩猎，“迎面碰到替我端来早茶的仆人，便问他：‘暴风雪停息了吗？’”冬夜，暴风雪——难道我对于“暴风雪像烟雾似的遮盖住天空”这句话的理解，与某个出生在莫斯科特鲁布的勃留索夫所理解的意思是一致的吗？瞧，某个春日的黄昏，我坐在黑漆漆的客厅里的一扇打开的窗户旁，他又出现在我的身边，表达着我的愿望、我的哀求：“啊，亲爱的德丽雅，快来，我的小美人，幸福的爱情之星已经升上天空……”看啊，夜幕降临，花园里，夜莺在苦恼、在啼叫，而他却问道：“子夜时分，您是否听见从小树林后传来阵阵美妙的歌声，那是爱情的歌者、为自己而感到哀伤的歌者在吟唱？”瞧，我躺在床上，“床边一只悲伤的蜡烛”（而不是电灯）正滴着烛泪，而我又用他的语言来倾诉自己臆想出来的年轻的爱情：“摩尔甫神①，请于天明之前，为我痛苦的爱情带来一丝快乐吧！”次日清晨是一个无比美妙的五月天，一股无意识的生活之乐充盈了我的心田，我躺在小树林里，明媚的阳光透过树叶在我身上洒下斑驳的光影，甜蜜的鸟儿的歌声在耳畔响起，我似是自言自语地念了几句诗——为这片小树林而作的诗：

绿荫蔽日、昏暗不明的小树林里，
那儿，香气馥郁的草丛中传来淙淙水声，
清澈见底的小溪在那缓缓流淌……

又是在那儿，“森林在脱下它那深红色的衣裳，秋播作物的幼苗因为疯狂的游戏而饱受痛苦。”而我也因这场全身心投入的疯狂的游戏而感到痛苦。庄严而又忧郁的秋夜，一轮微微泛红、雾气蒙蒙的圆月从古老的花园后面静静地升起——“一轮雾蒙蒙的圆月，如同幽灵一般，从松树林后缓缓升起。”我用他的语言表达着自己的情感，热切地期盼着：在某一地方，在另一个遥远的国度里，此时此刻一位女郎“正朝着被喧嚣的波浪所淹没的堤岸走去”。此时我该如何做出判断：是谁让我承受这份因这个美好而又忧伤的女性形象产生的痛苦，是上帝，还是他——普希金？

① 希腊神话中的睡梦之神。

随后，生平第一次踏上前往高加索和克里米亚的旅途，是他抑或是我?“绿色的波浪亲吻着塔夫里达”[①]，置身其间的我在清晨的霞光中看见了涅瑞伊得斯的倩影[②]，看见了“站在山岩上的白衣女郎，波涛在其脚下翻滚，此时波涛汹涌的大海正在暴风雨的雾气中拍打着堤岸，与之嬉戏玩闹”。我永远都无法忘怀这一幕：曾几何时，我的良驹也飞奔在“山中，在亲爱的沿岸地带”，在那“风平浪静”的清晨，“所有的情感都让旅行者感到向往”——

绿色的海水

在他面前发出拍击声和喧嚣声

在阿尤·达格悬崖的周围……

一九二六年

①塔夫里达是18世纪起克里木半岛的名称。

②涅瑞伊得斯是希腊神话中的海中女神。